JN084816

引きこもりオメガは、狼帝アルファに
溺愛されることになりました。

小遊仁
（さゆひと）
大八洲帝国の皇帝。
白狼の獣人で人の姿にもなれる。
雪哉を『運命の番』と確信し、
溺愛する。
白崎雪哉
（しらさき　ゆきや）
白崎男爵家の三男。
背中に蕾の痣を持つオメガ。
『運命の番』の存在を
信じていなかったが……

椣宮慶仁
（しでのみや　やすひと）
野心家の傍流皇族。
小遊仁を疎んでいる。
三橋暢
（みはし　とおる）
雪哉の執事見習い兼
護衛であり、唯一の友人。
為仁
（ためひと）
小遊仁の甥であり、
皇子殿下。
とある不思議な能力を
持っている。

プロローグ　安に居て危を思う

自分が周囲の人間とは違うと思い知った日のことを、白崎雪哉は今でも時折思い出す。

それは大粒の雪が花びらのように静かに舞う午後だった。

くべられた薪から火花の散る暖炉の前で、雪哉は兄たち二人と玩具で遊んでいた。両親は雪哉たちを見守りつつ、居間のソファに腰掛けている。

当時の雪哉は五歳。

男爵家に生を受けた雪哉は、そんな静かな幸せが続くことを疑いもしていなかった。

しかし執事である三橋が新聞を持ってきた時から何かが変わってしまったのだ。

「旦那様、本日の新聞をお持ちいたしました」

三橋から新聞を受け取った父が、記事に目を通して顔を顰める。

「ああ、ありがとう。……また孕器が攫われたのか。最近多いな」

「まあ、なんてこと……あなた、そろそろ雪哉さんにお話ししてはどうかしら？」

それまで玩具に夢中だった雪哉は、唐突に聞こえた自分の名前に肩を跳ね上げた。振り返ると悲しげな表情で母がこちらを見ていた。母と見つめ合った父が、「そうだな」と一つ溜息をつく。

「雪、ちょっとお話ししようか」

そう言われ、雪哉は両親に近づいた。騒いでいた兄たちは両親の深刻さに気が付いたのか、後方へと下がる。それを少し心細く思いながら、雪哉は首を傾げた。

「おはなし？」

「ああ。もう少し大きくなったら伝えようと思っていたが……雪、君はね、私たちとは違う特別な体を持って生まれたんだ」

その言葉に首を傾げる。

「とくべつ？　ぼくが？　みんなといっしょじゃないの？」

雪哉の小さな手を二人は握って頷いた。

「うん。とても特別なんだよ」

特別、と聞くと、まるでいいことのように思えたけれど両親の顔は悲しそうに歪んでいた。

雪哉が戸惑うように頷くと、父はさらに言いづらそうに言葉を重ねた。

「——特別だから、君をどこかへ連れていこうとする悪い人がいるかもしれないんだ」

その言葉に雪哉は目を瞬(またた)かせた。

怖い人に連れていかれる、と言われて最初に雪哉の頭に浮かんだのは、読み聞かせられた絵本の内容だった。騙して玄関を開けさせて、ヤギの子供をぺろりと食べてしまう狼の姿……

「おおかみがいるの？」

雪哉がそう聞くと、両親は驚いたように目を見開いてから、目を見合わせた。父が一瞬の間の後に言う。

「狼ではないよ。この大八洲(おおやしま)帝国におわす皇帝陛下は狼の獣人だ。むしろこの国を、君を護ってくれると言えるね」

「そうなんだ」

絵本の中の狼のイラストを思い出して、雪哉はほうと息を吐いた。

そんな幼い雪哉を愛おしそうに見て、両親は雪哉の頭をそっと撫でた。

「うん、狼じゃなくて……もっと怖い人がいる。……だから、雪哉には外にあまり出てほしくないと思っているんだ」

絞り出すような声で言われて、雪哉はそうか、と思った。

そもそも雪哉はあまり外出をしたことがない。外へ出るとしても、ほとんどの時間を屋敷の庭で過ごしていたのはそういう理由だったのか、と納得がいったのだ。

ただ、そう思って何も返事をしなかったのがよくなかったのだろうか。

母はさらにぎゅっと雪哉の手を握りしめた。

「そうよ。雪哉さんは特別なの。だからお外へ出たら、私たちともう会えなくなってしまうかもしれないの」

「……おそとにでたら、おかあさんとおとうさんと、ありにいちゃんとひろにいちゃんにあえなくなるの？」

「そうなるかもしれないんだ」

それを聞いて雪哉は首を大きく縦に振った。

「なら、ここにいる」

この頃学校が始まって、兄二人がいない日が増えたことは寂しかった。

でも、夕になれば必ず二人は帰ってくるし、お土産だって持ってきてくれる。

雪哉は両親に抱きついて声を張り上げた。

「ぼく、おそといかないよ！　みんなとはなれるなんてぜったいにやだもん！」

こう言えば笑ってくれるだろうか。そう思って抱きしめてみたのだが、何故か母はさらにつらそうな表情になり、ほろほろと大粒の涙を流し始めた。

「おかあさん？　どうしてなくの？　ぼくがおそといかなかったらなかなくてすむ？」

「ごめんなさい、雪哉さん……っ」

「雪、ごめんな。君の自由を奪うようなことをして」

父も大きな体を丸めて雪哉をぎゅっと抱きしめる。

「あやまらないで！　そのかわり、ずっといっしょがいいの」

「もちろんだよ、雪哉」

そう言って赤い目の父と母はさらにぎゅっと雪哉を抱きしめた。

外への憧れはあったが、何よりも家族と離れたくない。それが雪哉の答えだった。

「雪哉さんには、もしかしたら運命の番（つがい）がいるかもしれない。もしもその人が現れたら、きっと貴方を守ってくれる。それまで私たちが貴方を守るからね」

母はそう言ってにっこりと笑ったが、その時の雪哉にはなんのことだかまったくわからなかった。

＊＊＊

――今となれば、あの時の母が言っていた意味がわかる。雪哉が孕器（オメガ）だからだ。

この世界には、日華（アルファ）、通途（ベータ）、孕器（オメガ）と、男女の肉体性に加えて三種の『第二の性』が存在する。

日華（アルファ）は一般的に容姿が良く、頭脳が秀（ひい）でていて、上に立つ者に多い。しかしながら人口は少ない。

それに対し、通途（ベータ）は容姿能力共に平凡だが、人口は一番多い。

そして、孕器（オメガ）は男にしか存在しない性別だ。その名の通り発情期と子を孕む器官を持ち、日華（アルファ）に項（うなじ）を噛まれて孕めば確実に日華（アルファ）を産むため、国内外問わず高く取引されている。

そのせいで、家に孕器（オメガ）が生まれると金に目がくらんだ親が売ってしまう事例が後をたたないし、誘拐される危険性も高い。華族の家に生まれれば政略結婚の種にされることもしばしばだ。

それだけではない。もし遊び半分に日華（アルファ）の番（つがい）にされてしまうと、その噛み痕は一生消えずに残り、捨てられた場合はその後誰とも番（つが）うことができない。

また、日華（アルファ）と孕器（オメガ）の中には肉体的、精神的に非常に相性がいい「運命の番（つがい）」なるものが存在するとされている。運命の番（つがい）は、相手が死ぬと番（つが）った孕器（オメガ）も日華（アルファ）の後を追うように死んでしまうという話すらある。しかし、虐（しいた）げられた孕器（オメガ）の中には運命の番（つがい）に出会うことだけを心の支えにするものもいるという。

――白崎家の人間は、今まで全員日華（アルファ）だった。

しかし、その三男である雪哉は孕器（オメガ）だったのだ。幸運にも家族は雪哉を愛していたから、どこかへ売ってしまうことなど考えもしなかったが、もしも雪哉が孕器（オメガ）だと知れ渡れば誘拐されるかもしれない。

そのため両親は、雪哉は性別不明と公表し、同時に病弱であるとして屋敷に引きこもらせた。

雪哉とて外の世界に興味がないわけではなかったが、家族が安心するのならばと自ら引きこもったのだ。

「でも、今思えば考えすぎだよね」

雪哉は呟いて、夜会に行くために着ていた寝巻を脱ぎ去った。きめの細かい肌を惜しげもなくさらけ出し、シャツを纏おうとして動きを止めた。

鏡に映る五尺二寸の低い背に、陽に焼けてもすぐに白く戻る肌、母譲りの大きな瞳。

雪哉としては、格好良く背丈もある父やたくましい兄たちに似たかったが、可愛い方向になってしまった。

それに背中に枝のように伸びた直線と雫のような形の痣がある。蕾といえばそのようにも見えるが、なんなのかはわからない。

他の孕器（オメガ）にはこのような痣はないそうだ。

しかも、未だに蕾のままで、花が開くことはない。

母が雪哉の前に運命の番（つがい）が現れたら咲くのでは？　と乙女な考えを言っていたことがあったが、

日華（アルファ）と孕器（オメガ）はあまりに数が少なく、運命の番（つがい）とは滅多に会えないと聞いたから、たとえそれが真実だとしても花咲く機会は訪れないだろう。

それに、雪哉には発情期もまだ来ていない。

医者曰く、もしかしたら何かしら雪哉の体には異常があって、孕器（オメガ）としての機能が欠如しているのかもしれないとのことだった。さらに歳を重ねても孕器（オメガ）として発情しなければ、通途（ベータ）として生活を送ることになるらしい。

雪哉にしてみれば、それは僥倖（ぎょうこう）だった。おかげで発情期を迎えた孕器（オメガ）ならばつけなくてはならない首輪も今までつけずに済んでいる。

雪哉は改めて蕾が見えないようにシャツに重ねてベストを纏い、さらにジャケットを着る。仕上げにえんじ色のリボンを首元で結んだ。

もう一度姿見を覗くと、華族らしい青年の姿が映っている。

「これでよし、と」

雪哉は満足げに呟いた。

護衛付きでたまに家族と街遊びに行くことはあるが、それ以外の大半の時間は屋敷で過ごしている。

外へ出られない分家族が色々と構ってくれたから、その境遇を嫌がることはなかった。

このまま孕器（オメガ）として機能しなければ家族を悲しませることはないし、外へだって気兼ねなく出られるようになる。

そうしたら、通途(ベータ)として家族の役に立ちたい。
孕器(オメガ)として役に立っているわけでもなければ、兄たちのように日華(アルファ)としての優秀さがあるわけでもないことを、雪哉は少しだけ引け目を感じていた。

「準備は整ったか？」

「うん」

服装を整え終わったのと同時に、執事見習い兼護衛の暢(とおる)が声をかけてきた。彼は執事の三橋智之(ともゆき)の次男で、雪哉と同じ歳かつ生まれた時から一緒に過ごす唯一の友人だ。

背が高く、細身ではあるが剣道をしているので見た目に反して力はある。

すっきりと短めに整えられた黒髪に、切れ長の少し吊り上がった一重が爽やかな印象を与える。

週のほとんどを雪哉と共に過ごしてくれる大事な友人だ。

暢が通途(ベータ)なこともあり、相談相手として両親が雪哉と引き合わせた。

話も合い、一緒にいても疲れない。互いに気のおけない相手として暢とは今でもずっと敬語抜きでの会話を続けていた。

「令嬢たちも婚約者を求めて目をぎらつかせてるって聞くから、気を付けろよ。雪」

「僕なんかを掴まえたいお嬢さんなんていないよ。でもありがと」

暢の軽口に頷いて、迎えの馬車に向かう。

日々勉強に精を出し、機会を待ち続けていた雪哉にとって、今日は外に踏み出す第一歩になるはずだった。

第一章　縁は異なもの、味なもの

——飴のように艶（つや）やかな光沢を放つ床の上に、玻璃（はり）の吊り下げ灯（シャンデリア）が輝いている。

豪華な大広間に一歩を踏み出して、雪哉はほう、と感嘆の息を吐いた。

壁には細かな彫刻が施され、花や鳥の絵画が壁に嵌（は）め込まれている。壁灯と差し込む夕の光が広間全体の美しさを一層引き立たせていた。

「ここが、皇宮」

周囲を見回すと、素晴らしい調べを奏でる宮廷楽団が招待客の耳を楽しませている。

今日雪哉が訪れたのは、皇宮で催される夜会だ。皇帝は始まってすぐに御来駕されたが、すぐに退座されてしまった。雪哉の身分で直接見えることはないが、遠目からでも見てみたかったなと少しだけ思った。

夜会と言っても新たに成人する華族の子女のお披露目も兼ねているため、実際はお茶会のようなものでまだ外も明るい。

会場内では若い華族たちの和やかな笑い声と楽しそうな話し声が入り交じっている。

令嬢たちの着用するドレスは誂（あつら）えたであろう煌びやかさを湛（たた）え、今日この日にかける気合いが伝わってくる。

年に一度開かれるこの夜会では参加者の爵位は問われないため、上位の華族との出逢いを求める者もいるそうだ。普段は軍務に追われている大八洲帝国の軍人たちも、ほとんど義務のようにこの夜会には参加する。

そんなこの場所で一夜の恋、もしくは玉の輿を求める女性は案外多いのだという。

笑顔の裏に虎視眈々と獲物を狩る目を持っているかもしれないと思うと、少し面白い。

とはいえ、爵位も低く、三男である自分に声をかける者はいないだろう。

そう思いながら雪哉は物珍しげに広間の中を歩き続けていた。

「……ちょっと疲れたかも」

胸の辺りが気持ち悪くなり、壁にもたれかかる。人が多すぎて酔ってしまったし、思ったよりも話しかけられたのが原因だ。

いつもなら、雪哉はこういった社交の場には不参加だ。

しかし今回、初めて外出してみてもいいかと家族に相談したのだ。最初は反対されたが場所が皇宮ということもあり、家族も雪哉の年齢を鑑みて渋々了承してくれたのだ。

暢以外の同年代の人間と会うのが初めてだったので、とても楽しみにしていたけれど、実際来てみると、誰も彼も家や自分の自慢話ばかりでげんなりとする。

気が合いそうな人がいればと思ってはいたが、現実は甘くはなかった。

話がまったく合わないのだ。

――僕には、華族のお友達は作れそうにないや……。引きこもりがいきなり大勢と戯れようってのが浅はかだったな。

暢にも心配されていたことを思い出し、雪哉は溜息をつく。

今更だが、母の友人の茶会など小さな場の方がよかったのかもしれない。

――少し風に当たって気分を切り替えたい。

ただ、このまま外に出てしまうと過保護な両親と兄たちが心配するだろう。

そう思いながら視線を巡らせると、二番目の兄である博文が、ちょうど知り合いとの会話を終えたようだった。雪哉はそっと博文に歩み寄り、彼の袖を引く。

「博兄さん」

すると博文は雪哉に視線を落として、笑みを浮かべた。

端正な顔立ちを持つ博文はいつも無表情だが、雪哉を見る視線はとても優しい。

「どうした、雪哉。顔色が悪いが座って休むか？　飲み物でももらってこようか？」

矢継ぎ早に心配され、頬を撫でられる。

思ったよりも色々と心配されて、慌てて雪哉は首を振った。

「ううん、そこまでじゃないんだけど……博兄さんこそ疲れてない？」

「俺の心配してくれる雪は優しいな～。雪がいるからまったく疲れない。むしろ癒される」

そう言いながら人前にもかかわらず、博文は雪哉のつむじに口づけを落とす。

幼い頃から日常的に出かける前と帰宅した後に頬に口づけをする習慣が白崎家にはあった。

父は職業柄、外国人と接する機会が多く、その流れで白崎家はスキンシップが外国寄りであった。特に兄たちは雪哉が座っているとその隣に来て抱きしめたり頬に口づけをしたり、両親以上に触れ合いが過多だ。その感触をくすぐったく感じながら、雪哉は苦笑した。

「僕は関係ないでしょ？　ちょっと風に当たりたいって言いに来たの。お父さんと有次兄さんに伝えておいてくれる？」

雪哉がそう言って離れようとすると、博文が雪哉の腕を掴んだ。

「待て、一人で行くな。俺も一緒に行く」

「大丈夫大丈夫。ここは警備も厳重だからさ。少しだけだし、戻ってきたら声を掛けるから」

「いや、だがな……皇宮でも……」

そう言って顔を顰める博文にはまだ挨拶回りが残っていることを雪哉はわかっていた。

少し外に出て風に当たるだけなのに、忙しい彼の手を煩わせたくない。

雪哉は首を振って、博文の手をそっと放した。

「目の届くところにいるから」

そう言って歩き出そうとしてもなお渋い顔をする博文を、どう説得したものかと思った時だった。

「あら？　博文さん？」

後方からかけられた女性の声に、雪哉と博文が振り向く。

そこには淡い黄色のドレスを身につけた、若く可愛らしい女性がいた。

——誰だろう、博兄さんの知り合いかな？

「ごきげんよう、友理子（ゆりこ）嬢」

　内心で首を傾げた雪哉の隣で、博文がにこやかに挨拶をする。すると友理子と呼ばれた女性は花開くようにふんわりと微笑んだ。

「ごきげんよう。こんなにたくさんの方がいらっしゃるので、お会いできないやもと思っておりましたが、会えて嬉しいですわ」

　嬉しそうな友理子に、博文が笑顔で返す。

「こちらからご挨拶ができず、申し訳ございません」

「いいえ、構いませんわ。そちらの方は？」

　友理子が雪哉に微笑みかける。それを見た博文がそっと雪哉の背に手を回した。

「ああ、失礼いたしました。ご紹介いたします。末弟の雪哉です」

「あらまあ！　博文さんの？　博文さんとは似ていないのね。初めまして、鹿野園（ろくやおん）公爵が長女、友理子と申します。学子（さとこ）さんとは女学校からの友人なの」

　学子とは、博文の婚約者である男爵令嬢だ。雪哉も会ったことがある。今日の夜会は体調が優れず欠席していると聞いた。

　なるほど彼女の知り合いだったのか、と雪哉は納得して、彼女に挨拶をする。

　しかし、自分から紹介を求めたにもかかわらず、友理子は雪哉の挨拶を無視するように、体を博文に向けた。

「博文さん、せっかくお会いできたことですし、これから学子さんも交えてお話しいたしませんこと？」

「残念ですが、学子は具合が悪く本日は来ておりません」

「まあ、お加減が？　大丈夫かしら？」

その声音が妙に弾んでいるように聞こえて、雪哉は目を瞬(またた)かせる。

博文もわずかに片眉を上げてから、礼儀正しく首を横に振った。

「軽い風邪を引いているそうです。大事をとって本日は欠席をすると聞きました」

「いつも元気なお姿しか見たことがなかったので、お風邪を召されるなんて意外だわ。学子さんがいないとお寂しいでしょう？　よろしければ、わたくしと一緒にお話しなさいません？　もちろん弟さんが一緒でも構いませんわ」

人間ならば風邪を引いたり具合が悪くなったりすることもあるだろう。それに婚約者のいる男にこうまで話しかけるのはマナー違反だ。

ずけずけとした物言いに、雪哉は軽く鼻白んだ。

博文も同じ感情だったようで、やや表情を硬くする。

「せっかくの申し出ですが……」

「あら、わたくしといると学子さんに悪いかしら？　でも、わたくしがお誘いしていますのよ。……それでも駄目かしら？」

しかしその反応も見越していたのか、友理子は口元に扇子を当てて大袈裟に溜息をついた。

意味深に力の込められた「わたくし」の発音に、博文が口を結ぶ。

男爵位しか持たない白崎家が、公爵家である友理子の誘いを断るわけにはいかない。

「――壁際の椅子へご案内いたします。雪、一緒においで」

博文が頭を下げると、友理子は満足げに扇子を畳んで、ちらりと雪哉を見た。

その視線に雪哉はドキリとして、首を横に振った。自分がいたら駄目なような気がしたのだ。

「兄さん、僕は外すよ。ご案内してさしあげて」

止めようとする博文に手を振って、雪哉は今度こそその場を離れようとする。

友理子は博文の腕に自身の腕を絡ませて、「二人でゆっくりお話しできそうね」と嬉しそうに笑っていた。

博文は行きたくなさそうな顔を友理子に見られないように隠しながら、雪哉に「絶対に遠くへ行くなよ」と念を押す。雪哉は頷いてから歩き出した。

宮殿内なら何もないだろうしただ風に当たりたいと思っていたのだ。

愛想笑いは疲れると同時に肩も凝る。

とりあえず何か飲もうと給仕からもらったグラスを干すと、雪哉は開け放たれた扉から外に出た。

首元のリボンを少し緩めて、外の空気を口いっぱいに吸い込む。ほんのりと寒さが残っているが、香水まみれの空気に比べれば天国だ。

「気持ちいい〜。ふー、空も綺麗だなぁ。あ、ちょっとだけ庭を歩いてもいいかな」

近くにいた給仕に訊ねると自由に散策していいとのことだったので、のんびりと庭を歩き始める。

誰もいない静けさに、気分が落ち着いていく。

せっかくの美しい庭があるのに、広間の人間たちは話に花を咲かせるほうに夢中だ。

歩を進めると、丁寧に整えられた花々が雪哉を迎えた。

——それにしてもさすが宮殿、手入れが行き届いている。

誰も来ないのは勿体ないと思うのと同時に、この美しさを独り占めしていることに優越感を覚える。

ちょうど赤、白、その二つのまだら模様の梅の花が見頃を迎えていて、いい香りが鼻を掠めていく。一重咲き、八重咲きと種類も豊富だ。小さな花は愛らしく、そして美しい。

そう思いつつ歩いていると生垣の奥に椅子があるのが見えた。

——あそこに座って梅を眺めてから会場に戻ろう。

そう思った雪哉は、椅子にたどり着いて瞠目した。

「おおお?」

目を閉じた真っ白な犬のぬいぐるみが椅子にちょこんと座っていたからだ。しかもそのぬいぐるみはやけに上等な着物と馬乗り袴を着用している。

さらに、やけに精巧に作られたぬいぐるみの側には、折り紙と木の実が散らばっていた。

——わ、可愛い。服まで着てるし、誰かの忘れ物かな。誰かがここに座ってた？　それにしても、もっふりつやつやの毛並みだし、わしゃわしゃもふりたい……

そんなことを思いつつぬいぐるみを見ていると、突如そのぬいぐるみが目を開いて、雪哉に満面の笑みを向けた。

「こんにちはぁ！」

「こ、こんにちは……!?」

元気よく挨拶をされ、反射的に頭を下げる。同時に一瞬見えたぬいぐるみ……もとい仔獣人の目の赤色に、雪哉は自分の血の気が引くのを感じた。

白銀の毛並みと紅玉の瞳――その特徴的な色彩は狼の獣人しか持ち合わせていない。

狼の獣人は、皇帝の直系にしか生まれない高貴な存在だ。その一人が雪哉の目の前に座している。

大広間でも獣人をちらほらと見かけたが、まさか狼種をこの目で見る日が来るとは思わなかった。

――今、皇族の直系には、現皇帝である小遊仁（さゆひと）陛下と、その甥である為仁（ためひと）殿下しかいない。つまりこの方は、一昨年身罷（みまか）られた皇弟の御子息である為仁殿下だ。

雪哉は頭を下げたまま、首を傾げている仔獣人に視線を走らせる。

艶のある白銀の毛並みに、血のように赤く、まん丸でつぶらな目、対称に配置された大きくモコモコとした三角耳がなんとも愛らしい。

尻には綿毛のような、ふんわりもっふりの尻尾が垂れている。

だがそのように愛らしく小さな存在だとしても、おいそれと雪哉が相まみえてよい人物ではない。

「も、申し訳ありません。皇子殿下がいらっしゃるとは知らず……。失礼いたしました」

慌てて立ち去ろうとしたが、足が重たく前に進めない。

ゆっくり下を見ると、椅子に座っていたはずの仔獣人――もとい為仁がいつの間にか雪哉の足にしがみついていた。

「へ？」

尻尾はブンブンと振り子のように振りながら、為仁は雪哉を爛々とした目で見上げている。

「あ、あの？」

「あらあら、どこいくのん？」

「大広間に戻ろうかと思いまして……」

「やんよ、ここにいよ？」

そう上目遣いで言われて、雪哉は顔を引きつらせる。

「もどったうの？　ねーねー、あしょぼ？　おいがみは？」

「えっと……あの」

突然遊ぼうと言われても、軽々しく了承できる相手ではない。そもそも……と考えて、雪哉は辺りを見回した。

大広間には幾人もいた衛士がここにはいない。それどころか人の気配が庭になかったことを思い出した。

「あの、お付きの方はいらっしゃらないのですか？　お一人でこちらに？」

雪哉が訊ねると、為仁はコクンと頷く。

「ため、おひとりよ。さっちゃんはね、おやつとりにいったの。だからね、いいこでおゆすばんしてるの」

拙い言葉遣いを一言たりとも聞き逃すまいと耳を澄ませてから、雪哉は脱力した。

さっちゃんというのは侍従か侍女のことだろう。おやつを取りに行ったのならば、すぐに戻ってくるはずだ。

ただ、衛士がいるとしてもそれまでこの子を放っておくこともできない。

雪哉は戻ろうとした足を戻して、視線を合わせるようにそっと屈んだ。

「お一人でえらいですね」

雪哉の言葉を聞いて為仁は嬉しそうに笑うと、腰に手を当てて胸を張る。

「うん！　えやいよ！　えっへんへん！」

褒められてご満悦らしい。

雪哉はその可愛い仕草に笑みをこぼした。

それを見て、また嬉しそうに微笑んだ為仁は、今度はハッとしたような表情で首を傾げる。

「あんね？　おなまえは？」

「失礼いたしました！　ご挨拶いたします。白崎男爵が三男、白崎雪哉と申します」

「ゆきや？　おなまえ、ゆきやっていうの？」

可愛く首を傾げて問われ、雪哉は「はい、左様でございます」と微笑んだ。

「うふふ、ゆきちゃんってよんでもいーい？」

「もちろんです」

雪哉が頷くと、為仁は嬉しそうに微笑んで再び胸を張った。

「ためはね、ためいとなの。ためってよんで！」

その言葉に雪哉はまた顔を引きつらせた。嬉しそうに言われたのに申し訳ないが、それはあまりに無理な願いだ。

「……申し訳ございません。僕は、殿下をお名前でお呼びできません」

「んん？　なんで？」

「僕は男爵家の三男というしがない身分です。尊い殿下のお側にいることも恐れ多いことなのです」

すると、為仁が頬をぷっくりと膨らませる。

「ゆきちゃん、めっ！　さっきからむじゅかしいのよ！　ためにはむじゅかしくないおことばではなさないとイヤ！」

その言葉にたじろぐと、為仁は腰に手を当ててぷくぷくとした指を雪哉に突き付けた。

「め！」

「も、申し訳ございません。では難しくないお言葉にいたしますね」

慌てて頭を下げると、おもむろに小さな手が伸びてくる。

「うむうむ、くるちゅうないのよ」

その言葉にさらに頭を下げると、ぽふりと柔らかな感触が雪哉の頭に載った。

「いいこいいこ」

視線だけで上を向くと、どうやら頭を撫でられているようだ。

家族以外の人に頭を撫でられたことがなかったので、雪哉は驚きながらもその愛らしさに微笑んだ。しかし、すぐに笑みを消して為仁を見つめる。

「本来、僕は殿下のお側にいられないのです。難しくないように言えば……そうですね。殿下が太陽で、僕は木のようなものです。空高くにいらっしゃる殿下とこうしてお話しするのも難しい立場なのです」

これで理解してもらえるだろうか。言葉選びが難しい。

雪哉が眉を下げて説明すると、為仁はきゅっと眉根を寄せて不思議そうに首を傾げた。

「ため、おひしゃまなの？　ゆきちゃんが、き？　なんでよ？　よくわかんないけど、ためがおそばにいてほしいのよ。だから、ここにいて！」

そう言って、長椅子の座面をポスポスと叩く。

伝わらなかったことに肩を落としつつも、彼の一つ一つの動作があまりにも愛らしくて雪哉は微笑んだ。皇宮で育っているにせよ、人見知りをしない子だ。

初対面で名前を呼んでくれるのは嬉しいが、本当に皇子殿下と同じ高さに座っていいものかと雪哉が考え込んでいると、「ゆきちゃん、はやくおしゅわりして！」と怒られてしまった。

「……では、失礼いたします」

せめてもと先に為仁を座らせて、その隣に腰を落ち着けた。

為仁はそんな雪哉にワクワクした表情で折り紙を手渡す。

「ゆきちゃん、ゆきちゃん、なにおれる？」

「えーと、そうですね。木の実が散らばっているので、それを入れるものを作りましょうか？」

「ほおお！　おねがいしましゅ！」

雪哉は一瞬考えてから、慣れた手つきで折り紙を折り始めた。

為仁は隣にピトッとくっついて、雪哉の手元を覗き見ている。小さな足をぶらぶらと上下に揺らしているのが最高に愛らしい。

揺れるふわふわの尻尾が、雪哉の尻にパスパスと当たる。

親戚との集まりにも顔を出すことはほとんどなかったので小さい子供の扱いは不慣れだが、小さい頃によく折り紙で遊んでいたから手はやり方を覚えていた。

すぐに箱を作り上げると、為仁は上半身を左右に揺らして顔を輝かせる。

「ふわわぁ！　しゅごい！　しゅごおい！」

「どうぞ。その木の実をここに入れてみてください」

「きゃわわ！　どんぐいさん、おうちだよ～。よかったねぇ？　はいろおねぇ～？」

折り紙でできた箱を渡すと、為仁が木の実を一粒ずつ箱の中に入れていく。

「みて！　どんぐいさん、はいったの！　おうちできたねぇ！　うれしいって！」

ふわふわモフモフの尻尾を忙しなく揺らして笑う姿は、本当にぬいぐるみが動いているようだ。

思わず抱きしめたくなってしまう。

「つぎは、なにおる？」

「鶴はありきたりですし、カニさんとうさぎさんをお作りしましょうか」

期待の眼差しを受けて、雪哉が折り紙を次々に折ると、為仁はキャアキャアと声を上げて喜んだ。


そうしていくつか作品を折り上げた時のことだ。

「ほお、すごいものだな」

突然、後方から聞き慣れない男の声が聞こえて、雪哉は勢いよく振り向いた。

すると目と鼻の先に狼の獣人が立っていた。服の上からでもわかるほど鍛えられた体と、見上げるほど高い身長、口から覗く鋭い牙に圧倒される。

同時に皇子と同じ白銀の艶のある毛並みと紅玉の瞳を見て雪哉の顔が引きつった。

「皇帝陛下！」

雪哉は慌てて長椅子から立ち上がる。

しかし、皇帝は雪哉に掌（てのひら）を見せて、首を横に振る。

「いや、そのまま。正式な挨拶は必要ない」

——そう言われても、そんなわけにはいかない。そもそも皇子殿下とこうして遊んでいるだけで不敬と捉えられてもおかしくないんだから！

そう思いながら、雪哉が正式な挨拶の姿勢をとろうと片膝をつくと、腕を掴まれた。

「挨拶は構わない。楽にしなさい」

その柔らかな声音に顔を無意識に上げてしまい、皇帝と視線が合ってしまった。

「失礼を……！」

すぐに視線を逸らそうとしたが、雪哉の体は紅玉の瞳に囚われてしまったかのように動かない。足がすくんでしまいそうになるほどに、その瞳には威圧的な力があった。

心臓が今にも口から飛び出しそうだ。

「そのまま」

雪哉が皇帝を見つめていると、柔らかく微笑まれた。

すると心臓が、突然忙しなく落ち着かなくなった。

「さっちゃん！」

「待たせたな。君の好きな菓子を選んでいたら遅くなった」

怜悧な顔に浮かぶ表情は薄いが、眼差しは優しい。よく見ると、皇帝の両手には菓子が載った皿とグラスがあった。

――さっちゃんって、皇帝陛下のことだったの？　あ、「小遊仁」の頭文字ってことか！

雪哉が情報を脳内で必死に処理している間に、皇帝――小遊仁は長椅子に皿とグラスを置いて、為仁の頭を撫でた。

「君が為仁と遊んでくれていたのかな？」

雪哉はひゅっと息を呑んだ。現場を目撃されていたのだから、もちろん否定などできない。

しかし、不敬と言われたらどうしようか、と雪哉の頭の中で思考がぐるぐると回る。

そのまま無言でいると、小遊仁はさらに、「違った？」と問うてくる。

「――いえ、間違いございません。お、恐れ多くも皇子殿下のお相手をさせていただきました」

雪哉が慌ててそう言うと、皇帝は柔らかく目を細めた。

「それはありがとう」

「さっちゃん、みてみてぇ～。おしえてもらってね、ためもちゅくったのよ～」

為仁が先ほど雪哉と一緒に作った折り紙を皇帝に楽しそうに見せる。

「うん、よくできてる。上手にたくさん作ったな」

小遊仁が慈愛に満ちた眼差しで為仁を見つめる。皇帝の尻尾がゆったりと揺れているのは、喜の感情と見ていいのだろうか。

「うん！　ゆきちゃんにおしえてもらったのよ」

「ゆきちゃん？」

「こにょひと！」

それにしても、二人とも、素晴らしく格好よく美しいな……

ついうっかり二人に見入ってしまったところ、突然自分の名前を呼ばれて雪哉は我に返った。

「皇帝陛下と皇子殿下がいらっしゃるところ、誠に失礼いたしました。それでは、僕はこれで失礼いたします」

周囲を見回しても、まだ衛士の姿などは見えない。広間に戻って連絡をして、それから心配しているだろう兄たちに声をかけて……などと考えつつ、雪哉が一礼して立ち去ろうとすると、後ろから腕を掴まれた。

「待ちなさい」

肩を揺らして恐る恐る上を向くと、困ったような笑みを浮かべた小遊仁がいた。

その笑みを見ると何故か心臓が高鳴り、また雪哉は動けなくなってしまう。

「いきなりすまない。為仁が人に懐くのは珍しかったんだ。普段は極度の人見知りなのだよ。一緒に遊んでくれてありがとう」

その優しい声と微笑みに、ぽわぽわと雪哉の頬に朱が滲む。

――皇子殿下はめちゃくちゃ懐っこい感じだったけど、人見知り？　でも、なんだか嬉しいな……

「いえ、そんな……僕は偶然居合わせただけでして」

「それでも、だ。名前を〝ゆき〟と言うの？　よければ、君の名前を聞いても？」

そう訊ねられて、雪哉は慌てて胸に手を当て、挨拶の姿勢をとる。

「名乗りもせず失礼いたしました！　白崎男爵が三男、白崎雪哉と申します」

「ふむ。私は小遊仁と言う。改めて、この子は為仁だ」

小遊仁が為仁の頭を撫でながら、改めて紹介してくれる。

「ためいと、しゃんしゃい！」

すると為仁が指を三本立てて、拙（つたな）くも三と表示する。薬指が曲がっているせいでまるで二のように見えるのすら可愛い。

雪哉が破顔すると、その隣で小遊仁も右手の指を三本立てて、左手をきゅっと丸くした。

「小遊仁、三十歳だ」

——為仁はわかるが、小遊仁のこれは皇族相手でも突っ込むべきだろうか。

どう答えればいいか迷い、雪哉の思考回路が停止する。

「……すまない、馴れ馴れしかった」

スンと真顔になっていたら、小遊仁が肩を落とした。尻尾もタランと垂れて、しょんぼりしているように見える。

少々悪戯（いたずら）めいた表情を浮かべていた顔も、無表情に戻ってしまっている。

もしや、諧謔（かいぎゃく）を弄（ろう）する皇族らしい冗句だったのでは？

「はい！　はい！　白崎雪哉、十七歳です！」

咄嗟（とっさ）に雪哉が両手で七を作りそう言うと、小遊仁は目を少し大きくさせてからゆるりと細めた。

「そうか。うん、君は優しいな」

強面（こわもて）で無表情かと思いきや、微笑むと一気に優しい雰囲気になる。

神の化身であるはずなのに雪哉に気安く声をかけてお茶目な部分を見せる彼に、強張っていた体はいつの間にか緩んでいた。

「雪哉さん」

いきなり名前を呼ばれて、肩を揺らす。

「は、はい」

「すまない。馴れ馴れしかったかな？」

「あ、陛下のお好きなようにお呼びくださいませ。それに敬称も必要ございません」

「私がそう呼びたいんだ。夜会に来たんだろうが、まだ戻らないか？　もし時間があれば、私たちと茶をどうだろうか？」

「うんうん！　さっちゃん、しゅばらしきおかんがえだわ！　ゆきちゃん、いっしょにおやつたべよー！」

いつの間にか、為仁が両手で蒸し菓子を持って待機している。小遊仁も当然のように長椅子の手前に腰かけて、雪哉を手招く。

「そんな、滅相もございません！」

あまりに気安く接する二人に雪哉が狼狽（うろた）えると、小遊仁は「駄目か？」と、しょんぼりした声を出した。

白銀の狼の姿は畏怖を与えるはずなのに、どうにも小遊仁が愛らしく見えてしまう。

じっと見つめてくる小遊仁と為仁を見て、雪哉は声を絞り出した。

「……僕なんかがご一緒してもよろしいのでしょうか？」

「君がどんな人物であれ関係ない。私たちは雪哉さんと一緒に茶をしたい」

はっきりと言い切られて、雪哉はこくりと唾を呑んだ。

皇族である二人と席を共にするなど、男爵家の三男である雪哉には二度とない機会だ。

それに、不思議なほどに優しく接してくれる二人と、もう少しだけ話してみたいとワクワクが勝る。

「ゆきちゃん、すわってぇ！」

為仁に大きな声で促され、雪哉は意を決した。

「……では、厚かましくもご一緒させていただきます」

「うん。雪哉さん。こちらに座りなさい」

小遊仁は立ち上がると長椅子の座面をポンポンと叩いた。

「滅相もございません。私は立っておりますから……！」

「いいから、座りなさい」

そう言われて紅玉の瞳で見つめられると逆らうことはできなかった。

雪哉はおずおずと為仁の隣に腰かける。

「えへへ、おとなりうれしい～」

為仁は嬉しそうにピットリと雪哉にくっつく。反対側に小遊仁が座って逃げられなくなる。

――皇族であるもふもふ二名に挟まれるなんて、なんと贅沢で恐れ多い。白崎家の伝説になってしまう。

そんなことを思っていたら、雪哉の口元に菓子が当てられた。

「食べなさい」

皇帝陛下からのまさかの奉仕に瞠目すると、重ねるように「あーん」と言われる。

「へあっ!?」

「あー、ためもしたいん！　ゆきちゃん、アーン」

隣の為仁まで言い出して、雪哉の口元にふんわりとした蒸し菓子を寄せる。

「ひええっ、一人で食べられます」

固辞しようとすると、小遊仁が雪哉の唇に菓子を当てる。

「いいから、ほら。口を開けなさい」

「いーから！　ほやほや！　おくちアーンよ！」

——ここは、もふもふ天国だろうか。自分は夢を見ているのか。不敬罪には問われないだろうか。

色々な考えで頭がいっぱいになって、雪哉が恐る恐る口を開けると、小さな蒸し菓子が口の中に入れられた。勢いでもぐもぐと咀嚼するが緊張しすぎたからか、味がまったくしない。

宮廷菓子だから美味しいに決まっているのに緊張が憎い。

「美味しいか？」

「おいしかった？」

ごきゅりと蒸し菓子を飲み込むと目を輝かせる二人から、雪哉はそっと視線を逸らした。

皇帝陛下に嘘をつくわけにもいかず、恐る恐る声を出す。

「味が、しませんでした」

「ん？　何故だ？」

怪訝そうな顔で小遊仁が口に菓子を放り込み、咀嚼して首を傾げる。

「味はしているが？」

「——貴方がたに食べさせてもらったからですよ」

聞こえないように小さく言ったはずだったが、聞こえてしまったようだ。

小遊仁は目を瞠ると、声を出して笑った。

「ハハハ！　面白いことを言う。すまなかった。しかし、私たちを気にする必要はあるまい？」

「無茶をおっしゃらないでください！」

勢いで言い返して、雪哉は口を覆う。

しかし、小遊仁は楽しそうに笑い、雪哉の頭を撫でた。

撫でるのが好きなのか。それとも子供扱いされているのか。

雪哉がされるがままになっていると、小遊仁はその節くれだった指先で自身の顎を撫でた。

「何を緊張することがある？　こんな姿をしているが、中身は普通だ。私をただの大きなぬいぐるみだと思えばよかろう」

「そんなの無理です。おいそれともふれないぬいぐるみなんて、ぬいぐるみじゃないです」

そうはっきり言うと、雪哉は顔を青くさせて口元を手のひらで覆った。

――つい口に出して言っちゃったよ！　僕の馬鹿！

しかし、雪哉の明確な不敬にも小遊仁は楽しそうに笑う。

「おいそれともふればよかろう？　ハハハ、雪哉さんは楽しい人だな。私たちに物怖じせずに接してくれるのは君が初めてだ。大体他の者が私たちを見る視線に込められた感情は、畏怖か奇異だからな」

どこか寂しそうなその言葉に、雪哉は顔を上げた。

「奇異？」

「私たちは獣人だ。神のように扱われるにせよ獣として扱われるにせよ、人としては扱われない」

その言葉に、雪哉は思わずむっとした。

先ほどから小遊仁の使う言葉は機智に富んでいて、聞いていて楽しい。そんな彼を獣のように扱う人間がいることに腹が立ったのだ。

「……実を言うと、獣人の方を見たのは今日が初めてだったので、驚きました。でもそれだけです。見た目が違うのは仕方ないにしろ、こんなにも気さくな御方なのに、外見しか見ないのは損してます」

雪哉が眉間に皺を寄せながら言うと、小遊仁が嬉しそうに微笑んだ。

「そう言ってくれるところがやはり他の者とは違う。雪哉さん、ありがとう」

それは先ほど為仁に向けていたものとも、ふと撫でられた時のものとも違う、明るい笑顔だった。

また雪哉の心臓がどくりと高鳴った。久方ぶりに外出して、あまつさえ尊い皇族と話しているから心臓もおかしくなってしまったのだろうか。

「いいえ、皆さんきっとお話をしていないから気が付かないだけで、きっとすぐに気が付くと思います！」

そう言って、雪哉は慌てて目を背けた。

顔が熱くなっている気がしたのだ。

隣で菓子を夢中で食べる為仁の口の端にクリームがついているのをいいことに、そっと上着の胸ポケットからハンカチを取り出して、彼の口元を拭く。

「にゃにゃ〜。えへへ〜、ゆきちゃん、ありがと〜」

為仁は恥じらいながら礼を言って笑ってくれる。

「……僕は陛下も殿下もまったく怖くないです！　むしろ、全力でもふりたいです！」

その愛らしさに拳を作って宣言すると、また声に出して笑われてしまった。

「もふりたいのか？　もふればよい。ほら」

小遊仁が、両手を広げた。

「え!?」

「遠慮はいらないよ。ほら、おいで」

手招きをされて、「雪哉さん、おいで」と言われる。

「そ、それはさすがに……」

「君なら構わない」

僕が構う……

雪哉が動こうとしないので、小遊仁の手が先に雪哉の腰に回される。そのまま引き寄せられ、狼の頭がそっと雪哉の頬に擦り寄せられた。

うわっ！　ふわふわで、柔らかい綿毛みたい！

人を駄目にするもっふり感に、雪哉は目を瞬(またた)かせる。同時に心臓の鼓動がおかしなほど速くなる。

動悸がっ！　僕、変な病気発症した!?

「えー！　さっちゃんだけ、やだあ！　ためもするよぉ！」

為仁も雪哉に抱きつく。すると小遊仁の芯のある毛質とは違う、もっと滑らかでふんわりとした毛質にすりすりされるとさらに心地よさが増して――

――って、皇帝陛下と皇子殿下に何させてるんだ僕！

雪哉は我に返ると慌てて体を引いた。

「も、もう十分でございます！　ありがとうございました！」

「ちゅまんないーぃ！　ため、まだちょろっとしかぎゅーしてないよぉ？　もっちょ、ぎゅーしよ？」

「何故離れる？　まだ少しだけではないか。もっとおいで」

両手を広げる二人に雪哉は慌てて首を横に振った。小遊仁と為仁は残念そうに眉根を寄せる。

「つまらん」

「ちゅまらーん！　ぷんぷーん！」

二人同時にそんなことを言われてしまうが、さすがにこれ以上の接触はいけないだろう、と雪哉は頭を下げた。

「ずっと衛士(えいし)の方もいらっしゃいませんし、これ以上は……。そろそろ暗くもなりますし」

そう言って空を見上げると、だいぶ暗くなり始めていた。夕の残光だけがうっすらと長椅子を照らしている。為仁と小遊仁もそのことに今気が付いたようで、わずかに目を見開いた。

「そろそろお暇(いとま)いたします。ご一緒することができて大変光栄でございました」

雪哉は立ち上がると、そっと長椅子を離れて頭を下げた。それでも少々物足りなかったようで、小遊仁は眉尻を下げた。

「もう行ってしまうのか？」

「えー、まだおやつあるよぉ？　ぎゅーもしてないのにぃ」

寂しそうに言われて、雪哉は再度頭を下げた。そろそろ戻らないと父や兄たちが心配する。それにこれ以上いたら、身分が違いすぎるのに居心地がよすぎて尻に根が生えそうだ。

後ろ髪をひかれつつも一歩を踏み出したところ、小遊仁が「雪哉さん」と声を掛けた。

雪哉は立ち止まって「はい」と振り向く。

すると小遊仁は美しい笑みを浮かべて、雪哉を見つめていた。

「君がよければ、また私たちと会ってくれるか？」

「え!?」

雪哉が瞠目すると、小遊仁は「駄目か？」と首を傾げる。

「僕とですか？　ほほほほほ、本気で言っていらっしゃいます？」

「本気以外の何がある？」

「んううん？　さっちゃん？　ゆきちゃん、おうちきてくえゆの？」

慌てふためく雪哉に対して、小遊仁はまったく変わらない声の調子で、静かに頷いた。それとは対照的に為仁は小遊仁を見上げて、ぱっと顔を輝かせる。

「うん、今お誘いしているところだ。為仁もお誘いしてくれるか？」

「もっちもっちちよ！　ゆきちゃん！　おうちおいでぇ！　こんどね、ためのだいしゅきなおやつ、よういしとくよ！　そんでね？　あそぼおね？　ね？　ね？」

言葉だけでは足りないと言うように、為仁は長椅子から降り、雪哉の足にしがみついた。

その体温の高さと、きらきらとした瞳に思わず雪哉はもだえる。

はわわっ、可愛い！

小さな猿のようにくっついている為仁を、小遊仁は、「おいで」と片手に抱いた。

「雪哉さん、どうだろうか？　嫌か？」

「嫌だなんてとんでもございません、ですが……本当によろしいのですか？」

思わず真剣に聞くと、小遊仁は目を細める。

「君といると、とても楽しいんだ。それに、かなり和む」

和む？　そんなこと言われたのは初めてで、瞬き（まばた）を繰り返してしまう。

「えっと、僕もとても楽しかったです」

雪哉が言うと、小遊仁は「そうか、それは嬉しい」と微笑む。

柔らかな微笑みにどきりとすると、小遊仁はさらに続けた。

「近々に手紙を送る。君が都合のいい日に私たちと会ってくれ。その時にはその格式ばった敬語も必要ない」

そもそも、皇帝陛下に呼ばれたならば、雪哉に拒否権などあろうはずがない。

——でも普通、皇族のかたの都合のいい日に僕が呼ばれるんじゃないの？　僕の都合でいいの？

疑問に思いながらも、雪哉は返事を待つ二人に微笑みかけた。

「僕はいつでも構いません。陛下と殿下の御都合のよい日にちをお教えください。それに合わせて馳せ参じます」

その言葉を聞いた為仁と小遊仁が笑み崩れる。小遊仁は立ち上がると為仁を抱いていない方の手で、雪哉の頭を撫でた。

「気遣いは無用だよ。君は優しいね。次回、会えるのを楽しみにしている。それまで健やかに」

「しゃみしいけどまたねえ～！　つぎは、いっぱいあしょぼおね！」

その手の温度にまた鼓動が高鳴るのを感じながら頭を下げる。長椅子を離れて、小路へ抜けると二人して手を振って送り出してくれているのが見えて、雪哉は首が折れるほどに頭を下げた。

いつの間にか日はすっかり落ちていた。

ひんやりとした空気を肺に吸い込み、大広間への道を急ぐ。

その途中、頬を抓ると確かに痛かった。

「……いたい」

まるで夢を見ていたようだ。短い時間であったが、とても楽しかった。

まさか皇帝陛下にお会いできる日が来るなんて思ってもみなかった。

手紙を送ると言っていたけれど、きっと社交辞令だろう。

——家族に自慢したいが、自分の胸にしまっておこう。それにしても、獣人は本当に動くぬいぐるみのようだった。大小のもふもふに囲まれて幸せだったな。

自然と笑みをこぼしながら兄たちの元へ戻ろうとすると、有次と博文が生垣から姿を見せた。

「「雪！」」

「あれ？　有次兄さん、博兄さん」

「何事もなかったか？　焦ったぞ、どこにもいないから……」

雪哉の全身に視線を送る有次と、ぎゅっと手を握る博文に雪哉は苦笑する。

「大丈夫だよ。ごめんね、遅くなって。それよりも、博兄さんはあの人置いてきちゃったの？」

すると博文は嫌そうに顔を歪めた。

「しばらく話に付き合った後、疲れたと言うから、じゃあおやすみになっていてくださいってそのまま置いてきた。相手はしたから十分だろう」

「珍しいね。博兄さんがそんなに嫌うなんて」

「ああ……最近学子にどうしてもと引き合わされたんだが、俺はあの人が苦手だ。やたらと出会うのも気になる」

人が好くいつも優しい兄が渋い顔をしていることが気になって雪哉が問うと、小さな声で博文が内心を吐露した。

それを耳ざとく聞きつけた有次も頷く。

「そういえば、この間街で買い物していた時にも偶然会ったたな」

雪哉は先ほど初めて会ったが、有次も友理子とは顔見知りらしい。

確かに押しの強い女性だったたな、と語る有次の横で博文が項垂（うなだ）れた。

為仁はさらに嬉しそうな表情で、雪哉と折った折り紙を持ち上げる。

「ゆきちゃんとおいがみたのしかったのよぉ！　さっちゃん、またつくってあげるね！」

「楽しみにしているよ」

為仁の額に優しく口づけて、小遊仁はさっきの奇跡のような出会いに思いを馳（は）せた。

——会った瞬間、雪哉こそが自分の運命の番（つがい）だと直感した。

広間から戻り、生垣から見えた為仁と遊んでいる雪哉から目を離せず、それと同時に言葉にできないほどの幸せな気持ちが小遊仁の体中を包み込んだのだ。

待ち焦がれていた運命。

ずっと、ずっと待っていた。

幼い頃から両親に聞かされていた運命の番（つがい）の存在。

皇太子時代から妃候補の令嬢を紹介されてはいたが、まったく興味がなかった。まったく惹かれなかったのだ。自分には運命の番（つがい）が必ず現れてくれると信じ、縁談は断り続けていた。

それが、つい数時間前、ついに小遊仁は運命に巡り合ったのだ。

為仁はある理由で人見知りが激しく、大人数の前に出たがらない。為仁が人に囲まれて倒れてしまったのを見てから、それを強（し）いることはしないようにしていた。

夜会の間は別室で遊ばせようかと思っていたが、為仁が外で遊びたいと言ったため、小遊仁と為仁は庭を訪れたのだ。

しかし菓子と飲み物を取りに広間へ戻っていた間に、まさか自分の運命の番（つがい）が現れるとは夢にも思わなかった。

　再び出会った瞬間の幸福な気持ちが沸き起こり、小遊仁はほう、と息を吐いた。

　しかも彼は運命の番(つがい)というだけでなく、獣人でありこの国の皇帝である自分たちにできる限り誠実で丁寧な反応を見せてくれた。完全な人間の姿と、獣人の姿を持つものが入り混じるこの国であっても、皇帝が獣人であることに対して、畏れや忌避を抱くものは少なくない。

　ところが雪哉は身分にこそ従おうとしていたものの小遊仁と為仁を同じ人間として扱ってくれた。

「君は幸せを運ぶ天使のようだね」

　――もしもこの子を庭で遊ばせなければ、雪哉と出会えなかった。

　――為仁のおかげで運命と出会えた。

　小遊仁の言葉に、為仁は首を傾げる。

「さっちゃん、しあわせなの？」

「うん、君のおかげでとても幸せだ」

「さっちゃんがしあわせなの、ため、めちょめちょにうれしいの！」

　小遊仁は為仁に微笑んで、ふわふわの頬に口づけた。

「そういえば、次いつ彼に会うかだったね。後で雪哉さんに手紙を書こう。君も書いてくれるか？」

「ゆきちゃんにおてがみ？　ため、かくよ！」

　目をきらきらとさせて為仁が頷く。

「あ、そうだ！　ゆきちゃんにね、おみやもごよういしようね？　よろこんでくれるかちら？」

「それは良い提案だ。君の好きな菓子を一緒に贈ろう」

「いっぱあいあるから、まよっちゃうねぇ！」

何がいいだろうと楽しそうな為仁の頭を撫でてから、小遊仁はゆっくりと腕の袖を捲った。

そして、捲った袖から見えたものに息を呑んだ。

「ああ、やはり……」

日華である自分の本能が確実だと知らしめる結果がそこにあった。

無意識に目尻に涙が盛り上がり、小遊仁は自らの腕に軽く口づける。

「ずっと、ずっと君を待っていたよ」

柔らかな声で呟くと、小遊仁はそっと袖を元に戻した。

＊＊＊

夜会が終わってから数日後、雪哉はいつも通り自室で過ごしていた。夜会の後、疲れ切った兄たちと両親に、皇帝陛下に会ったなどと話すことはできなかったのだ。

「雪？」

——まあ、結局その後何もないし、手紙の件もお戯れだったんだろう。

「おーい、雪」

——それにしても皇子殿下はお可愛らしかったな……

「こら、雪！」

「わっ」

慌てて顔を上げると、呆れた顔の暢がこちらを見ていた。

「この本どこに戻すんだ？」

「あ、ごめん。ええと……右側の奥の本棚にお願い」

窓の外を見ると日が陰り始めていたから、兄たちもそろそろ帰宅する頃だろう。ずっと本を読んでいたから体のあちこちが固まってしまっている。

感傷を取り払うように雪哉が伸びをしたのと同時に、コンコンと扉が数度ノックされた。

雪哉の代わりに本棚に本を戻していた暢が即座に足を向ける。

扉が開くと、執事の三橋が姿を見せた。

「雪哉様宛にお手紙と贈り物が届きましたのでお持ちいたしました」

「ん？　僕宛？　ありがとう～」

椅子から立ち上がって三橋の元へ行こうとしたら、暢が代わりに届け物を受け取ってくれる。

「後でお茶とお菓子をお持ちしましょうね」

「いいよ、俺が行くから。父さんは他の用事しててよ」

微笑む三橋の背を押して扉を閉めてから、暢が雪哉の側に来る。

それから封書と小箱を渡された。

「初めてじゃないか？　雪に手紙が届くのって」

「うん。封書と贈り物をもらうほどの友達も知り合いもいないと思うんだけど……」

それを「ありがとう」と受け取ると、非常に肌触りのいい紙だった。暢もそれに気が付いたのか、一瞬目を瞠ったが、すぐに身を翻す。

「俺、下からお茶と菓子を受け取ってくるから」

「ありがとう」

せっかくの初めての手紙を一人で読ませてやりたいと思われたのかもしれない。暢の細やかな気遣いをありがたく思いながら、雪哉はすん、と鼻を鳴らした。

すると紙には香まで焚き染めてあるようで、えも言われぬ匂いがする。まさか、と裏面を確認して雪哉は息を呑んだ。

右端に「小遊仁」と達筆な文字で名前が書かれている。その隣には、一生懸命に書いたであろう為仁の名前が平仮名で書かれている。

皇帝と皇子連名の手紙だ。

——社交辞令かと思っていたのに……。殿下の御名前も書いてくださっているなんて。

慌ててペーパーナイフを手にして、そっと封筒を開けると二枚の洋紙が入っているようだ。一枚目を開くと美しく達筆な文字が目に映った。

雪哉さんへ
先日は、楽しい時間をありがとう。

私も為仁も、とても充実した時間を過ごすことができた。
先日話した通り、君を皇宮に是非招待したい。
こちらはいつでも構わないので雪哉さんの都合の良い日を教えてほしい。
返信用の封筒を同封しているので、それを宮殿宛に寄越してほしい。
良い返事を待っている。
追伸：為仁が雪哉さんにお気に入りの菓子をと言うので、金平糖を一緒に贈った。
　よければ賞味してくれ。

小遊仁

ゆきちゃんへ
ためのおきにによ！　おいしーよ！
はやくきてね！

ためひと

一枚目は小遊仁、二枚目は為仁からである。

小遊仁の文字は流麗で目に美しく、為仁からの手紙はどれも洋墨が飛び跳ねていて、本人と同じぐらい元気いっぱいだ。

まだ三歳だというのに、しっかりと文字が書けるのがすごい。狼獣人は能力が秀でていると聞いたことがあるから、それが関係しているのかもしれない。

それにしても一生懸命さが伝わってきて、癒される。

そう思いつつ一緒に届いたというリボンが掛けられた小箱を開けると、小粒の色とりどりの金平糖がきらきらと輝いていた。これもきっと皇室御用達の高級なものに違いない。

ふと机の上に目を向けると、封筒には、確かに玉璽が捺されている。

まるで夢の続きのような手紙に、雪哉は信じられない気持ちで首を左右に振った。

「本当に、皇帝陛下なんだよね」

しかし、手紙には「いつでも構わないからおいで。楽しみにしている」と、出会った時の親しみやすさそのままの文面が確かに残されている。

社交辞令ではなく、本気で皇宮に招かれた。玉璽は本物――

「どうした雪？　百面相してるけど？」

「え、嘘！」

無意識に表情を変えていたらしく、雪哉は自分の顔を手のひらで押さえて溜息をついた。

その様子を見て、只事ではないと気が付いたのか、茶と茶菓子を載せた盆を手にした暢が近づいてくる。

「夜会でいい人にでも巡り合ったのか？　心配してたけど、意外と楽しそうだったからさ」

その言葉に一瞬躊躇いながらも雪哉は頷いた。

「うん、実は、夜会で皇帝陛下と皇子殿下に拝謁する機会があったんだけど……その時のことを覚えてくださっていたみたいで、皇宮に招かれちゃった」

そう言って手紙の玉璽を見せると、暢が瞠目する。

「本当かよ⁉　それ、すごくないか⁉」

「僕も驚いてる。行っていいものかな？」

暢に訊ねていたら、部屋の扉が数度ノックされた。

「ただいま、雪、暢」

「遅くなってしまってすまない」

「おかえり～、有次兄さん、博兄さん」

「おかえりなさいませ」

声の主に気が付くと、すぐに暢が立ち上がって、扉を引く。有次と博文は部屋に入ってくるなり、雪哉をぎゅっと抱きしめた。仕事から帰った兄たちは必ず雪哉を抱きしめる。それが日常となっているので雪哉も手紙を持ったまま、二人を反射的に抱きしめ返した。

「ん？」

その際に手に持っていた紙に触れたのか、有次が雪哉の持つ手紙に気が付いた。

優しい表情が一転、少し面白くなさそうな顔になる。有次は雪哉の手から器用に手紙を抜き取って、封筒を裏返す。

「誰からだ？」

「まさか、この間の夜会で誰かに言い寄られたのか⁉」

博文が眉間に皺を寄せて手紙を凝視する。しかし、雪哉は首を横に振って有次の持つ手紙の玉璽(ぎょくじ)を指で示した。

「皇帝陛下と皇子殿下から、です……」

二人は「はあ⁉」と素っ頓狂な声を出したかと思うと、手紙に目を走らせた。

「――夜会で陛下と殿下に会ったのか！　そんな話はしてなかっただろう？」

有次が信じられないといった顔で雪哉に振り向く。雪哉はなんとも言えない表情を作った。

社交辞令だと思っていたので言わずにいたのだ。やはり言っておくべきだったかと反省する。

「ごめん」

「いや、謝らなくていい。責めているわけじゃない。だが、なかなか帰ってこないと思っていたら陛下方に会っていたとは……」

驚いた表情で首を振る有次の横で、博文は玉璽(ぎょくじ)を睨んで絶句している。

やはりそれほどのことだったのだ、と内心で雪哉は項垂(うなだ)れた。

「兄さんたち、これってどう思う？」

「どう思うって……皇帝陛下は日華(アルファ)だろう。しかも狼獣人だ。なんともなかったか？」

雪哉の頬を撫でながら、有次が顔を顰(しか)めて問う。

慌てて雪哉は首を振った。

「ううん、なんともないよ」

恐れ多い話ではあるけれど、兄たちは日華(アルファ)の皇帝陛下に警戒したのだろう。実際何もなかった。出会った時の心臓は忙しなかったが、これは言わなくてもいいだろう。

雪哉の様子をじっと見つめていた博文は、その言葉を聞いて息を吐き出すと扉に視線を向けた。

「ひとまず父さんたちに相談しよう。俺たちだけじゃ手に負えない」

「そうだな。――暢、二人はもう帰っていたか？」

「ええ。階下でお茶をお出ししていると思います」

有次の問いに、即座に暢が答える。二人は頷き合うと、手招きで雪哉を呼んだ。

「わかっているだろうが……」

「うん。手紙は兄さんたちに預ける」

「いい子だ」

短いやり取りの中で、二人は封筒に洋紙をしまうと扉から出ていった。取り残された雪哉が暢を見ると、「お前に来た手紙だろ？」と軽い口調で言われて、背を押される。

その動きに従って、雪哉も二人の兄を追いかけた。


「あら？　何かあった？」

ずらりと兄弟が勢ぞろいしたのを見て違和感を覚えたのか、母が首を傾げた。居間には温かな湯気を上げる紅茶カップがすでに五つ――兄弟の分まで揃えられている。

有次と博文が椅子に腰かけるのを見て、雪哉も慌てて椅子に座った。

「ずっと、言ってなかったんだけど……実は」

有次に視線を送ると、両親に手紙が渡される。玉璽（ぎょくじ）に気が付いて目を丸くする両親に、雪哉は夜会での出来事や、皇帝から皇宮に招待されたことを伝えた。

しかし、それを聞いた両親は渋い顔になった。

「なるほど。――私たちの個人的な意見としては行ってほしくない、かな。陛下は日華（アルファ）で獣人だ。万が一、と言うこともある」

隣で、母も頷いた。その言葉を聞いて有次たちが驚いたような表情になった。雪哉もだ。いかに優しくて、まるで選択権があるように書いてあっても、この手紙には玉璽（ぎょくじ）が押されている。

つまりこの招待は皇帝陛下からの命令に等しいということだ。

「父さん、それは――」

「ああ、わかっている。玉璽（ぎょくじ）が捺されている手紙を我ら皇帝陛下の臣民は断れない。だがそのうえで、知っておいてほしい。皇帝陛下が相手であったとしても、雪が傷つく可能性があるとしたら行かせたくないんだよ」

その言葉と父の視線に雪哉は思わず息を呑んで、俯いた。

一瞬でも楽しみにしていた自分が少しだけ恥ずかしい。また、家族にこうしてまっすぐな愛情を伝えられることは気恥ずかしかった。

「ただ」

父の言葉に顔を上げると、父は雪哉に向かってほんの少し寂しげな表情を向けていた。

「私たちは危険だと思っても、実際に皇帝陛下にお会いしたのはお前だけだ。……陛下は怖い方だったかい」

「いえ！　本当に、手紙の通り親しみ深くて、すごく……」

かっこよかったです！　と言いかけて、慌てて雪哉は口を噤み、適切な言葉を探して宙に視線を投げる。

「ええと……お優しい方でした」

雪哉の言葉に有次と博文が目を丸くする。父はわかっていたというように頷いて、兄二人と母の方を見やった。

「お前が危険じゃないと思うなら、それでいい。ただ、あまり長居はしないようにしなさい」

兄二人はもの言いたげに父を見つめたが何も言わなかった。

「行っても、いいんですか？」

「渋々だけどね」

肩をすくめる父に、雪哉は「早めにお暇（いとま）します」と頷いた。

その後、行きと帰りは有次か博文と一緒だと約束して、バタバタと皇宮へ向かう準備をすることになった。

その間に、暢が為仁からの贈り物である金平糖を紅茶に添えて出してくれる。

上品な果物の香りを鼻孔に残して、金平糖は口の中でほろりと消えていく。思わず微笑んで、雪哉は小遊仁と為仁のために万年筆を手に取った。

＊＊＊

——そして数日後。

朝早く白崎の邸宅を出て、ゴトゴトと揺られること数十分、雪哉と博文を乗せた馬車はだんだんと皇宮に近づいていく。小遊仁から届いた手紙には、皇宮のどこに来ればよいかまで丁寧に指示がなされていたので、その点は問題ない。

前の席には、赤や黄色などのリボンが掛けられた大中小の箱が置かれている。座席の下にある物入れにも箱がぎゅうぎゅうに詰まっている。

全て二人への土産だ。雪哉は座席の下を開けて土産をもう一度確認した。忘れ物はないと思う。もちろん皇帝陛下に見合うようなものを下級華族である自分が用意できたとは思えないけれど、何も持参しないのは以て（もって）の外（ほか）だ。

家族と相談して土産を選んだので、大きな問題はないはず。そう思いながらも緊張は止まらずに、雪哉は座面に深くもたれかかった。

——ああ、もう引き返せない。いや、ここでならまだアリ？　いやいや、緊張半分楽しみ半分……なんだけど……いざってなると口から何かが出そうだ。

「まもなく到着いたします」

馬車内の雪哉と博文に、御者が声を掛けた。手に汗を滲ませながら雪哉は「はい」と返事をする。

見ると、どうやら皇宮の裏手に回り込んでいるようだ。夜会の時に使われた広い正面玄関ではないことに、内心胸をなでおろす。

その時ふと、馬車の小窓から何かが動くのが見えた。

まもなく到着するのに小窓を覗くのははしたないがどうしても気になって目を凝らすと、ハタハタと振られる人の似顔絵が描かれた旗が目に映った。

あれなに？　小旗？　誰の顔？

しかも、それを振っている人物は——

「は、陛下⁉　殿下まで⁉」

小遊仁と為仁が両手に小さな旗を持って、雪哉の乗る馬車に向けて振っている。一緒に乗っていた博文も雪哉の言葉につられて小窓を覗き、その光景に絶句していた。

——え、ちょ。それは貴方たちがされる側では？　そんなまさかのお出迎えなんて……ああ、でも、旗を振っていらっしゃる為仁様、めちゃくちゃ可愛い。両手に持って、ぴょんぴょこ飛び跳ねてる。

「ゆ〜き〜ちゃ〜〜ん」

慌てて窓を開けると、為仁の声が聞こえる。雪哉が小窓から顔を覗かせると、さらに勢いよく為仁が両手を振った。雪哉が手を振り返すと、為仁のみならず小遊仁も手を振り返した。

「おいおい、すごい歓迎ぶりだな」

博文が苦笑しながら言った。雪哉は窓の外に頭を下げて、博文のほうに顔を向けた。

「僕の前か後に、誰か国賓が来るとかじゃない？」

「いや、お前の顔の旗を振ってるから、雪を出迎えてるのは確実だろ」

「えっ。あの旗、僕の顔!?」

「そうだろ。あのぽやっとしている顔は間違いない。殿下がお描きになったのか？」

そう言われて旗を見直すと、言われてみれば似ているかもしれない。行幸（ぎょうこう）の際には小さな国旗を振ってお迎えしたという話を父から聞いたけれど、まさかそれを自分がされる時が来るなんて――

そうこうしている間にゆっくりと馬車は停まり、扉が開く。

扉の近くに座っていた雪哉が先に恐る恐る降りると、為仁がモフンと抱きついてきた。

今日の装いは、白いシャツに林檎のようにふんわりとした紺色の半ズボンだ。サスペンダーの留め具が花の形になっている。しかし雪哉に笑顔を見せたかと思えば、後から降りてきた博文に驚いたようで、尻尾がぶわっと膨らんだ。すぐに歩み寄ってきた小遊仁の後ろに隠れてしまう。

為仁殿下、本当に人見知りだったんだ……、と思いつつ雪哉が顔を上げると、小遊仁が博文に向かって首を傾げていた。

「こんにちは。君は？」

その声にうっすらと乗せられた威圧感に、雪哉は一歩下がりそうになる。しかし博文は平然と膝をついて最敬礼の姿勢をとった。

「我らが偉大なる皇帝陛下に拝謁いたします。私は白崎男爵が次男、博文と申します。僭越ながら私がこちらまで一緒について参りました。殿下に怖い思いをさせてしまい申し訳ございません」

「立ちなさい。そうか、君が雪哉さんの兄君か。誠心誠意おもてなしするので、どうか安心してほしい」

「もったいなきお言葉でございます」

博文の言葉に威圧感は霧散した。博文はもう一度頭を下げて、雪哉に振り向いた。

「また時間になったら迎えに来る」

「ありがとう」

博文が馬車に乗り、去っていくと、「さて、出ておいで皇子様?」と小遊仁が背後に首を捻った。

隠れていた為仁が顔をひょっこりと出した。しかしモミジのような手は未だに小遊仁のズボンを握り締めて離さない。

「もうあのひととはバイバイしたのね?」

「うん、帰っていかれたよ」

小遊仁の言葉を聞くと為仁は笑顔になり、雪哉を見上げる。

「こんにちはあ!　ゆきちゃん!」

ふわふわの尻尾が、はち切れんばかりに振られる。

「ごきげんよう、皇子殿下」

雪哉が笑顔を向けると、為仁はさらに尻尾を振ってくれる。

「きゃあん！　ごきっげんよぉ！　くびをながあーくちて、おまちちてましたぁ！　さっちゃんとためのおうちによーこそお！」

雪哉は、為仁の前で膝をついて微笑んだ。為仁は雪哉の手をむっちりとした手で握ってくれる。

「御招待いただき、恐れ入ります。お菓子、とても美味しかったです。ありがとう存じます」

「うふふふ～、うれしい～。またあげるかやね」

そう言って、為仁はふわふわの顔を雪哉の手に擦り付ける。

――も、もふもふ！　滑らかな毛皮が気持ちよくて、幸せ……

ひとつひとつの動作が可愛くて癒されながら、雪哉がそっと為仁に触れると、さらに嬉しそうな声が返ってきた。そのまま戯れを続けていると、雪哉の肩に手が乗せられた。

「雪哉さん」

一回聞けば忘れないような落ち着いた重低音に、雪哉は視線を上げる。

するとー小遊仁が、尻尾をゆったり振りながら笑っていた。雪哉は、一旦為仁から離れて、最敬礼する。

「改めて、ようこそ。よく来てくれた」

「御招きいただき、恐悦至極でございます。拝謁いたします、皇帝陛下」

「雪哉さん、今更だ。堅苦しい礼はいい」

そんなことを言われても堅苦しい挨拶をしなければならない身分だ。雪哉が顔を上げずにいたら、小遊仁は「今日は天気が良いから中庭で茶をしよう。おいで」と雪哉の片手を優しくとった。

思わずその手を凝視して、雪哉は固まってしまう。

「雪哉さん？」

「あの、軽々しく触れていいような身分ではないのですが……」

そっと放そうとしたら、「無礼講だ」と言われてさらにぎゅっと手を握られてしまった。振り払うわけにもいかず、雪哉はますます動けなくなってしまう。

すると、小遊仁は笑顔になって為仁に視線を向けた。

「為仁、雪哉さんと中庭に行こう」

「んのののぉ！　がってんよぉ！　ゆきちゃんこっちきてぇ！」

為仁は意気揚々と雪哉のもう片方の手を握って引っ張る。いいのだろうかと狼狽えていると、手を繋いだまま小遊仁が歩き出した。

「本当は中庭で待っているようにと言われていたんだが、どうしても出迎えたくてな」

自分のために、なんと贅沢な対応だろう。雪哉はそう思いながら頭を下げる。

「僕のような者に大変恐れ入ります。陛下、一つ質問してもよろしいでしょうか？」

雪哉は、どうしても気になっていたことを恐れ多くも質問した。

「一つと言わずいくらでも」

「先ほど手に持っていらっしゃった旗はどなたがお作りになったのですか？」

「これねぇ、さっちゃんのてじゅくりよ！」

——な、なんと皇帝陛下の手作り⁉　陛下って器用なんだ……じゃなくて。

思わず目を見開いて足を止めると、小遊仁はにっこりと微笑んだ。

「雪哉さんを歓迎するにあたって、何かないかと為仁と考えたんだ。我ながら君の愛らしい顔が描けた傑作だと思う」

控えめだが、得意げな表情で小遊仁が言う。

「す、素晴らしいですね」

どう答えていいのかわからなかったが、ひとまず無難な解答をする。すると、小遊仁と為仁は視線を交わしたかと思うと、何やら二人で手を握り合っている。

「為仁、褒められたぞ」

「きゃー！」

まるで円舞曲（ワルツ）を踊っているように両手を繋いで二人がくるくると回る。白銀の尻尾が揺れる姿は優美だが愛らしく、雪哉はいつの間にか微笑んでいた。それに気が付いた二人は動きを止めて、雪哉に手を差し出す。

「さて、おいで」

「おいでねぇ！」

今度こそ躊躇わずに雪哉は二人と手を繋いだ。そのまま楽しそうな二人に手を引かれ、宮殿内に足を踏み入れる。

皇帝が住む禁闕（きんけつ）は、豪華絢爛と勝手な考えを持っていたが、内装は非常に落ち着いていた。だが、並べられた調度品はさすがに最高級品だと雪哉でもわかる。あまり見回していても失礼なので、視線だけで周囲を見てからは下を向いて歩いた。

　夜会の時に使われていたのは、国賓や華族に開放されている別棟の大広間だったが、ここはそうではなく実際に小遊仁と為仁の暮らしている本棟のようだ。

　こんな場所に入ることができるなんて、本当に異例で幸運なことだ、と雪哉はひそかに唾を呑んだ。

「ゆきちゃん、ついたよ！」

　しかし、為仁たちは雪哉の緊張など露ほども知らぬ様子でずんずんと歩き続ける。

　最後に様々な色彩の硝子(ガラス)が緻密に組み合わされたステンドグラスでできた美しい扉を潜ると、こぢんまりとした庭が現れた。

　藤棚が屋根の代わりになっているような四阿(あずまや)だ。紫が色鮮やかな早咲きの藤の花の下に、テーブルと椅子がしつらえてある。見れば、すでに卓上には菓子やポットなどの茶器が置かれていた。

　白銀の狼の頭を持つ二人がそこに立つ様は、まるで童話の中に迷い込んだようだ。

「はい、ゆきちゃん！　ここ、すわってね！　そのおとなりに、ためもすわっちゃうから！」

　尻尾を左右に振りながら長椅子の座面をペチペチと叩いて、為仁が雪哉を呼ぶ。

「皇子殿下がお先にお座りくださいませ」

「なぬっ？　ゆきちゃん、めっめん！　ためのことは、ためってよばないといやあよ！」

　チッチッチッと言いたげな顔で、小さな人差し指を雪哉に向けて左右に揺らす。

　その愛らしさに心ときめきつつも、皇宮内でこれ以上の不敬を皇子殿下に行うことは躊躇われる。

雪哉が立ち竦んでいると、小遊仁がこてりと首を傾けた。

「雪哉さん、そう呼んでやってくれ。できれば私のことも小遊仁と呼んでくれると嬉しいのだが」

「陛下、それは無理です」

皇族を軽々しく御名で呼ぶなど言語道断だ。特に皇帝である小遊仁に対しては絶対に無理だ。

雪哉が首を横に振りながら即答すると、小遊仁は「……そうか……」と落胆したように肩を落とす。尻尾も同様にしょんぼりと垂れている。

――そんなにしょんぼりされても、呼べないものは呼べません！

罪悪感にじりじりと身を焼かれつつも、心配してくれていた家族の顔が雪哉の頭をよぎると、名前など呼べるはずもない。それに、お二人が許したと言っても、万が一他の人間に聞かれたら咎められるのは雪哉のほうだ。それで家族に迷惑がかかったりしたら、後悔してもしきれない。

すると、その様子を見た為仁が雪哉の服の袖をツンツンと引っ張って、潤んだ瞳を向ける。

「なあに？　なあに？　ゆきちゃん、ためもさっちゃんもむりなの？」

「えっと、あの……陛下と殿下は尊きお方です。ですから、御名前では呼べないのです。どうか御理解いただきたく……」

それを聞いた為仁は難しいと言いたげに首を傾げたが、断られたことはわかったようで頬を盛大に膨らませて、小遊仁の背に隠れてしまった。

「さっちゃん。ゆきちゃんがおなまえよんでくれないの。ため、しゃみしい」

「私も寂しい」

為仁の言葉に調子を合わせるように、小遊仁が尻尾を寂しげに揺らす。

「よーしよーし。さっちゃんもしゃみしいよねえ？」

小遊仁が為仁の目線に合わせて屈むと、為仁の小さくむっちりした手が小遊仁の頭を撫でた。

小遊仁も為仁の頭を撫でて、互いの尻尾が揺れる。為仁は何度も「しゃみしい」と雪哉を見ながら言っている。

どうやら遠回しにねだっているようだ。

うるうるとした赤い瞳に見つめられて、雪哉の心が罪悪感にさいなまれていく。

三歳児にして恐ろしい策を持っている、と怯んだ時だった。

「雪哉さん。三人の時だけ、名前で呼んでもらうわけにはいかないか？」

小遊仁がそう言って、雪哉を見上げる。

「この子も、私も、常に身分による序列を重んじて生きている。もちろんそれは大事だが……、私たちを恐れずにいてくれた雪哉さんには名前で呼ばれたいと思う。――それも駄目だろうか」

「う……」

寂しげに目を伏せた小遊仁の姿に雪哉はたじろいだ。彼の紅玉の瞳に見つめられると、否定の言葉どころか声一つすら上げられなくなってしまう。

それに追い打ちをかけるように、小遊仁の首に抱きついた為仁が小さな手をぎゅっと握りしめて言った。

「ゆきちゃん、だめ？　でんかって、いやあ！」

為仁が体を大袈裟に左右に揺らし、半分涙目になって言う。

——こ、これで無理だって言ったら、僕が鬼じゃん！　けど、身分がぁ！　そりゃ僕だって、ここまで言ってくださっているんだから御名で呼びたいけどさ。

二人がジッと雪哉を期待を込めた目で見つめる。

声に出ていないが、呼んで呼んでという圧がひしひしと伝わってくる。それでも雪哉が何も言わないでいると、小遊仁が再び口を開いた。

「雪哉さんが気にしているのは、他の者か」

「う。は、はい……」

「ここには私たち以外誰も来ないように伝えてあるし、雪哉さんの来訪自体もごく限られた者にしか伝えていない。だから、私たちの我儘を聞いてはもらえないかな？　三人だけの秘密にすると、私の名において誓う」

小遊仁が人差し指を口に当てて言う。

——あれ？　あ、そういえばここに案内された時も三人だけだったっけ。僕に気を遣ってくださっているんだろうか？　僕なんかに至れり尽くせりで申し訳ない。

馬車の出迎えの際も、今日ここに至るまでも衛士の類を見かけなかったことに今更気が付き、雪哉は目を瞠った。

まさか馬車を停める位置から、この場所にたどり着くまでの経路まで、雪哉が誰とも出会わないように計算ずくで行っていたんだろうか。そこまでして、雪哉が「正式な賓客」として身分を気にしなくていいように振舞っていたとしたら……

「……では、大変恐縮ではございますが、御名でお呼びしてもよろしいでしょうか？」

雪哉が勢いに任せて問いかけると、二人はふわっと花開くように微笑んだ。

「もっちん！　よんでよんでぇ！」

「是非頼む」

「ではお言葉に甘えて……小遊仁様、為仁様。本日は改めてお招きいただき、ありがとうございます」

「あやん？　しゃま、いやにゃいのにぃ」

一瞬名前を呼ぶ時に声が震える程度には緊張したというのに、為仁は親指を咥えて雪哉をジトリと見つめる。

――うう、そんな目で見つめないで！　さすがにこれが限界だよ！

内心でそう叫ぶと、小遊仁が立ち上がって為仁の頭をポンと撫でた。

「為仁。これ以上は、雪哉さんを本当に困らせてしまう。私たちの我儘に譲歩してくれたことに感謝しよう。まあ、おいおい呼んでもらえたら嬉しいけれどね」

「むあ～い」

不満そうにしながらも、為仁はどうにか納得してくれたようで、んしょんしょと言いながら椅子に座ろうとする。慌てて雪哉が手を伸ばそうとしたら、小遊仁が為仁の両脇に手を入れて持ち上げた。

そのまま為仁を椅子に座らせて、小遊仁は雪哉をその隣に座るように促す。

それを見た為仁がこてんと首を横に倒した。

「さっちゃん、ためをおひじゃにのせてもいいのよ？」

「ん？　じゃあそうしようかな」

小遊仁は為仁を抱き上げて、膝の上にちょこんと座らせた。

それから雪哉に着席を促す。

……なんで小遊仁様まで僕の隣に座るの？　前に椅子が二脚あるけど狭くないんだろうか。そういえば、この間会った時の二人も、こんな感じの時があったし、二人ともすごく仲がいいんだなあ。

そうしてぼんやりと二人を見つめていると、小遊仁が目元をほころばせて銀のトングを手に取った。

「雪哉さん、遠慮はせずにたくさん食べなさい」

皇帝自ら皿に菓子を盛って、雪哉に渡してくれる。雪哉は慌てて小遊仁と為仁にも同じことをした。二人が口をつけたのを見届けてから、雪哉も皿の上に並べられた焼き菓子からスコーンを口に運ぶ。

するとさっくりとした食感の後に、紅茶の芳醇な香りが口中に広がって、雪哉は目を見開いた。

白崎家は諸外国との貿易を行っているため、高価な紅茶や舶来菓子の類(たぐい)も爵位の割には食べつけている。ただ、これは本当に別格だ。

夢中になって食べ進めると、砂糖で煮つけた林檎が現れて甘酸っぱさが広がる。上品な甘みに思わず雪哉は感嘆の溜息をついた。

「――今度は味がするか？」

それを見た小遊仁が楽しそうに笑う。その笑みに、雪哉は苦笑した。

「もう忘れてくださっているかと思いましたのに……とても美味しいです」

今回のほうが緊張しているのに、不思議とちゃんと美味しいと感じる。

自分で食べたからというのもあるだろう。

「そうか。それはよかった」

小遊仁が、ふんわりとした微笑みを浮かべながら雪哉の頭をひと撫でする。

すると突然雪哉の心臓が謎の動悸を起こした。心臓が一気に早鐘を打つ。その不整脈を落ち着かせるように、雪哉はゆっくり何度も息を吸い込んだ。

「どうちたの？　おいしくない？」

「……いえ、とっても美味しいですよ」

突然俯いて、深呼吸をする雪哉を訝しんだのか、為仁が雪哉の顔を覗き込む。慌てて首を横に振ると、為仁は安心したような笑顔になった。

「よかったぁ！　これね、ためのおきにになの！」

そう言うなり、フォークに刺さった菓子を口元に差し出されて、雪哉は躊躇いながらも口にする。

こちらはタルト生地の上にふわふわとした何かが乗っている。

しかし、今回もきちんと味はした。美味しい、と雪哉は目を瞬(またた)かせる。まるで雲のようなふわふわは口の中でとろりと消えていった。今まで味わったことのない甘さに雪哉の頬が緩む。

「えへんへ～。くりーむ、おいしーでしょ～？　もっとあげる～」

そう言いながら、嬉しそうに笑った為仁は、雪哉の口にぎゅうぎゅうと菓子を詰め込んでいく。

頬が大きく膨れながらも、為仁の愛らしさにときめきが止まらない。

――はー、もう可愛いと富士の山頂から叫びたい。幸せが湧き水みたいに溢れて最高だ。

菓子を口に放り込まれてはなんとか咀嚼(そしゃく)して感想を言うと、さらに口の中の菓子が増えていく。

「雪哉さん」

「ふぁ、はい！」

今度は、小遊仁に名前を呼ばれて慌てて視線を向ける。すると雪哉の唇に新たな菓子が当たった。

「これも美味しいぞ」

雪哉は、これでもかと目を見開いた。為仁ではなく小遊仁が指でつまみ上げた洋菓子を雪哉の唇に当てていたのだ。

硬直した雪哉が口を開けずにいると、小遊仁は「口を開けてごらん」と微笑む。

慌ててまだ口に入っていた菓子を無理やり飲み込むと、生地が喉につっかかってむせてしまう。

「急がせてしまったか。すまない。ゆっくり噛みなさい」

背中を優しく撫でられて、雪哉は渡された紅茶を飲みつつ菓子を喉に少しずつ流した。

「もう食べられるかな？」

「は、はい！」

反射的に空になった口を開けると、ころんと菓子が転がり込んでくる。洋酒が入っているのか、わずかに香りがする。同時に口の中に広がる優しい甘さに、雪哉は顔をほころばせた。

「これは、私のお気に入りなんだ」

そう言って小遊仁が親指のはらを雪哉の頬に優しく滑らせる。思わぬ動きに盛大に雪哉の心臓が飛び跳ねた。それに思いがけず顔の距離が近く、雪哉の頬に朱が差す。

「ん？　顔が赤いぞ？　どうした？」

不意に小遊仁の顔がさらに近づいて、雪哉の額に小遊仁のもふりとした額が重なる。

「――うわぁっ!!」

椅子を後ろに倒す勢いで飛び退った雪哉に、小遊仁が目を見開く。小遊仁の膝の上にいた為仁まで雪哉の突発的な行動に驚いたようで、三角の耳はピンと張り、尻尾が逆立っている。

「ゆきちゃん？　どしたの？　おこたの？」

「い、いいえ……も、申し訳ございません。大きな声を出してしまいました。小遊仁様になんでもありますが、為仁様にはなんでもございませんので、どうかお気になさらずに」

雪哉は倒れてしまった椅子を起こし、急いで腰かけた。

為仁はそんな雪哉に、「ためのおやつ、たべゆ？」とフォークを差し出す。

――うう、驚かせたのは僕なのに本当に優しくて申し訳ないよ……！

雪哉は首を横に振り、そのフォークを手に取って「為仁様、どうぞ」と差し出した。

為仁はぱっと顔を明るくすると、大きく口を開けて菓子をもぐもぐと咀嚼(そしゃく)する。

その様子を見ていた小遊仁がどこかしょんぼりとした表情をしているが、雪哉は必死で真顔を作り、心を無にする。

——悟りを開こう。為仁と触れ合う時はなんともないのに、小遊仁に触れられると恐ろしい不整脈を起こしてしまう。

小遊仁はぬいぐるみ。大きなもふもふのぬいぐるみだ、と雪哉は自分に暗示をかける。

すると、菓子を食べ終わった為仁があれ？　といった表情で首を傾げた。

「むむむん？　さっちゃんにはなんでもあるの？　なあに？　さっちゃん、なにしたの？」

為仁が小遊仁を見上げて唇を突き出す。小遊仁は眉根を寄せて首を横に振った。

「いや、心当たりがない。なんだ、雪哉さん？　具合が悪いのか？　熱はないようだが」

またしても小遊仁の額が雪哉にもふんと触れて、雪哉の尻が浮く。

「ぎええ」

雪哉の口からなんとも言えない声が飛び出た。

「あらら。さっちゃん、ゆきちゃんがへんになってる」

「先ほどからどうした？」

飛び退くと、小遊仁が再び不思議そうに雪哉の頬に手を伸ばした。

いかにも心配そうな表情と、揺れる紅玉の瞳についに雪哉の心臓が破裂しそうなほど高鳴る。

——その言葉、そのままそっくりお返ししましょう。どうしたもこうしたもあるかい、このやろう！　あ、皇帝陛下にこのやろうって言っちゃった！　でも、心の中だから大丈夫！　なんでおで

こを引っ付けたり、ほっぺたを撫でたりするんだよ⁉

鼓動が速い。いつしか吐く息も荒くなり、情緒が不安定すぎて胸が痛くなりそうなほどだ。

テーブルに突っ伏しそうになると、また優しい手が雪哉の動きを止めた。

「雪哉さん？　本当にどうした？」

「――陛下のご尊顔が近いのです！」

視線を上げると、小遊仁の瞳には雪哉だけが映っている。

もう辛抱ならない。雪哉は顔を覆って叫んだ。

「お顔を近づけるのなら一言事前に申してください！　心の準備が！　心臓が破裂します！」

ぜいぜいと荒い息のまま言い切って、さあっと雪哉の顔が青ざめる。

――やってしまった。皇帝相手に暴言を吐いてしまった。家は取り潰されるだろうか、いやせめて僕の首だけで――

そんなふうに妄想を繰り広げる雪哉の隣で、何故か小遊仁は目を見開き、嬉しそうな表情を作る。

「雪哉さん……それは……」

「大変失礼いたしました、このような言葉万死に値します。大変申し訳ございません」

「いや、謝ることはない。雪哉さん、為仁ならばどうだ？」

小遊仁が為仁に、「為仁、雪哉さんのおでこにコッツンしなさい」と促す。

「するよお！　おでこデコデコ、コッツンコするぅ！」

歌いながら為仁が雪哉の額にゴツンと勢いよくぶつかる。

――あいたぁ！　でも、最高！　もふもふがたまらない！　ずっとしてて欲しい！

雪哉の反応を見て、すぐに為仁の顔は離れ、小遊仁が入れ替わるように額を近づける。

「ぐわあ！」

――不意打ちはやめてぇ！　人の話聞いて！

雪哉が勢いよく顔を離すと、小遊仁は体を引いてくすくすと笑った。

「ゆきちゃん、アヒルしゃんになった。ぐわぐわ」

アヒルの真似をしながら、為仁も楽しそうに笑っている。

一体何を試されたんだろう、と雪哉が顔を引きつらせていると、小遊仁がテーブルに頬杖をついて雪哉を見つめた。

「雪哉さん。他の者にも同じようなことをされたことがあるか？」

突如そんなことを問われ、雪哉は少し考えて、「ないです」と首を横に振った。

そういえば、人と触れ合うのは基本的に家族と暢だけで、その他の人でこんなにも密着したのは小遊仁と為仁が初めてだ。

そう言うと、小遊仁は尻尾を左右に揺らしてにっこりと目を細めた。

「――雪哉さんに意識されているのは嬉しい」

突然の言葉に、雪哉は瞠目する。

「は!?　い、いいいい意識!?」

「そうだ。私が雪哉さんを見てドキドキするように、雪哉さんも私を意識してくれていると、今この瞬間理解した」

「え⁉」

「実は、初めて会った瞬間から雪哉さんにドキドキしていた。こんな感情を持ったのは生まれて初めてだ。今もそれは変わらない」

「そんな馬鹿な⁉　――あ」

思い切りよく口語で皇帝陛下を罵ってしまったことに気が付き、雪哉は口を塞ぐ。

「……今のはなかったことに」

両手で覆った隙間からそう言うと、小遊仁が声を上げて笑い出した。

「ははは！　やはり君は楽しい人だ。こんなに笑ったのは何年振りだろう」

気分を害していないことに安堵しつつも、無礼は無礼だ。雪哉は立ち上がり、土下座するために地面に座った。

しかし、それを見た小遊仁は為仁を座面に座らせてから、雪哉を抱き上げて眉根を寄せた。

「こら、何をしている」

「え、せめて土下座をば……」

「そんなことをする必要はない。君は行動も面白いな。目が離せない」

片腕に抱かれると、小遊仁のもふもふが雪哉を襲う。力持ちだ。いくら痩せ型の雪哉でも、片腕に抱くのは重いはずなのに、と雪哉は慌てて彼の腕を軽く叩く。

「お、重いでしょうから、下ろしてください」

「重くないよ。むしろ軽すぎて、もっと食べさせたくなる」

「え？　そうですか？　結構食べるんですけど」

「ふむ。それと、触れるのに事前に申し出が必要か。それはすまなかった。あまりにも君が可愛いものでつい触れてしまった。許してくれ」

顎をくすぐられるように撫でられて、雪哉はひい、と身をすくめた。可愛いという言葉は家族から向けられたことはあれど、外の人間に言われたのは初めてだ。

くすぐったい気持ちでいると、袖を引かれる。下を見ると椅子に座った為仁がこちらを見ている。

「ゆきちゃん、だっこちてくれる？」

「へ」

思わず間抜けな声を出すと、為仁が手を伸ばして「ん、ん」と催促する。雪哉は慌てて言われるがままに為仁を抱き上げた。

「んむっふっふっ！　ゆきちゃんのだっこすきぃ～」

「恐縮でございます」

嬉しそうな表情をした為仁にぎゅっと抱きつかれ、いつの間にか緊張していた体から力が抜ける。

――僕も好きです～。ああ、最高にもふもふだ……

「おや。私の抱っこはご不満かな？」

すると小遊仁が冗談混じりに口角を上げる。それを見て為仁がちっちっちっと人差し指を振った。

「あらん、ちがうのよ。ごふまんじゃないのよ？　さっちゃん、きいてね？　ためね？　さっちゃんのだっこも、だあいすきなのよ？　でもね？　たまにはね、ゆきちゃんにもだっこしてほちいわけよ。わかるぅ？」

――出た！　可愛いやつ！　たまにはねって、抱っこしたことないけどね！　っていうか、小遊仁陛下は僕と為仁殿下の二人を持ち上げても全然平気なんだな……

愛らしい会話に心ときめかせていると、ふと小遊仁の視線が雪哉に向く。

「それはわかる。私も雪哉さんを抱っこするのは大好きだ」

「ん、なっ⁉」

勢いよく小遊仁に振り向くと同時に、声が口から滑り出てしまった。くつくつと笑いながら、小遊仁が雪哉の額に鼻先を軽く当て、為仁の額にも鼻先を当てる。

「強いて言うならば、君はもう少しふくよかにならねばなるまい。ほら、背に骨が浮いているのがシャツの上からでもわかる。痩せすぎではないか？」

「どふ⁉」

そして抱きかかえるように背中をなぞられて、変な声が出てしまった。涙目になりながら雪哉が小遊仁を見ると、当の本人は、涼しい顔で微笑んでいる。

すると、為仁が雪哉の胸をぷにぷにの指で突いた。

「ゆきちゃん、ためみたいにモリモリたべなきゃだめよお？」

腹を突き出して、為仁が得意満面に言う。膨らんだ幼児特有の腹を指でツンツンと突きたい気持ちに駆られながら、雪哉は頷いた。

「そうだな。モリモリ食べてくれないとね」

「いえ、普段から一日三食とその他に菓子などを食べているのですが、どうにも太らない体質なもので……」

「ふむ、そうか。体質ならば仕方がないが、やはり心配だ」

「ゆきちゃん、ためとおやついっぱいたべようね〜」

「お贈りいたしました菓子もどうぞ召し上がってください。僕と家族のお気に入りなのですよ」

「きゃあ！　たべるぅ！　ゆきちゃんのおきにには、ためのおきにになるよ！」

その花のような笑顔に、また雪哉の心が和んだ。為仁がいなければ、雪哉は小遊仁に弄(もてあそ)ばれて、疲労困憊になっていただろう。

――さて、土産の話も出たところだし、改めてお暇(いとま)させていただこう。短い時間だったけれど、本当に楽しかった。

そう思って一度だけ為仁を抱きしめ、小遊仁のほうを向くと、地面に下ろしてもらえた。不思議そうな表情の為仁を椅子に座らせて、二人のほうに向き直る。

「小遊仁様、為仁様。本当に本日はありがとうございました。僕のような者にこんなにも温かく接してくださったこと、心より光栄でございます」

もう二人の名前を呼ぶこともないだろう、としみじみと思いながら頭を下げる。しかし、何も反応がない。恐る恐る頭を上げると、きょとんとした表情の小遊仁と為仁が目に入った。

「雪哉さん」

「は、はい。なんでしょうか」

「いや、私たちは君とこれからも逢いたく思っているのだが、週に一回ほど私たちに逢いに来てくれないか？」

「はい？」

間の抜けた声でそう問うと、小遊仁は楽しそうに為仁に微笑む。

「為仁」

小遊仁は為仁の耳に顔を近づけて、コソコソと内緒話をする。するとすぐに、小遊仁の腕の中から為仁が雪哉の耳に手を添えて顔を近づけた。

「ゆきちゃん、あんね。ため、ゆきちゃんにあいたいなぁ～。とーってもあいたいの！　だからね？　さっちゃんとためにあいにきな！」

最後の言葉に噴き出しそうになる。

――可愛い。本当に可愛い。

けれど、身分が明らかに違う自分がこれ以上小遊仁たちと会うのは憚(はばか)られる。

顔面蒼白な雪哉に反して、小遊仁は楽しそうだ。

「返事はどうかな？」

「へ、返事？」

「そう。返事」

「い、今でしょうか？」

「うん、今だよ」

小遊仁の真似をする為仁まで催促してくる。

「おへんじぃ！」

雪哉は顔を引きつらせて小遊仁を見つめた。

「えっと、あの……今日のようなことは今回限りで、次回があるとは思ってもおりませんで……」

途切れ途切れに言うと、小遊仁は大げさなまでに眉根を寄せた。

「何故今回限りだと？　私たちにもう逢いたくないということか？　為仁、雪哉さんはもう私たちに逢いたくないそうだ。私たちだけが楽しみだったようだよ」

「なんでぇ⁉　ゆきちゃん、なんでぇ⁉　ためにあうのいや？　あいたくないの？　ため、ゆきちゃんにあいたくてあいたくてたまんなかったんだよ！　どして⁉」

為仁が雪哉に抱きついて眉を八の字にする。

——それは反則です！

「いいえ、違うんです。りょ、両親も心配しますので……！」

「では、ご家族に了承を得ようか？」

和やかに小遊仁が圧を掛ける。笑顔が恐ろしい。ぐるぐると頭が混乱する。

「えっと、それは……あの、そのぉ……大変困ると言いますか……いえ、とても困るんですが」

もう、どう言っていいのかわからない。雪哉が困り果てていたら、小遊仁が雪哉の頭に自身の顎を乗せて苦笑する。

「すまない。困らせるつもりはなかったのだが、つい可愛くて。本当は、私がただ雪哉さんと逢いたいだけだ。その機会の申し出をしたい」

そう言うと、小遊仁は為仁を椅子に座らせ、雪哉の手を優しく握る。雪哉は、頬を思い切り膨らませて小遊仁を睨んだ。

「揶揄(からか)うのは本当におやめください」

「揶揄(からか)ってはいないんだが。それで、雪哉さんどうかな？　私たちは今後も君と是非とも会いたいのだ」

「ゆきちゃん、だめぇ？」

為仁が椅子から降りて、雪哉の足に抱きつく。二人にそう言われて、雪哉はしどろもどろになる。

「ゆーきーちゃーんー」

ヨジヨジと為仁に足をよじのぼられ背中に張り付かれて、雪哉の体が傾く。

「雪哉さん」

小遊仁が雪哉の腰を引き寄せた。逞しい小遊仁の胸に雪哉の顔が押しつけられる。いたい、と声を上げる間もなく顎に手をかけられ、上を向かされた。小遊仁の紅玉の双眸が雪哉を射貫くと、よくわからない冷や汗がじわじわと浮かんでくる。それに、感じたことのないほどの動悸が雪哉を襲った。

「君にこれからも逢いたい。逢ってほしい」

甘く優しい声で言われて、雪哉の目が盛大に泳ぐ。どうしたらいいのだろう。

「でも……それは……すこーし無理ではないかなと」

「私が許可している。皇宮は来づらいか？　雪哉さんがいいほうに、私たちはどこへでも出向く」

「いやいや！　皇帝陛下と皇子殿下が僕のためになんて、滅相もございません！」

何を言い出すのだ、この御人は。

「君に逢えるのならばどこへでも向かうが」

「おしょと!?　おしょといくの!?」

目を爛々とさせて、為仁が鼻息を荒くする。

神に等しい狼獣人と、暢気（のんき）に街で待ち合わせなど恐れ多すぎて気絶しそうだ。

皆が恐れをなして家に引っ込むだろう。

「ふむ……。雪哉さん、離宮ならば君も気兼ねはないか？」

「あります」

即答すると、小遊仁が「では、街中で待ち合わせてもよい」と提案する。

――それだと逢引きをする恋人同士みたいではないか。

雪哉はあくまでも皇帝陛下の臣下であり、下級華族の身だ。皇帝が引きこもりの下級華族と待ち合わせなんて、どう考えてもおかしい。

「陛下の御姿を拝したら、皆仰天しますよ」

「この姿では行かないよ。完全に人の姿になればいい」

聞き捨てならない発言に、雪哉は「人!?」と素っ頓狂な声を上げる。

「陛下は、お姿を変えられるのですか⁉」

「ああ。今度見せよう。為仁もなれる。雪哉さん、『陛下』ではないよ。名前を呼んで」

「あ……小遊仁様」

「結構」

姿を変じるなど、そんな現実離れしたことができるのか。

――いや、皇族ならばできうるのだろう。見たい。至極見たい。

為仁が人間の子供姿になれば、もふもふと同等に可愛いと断言できる。

しかし、今はその話に乗るわけにはいかなかった。

小遊仁はどうして雪哉にここまでして逢いたいのか、という問題が解決していない。

それに踏み込むことをどこか恐れつつ、雪哉は視線を上げた。

「小遊仁様。僭越ながら質問をしてもよろしいでしょうか？」

「どうぞ」

「何故そんなに何度も僕に逢いたいとおっしゃるのですか？」

「知りたいか？」

雪哉の問いに、小遊仁は瞳をきらめかせて首を傾げた。

その質問を質問で返すのをやめてほしい。そう思いつつ、雪哉は唇をもにもにと動かす。

「知りたいような知りたくないような……」

「知りたいのだな？」

「……いえ、知りたくないです。やっぱりやめておきます」

先ほどから一体なんなのだ。雪哉に「はい」と言わせたがっている口ぶりに首を横に振ると、きゃあっと為仁が楽しそうな声を上げた。

「ゆきちゃん、ほっぺぷくぷくしてる～」

「へ⁉」

無意識に頬を膨らませていたようだ。雪哉は慌てて両頬を手で挟んだ。

「あや？　しぼしぼしちゃった～」

ケラケラと為仁が笑う。恥ずかしさに雪哉は顔を赤くして、再び小遊仁を睨む。

「小遊仁様！」

「ん？」

「僕は玩具じゃございません！」

「知っている。雪哉さんを玩具だと思うわけがない」

面白そうに、小遊仁は雪哉を見つめる。その表情はどう見ても雪哉を玩具に認定しているように緩んでいる。雪哉が、据わった目で小遊仁を一瞥すると、小遊仁はくつりと口の端に笑みを刻んでから「雪哉さん」と呼んだ。

すると、打って変わって真剣な瞳が雪哉を射貫く。

「――君は孕器(オメガ)ではないか？」

「え？」

一瞬、何を言われているのかわからず思考が停止する。そしてすぐに小遊仁の言葉を反芻（はんすう）して、雪哉の顔が引きつった。

——な、なんで僕が孕器（オメガ）だって思ったの⁉　僕が孕器（オメガ）であることは家族以外知らないはずなのに……

内心大汗を掻いて焦りながら、雪哉はゆっくりと口を開いた。

「……どうしてそのようなことを？」

「いや、突然不躾なことをすまない。少し甘い香りがしたんだ」

肉体的に成熟した孕器（オメガ）は、発情期に日華（アルファ）を惹きつける香りを放つ。

——まさか、自分に発情期が？　いや、自分には発情期は来ていないはずだ。

口から飛び出しそうな勢いで心臓が脈打っている。

小遊仁が何かを言いかけるのを遮って、雪哉は口を挟んだ。

「小遊仁様。ご覧の通り、僕は首輪をしていません」

何も悟られないように、できる限り落ち着いた声で言う。小遊仁は視線を上げて、小さく頷いた。

「うん、そうだな。君の年頃の孕器（オメガ）ならば首輪は必ずつけているだろう。ただ、少しだけ気になったんだ」

「……ちなみに、もし僕が孕器（オメガ）だとしたら小遊仁様は僕をどうなさりたいのですか？」

雪哉の問いかけに、小遊仁は微笑んだ。いちいち微笑みにドキドキとしてしまう自分が憎い。これも遊ばれているのかもしれないと思うと余計に腹が立つ。

「ためはね、ゆきちゃんとあしょびたいの」

親指を咥えて、為仁が雪哉を見上げる。尻尾がフッサフッサと揺れる。

この伯父にはひと癖あるが、甥である為仁はただただ可愛く癒される。緊迫した空気がふっと緩んで、雪哉は頭を下げた。

「光栄でございます」

「うふふふん！」

そのままの流れでふざけてくれやしないか、とチラリと小遊仁を見ると、小遊仁は雪哉の両手の先を取った。そのまま小遊仁の口元まで運ばれてしまう。

振り払う暇もなく、紅玉の瞳が雪哉を捉えた。

「私と結婚してほしい」

「……は？」

何を言われたのかわからず雪哉が首を傾げると、小遊仁がもう一度雪哉の指先を己の口元に触れさせる。わずかに乾いた感触が肌に触れて、雪哉の背筋が甘く震えた。

「――私と夫婦になってほしい」

揶揄(からか)う素振りはない。小遊仁は真剣に言葉を紡いでいるようで、雪哉の手を掴まえている小遊仁の手はわずかに震えていた。

「ふうふ？」

「ああそうだ、夫婦だ」

信じられない思いで雪哉が復唱すると、小遊仁が頷く。

夫婦になりたいなど一国の皇帝が軽々しく口にしていいことではない。真実、小遊仁が雪哉のことを好いていて、本気でそれを望んでいるとも到底思えなかった。

何？　なんで突然結婚話？

呆然としたまま、その問いが雪哉の口から滑り落ちる。

「何故ですか？」

「答えは一つ。君とずっと一緒にいたいからだ」

小遊仁は落ち着いた声で雪哉に言う。冗談とも思えない表情に、雪哉は叫んだ。

「本気ですか!?」

「そうだ。——さっきは週に一度会いたいと言ったけれど、本当は毎日会いたい。夜会の時に、雪哉さんと初めて会った瞬間、一生君と添いたいと強く思った。君を誰にも渡したくない」

思わぬ言葉に、雪哉は小遊仁を見つめたまま固まってしまう。

すると、小遊仁は突然身に纏っていた上着を脱ぎ、シャツの袖を捲（まく）った。

すると手首から少し上のほうに、赤色の牡丹の花と葉が刺青（いれずみ）のように浮かび上がっている。

その痣は、雪哉の背にある痣と酷似していた。

「雪哉さんの背中に、花の蕾のような形をした痣はないか？」

そう問われ、雪哉はまたしても目を見開いた。

——え？　なんで？　なんで背中の痣のことまで知ってるの？

普通の孕器には、そんな痣は存在しない。恐らくは雪哉の体にしかないものだと教わってきただけに雪哉の体が強張る。その反応を見た小遊仁は、瞳を眇めて言った。

「私、いや大八州帝国皇帝の運命の番は、背中に花の痣を持って生まれてくると言われている。そして相手に恋をした瞬間、背中の蕾が花開くんだ。私のも――」

その説明を聞いて、息が止まりそうになった。

この狼狽を、決して小遊仁に見破られてはいけない、と雪哉は気付かれないようひっそりと息を整える。

「私の痣も元は蕾だった。けれど、夜会が終わった後に花が開いた。――君は、私の運命の番だ」

「刺青ではないのですか？」

雪哉が思わずそう訊ねると、小遊仁が雪哉の鼻を摘んだ。

「違う。皇族は、故意に自らの体に傷をつけることはできない。この痣は私が生まれた時点で枝と葉、蕾が浮き出ていたと聞く。これは、私の番のために咲くのを待っていた」

私の番、と言いながら、小遊仁が雪哉の手をそっと握った。

「君の体に痣があるかだけでも、教えてくれないか」

その言葉に雪哉は大きく首を振った。思い当たることは十分すぎるほどにあるが、それを受け入れることはできない。

たとえ自分が、仮に小遊仁の番だとして、自分のような人間が側にいるべきではない。そもそも男爵家の生まれである雪哉は、小遊仁とあまりにも身分が違いすぎる。

「あ、痣なんて、見たこともございません。何かの勘違いではないでしょうか」

「では何故先ほどあんなにも驚いたんだ？」

「運命の番、なんて御伽噺だと思っていましたから……。ええっと、それに結婚についても、僕は男爵家の生まれで、しかも末息子です。それに男ですし、皇帝陛下の体面が……ちょっと問題がありすぎるというか、なんというか」

雪哉の言葉に、むっとしたように小遊仁が顔を歪める。

「君を公爵家の養子に入れ、相応の身分にすればいい。それから皇室に迎えれば身分の問題はない」

養子として身分を変更すること自体は確かに不可能ではないだろう。

例えば、身分の低い令嬢が高位華族の養子になって、高位華族の息子と結婚する事例がないわけではない。そこまで考えられていたこと——そして、これほどまでに雪哉を所望してくれているということに、雪哉は驚きを隠せない。

「ゆきちゃん、おうちくるの？　さっちゃんとためのおうちにすむの？　いつ？　いつくる？　きょう？　あした？」

いつの間にか、足に抱きついていた為仁が雪哉を見上げる。

そのきらめく瞳に慌てて雪哉は首を振った。

「僕がこちらに住むなど、到底無理なことです」

「そなの？　なんで？」

なんでと言われても、と雪哉は言葉に詰まる。子供の純真な言葉は、時として惨い。

「お名前で為仁様を呼べないのとおんなじです」

「またむじゅかしいおはなし？」

「いや、そうでもないよ、為仁。――雪哉さん、私は本気だ。私は生涯、いや墓に入っても君と添いたい。雪哉さんが私に一番相応しい人だよ。他はいない。私の求婚を受けてくれないか？」

真剣な眼差しに雪哉はどう答えていいのかわからない。硬直しているうちに、小遊仁の腕の中に閉じ込められる。逞しい胸の温かさと、擦りつけられる毛皮の柔らかさが妙に非現実的だった。

「ためも！」

為仁が両手を伸ばして、ぴょんぴょんと飛び跳ねる。

「後でな。今は私に独り占めさせておくれ」

「えー！　さっちゃんのいじわるぅ！　いっぱいぎゅーしてくんなきゃいやあよ？」

頬を膨らませて為仁が拗ねると、小遊仁はゆったりと頷いた。

「ああ、たくさんぎゅっとしてあげよう」

「じゃあ、ゆるしてあげる」

「ありがとう」

その会話はなんとも微笑ましいが、未だに小遊仁に抱きしめられている雪哉はそれどころではない。

「小遊仁様っ！」

「ん？」

「たとえ、身分に問題がなかったとしてもです。僕の意志はどうなるんですか。それに僕がもし小遊仁様の運命の番じゃなかったら？」

破裂しそうな心臓音に気が付かれないように腕を突っ張ってそう言うと、小遊仁の視線が雪哉に向く。

「そんなことはあり得ない。私は私の運命の相手が君だと確信している。私は君と添いたい。それに君の意志は――」

そこで小遊仁は言葉を区切って、雪哉を強く抱き寄せた。

「関係ない。君が断ったとしても、私は諦めない。私は一途で執念深いんだ」

「え⁉」

その声は低く、捕食者の響きをもって雪哉の耳を揺らした。今までずっと優しかったはずの小遊仁の物騒な言葉に、雪哉は驚愕の表情を浮かべる。

すると小遊仁は紅玉の瞳を眇め、雪哉の耳元で囁いた。

「――忘れられないほどに、君の心を私の色に染めてみせる」

「さ、小遊仁様」

離れようとするが、小遊仁の腕の力が強く、ぴくりとも動けない。雪哉の必死の抵抗すら愛でるように小遊仁は口の端に笑みを浮かべた。

「雪哉さん、君と口づけをしたい」

「……へ？」

呆けた声が雪哉の口から漏れ出る。

「く、口づけ？」

「ああ」

「僕とですか？」

「雪哉さんに言っているんだが？」

「ひえっ！」

どう返事すればいいのかわからずにいると、小遊仁が雪哉の額に自らの額を合わせてくる。

顔が近い!!　口づけって頬か額にだよね？

日頃、兄たちにされていることを思い出して、慌てながらも雪哉は視線を上向かせた。

「してもいい？」

どこから出しているんだと思うほど、甘い声で囁かれて雪哉の体が動かなくなる。

縋るように見上げると、雪哉の唇に温かな感触が落ちた。腰を抱き寄せられると同時に、それは深い口づけに変わった。

「ふ、ん……っ」

小遊仁の肉厚な舌が、雪哉の小さな口を蹂躙する。時折角度を変えながら、小遊仁は雪哉に口づけを続けた。ざらりとした感触が雪哉の口蓋を撫でると、背筋がうずくような感覚に襲われて、雪哉は小遊仁にしがみついた。

――頬じゃなかった！　まさかの口、なんて……！　ああ、もううまく思考がまわらない……

「さゆひと、さま」

「まだ駄目」

残ったわずかな力で小遊仁の胸を押すと、小遊仁は一度離れてくれたが、べろりと雪哉の頬を舌でなぞると今度は雨のように口づけを降らせた。

「っ、だめ、ですっ」

口づけ自体が初めての雪哉は、狼狽えながら小遊仁と視線を合わせる。

小遊仁は、愛おしそうにそんな雪哉を見つめながら、様々なところに口づけを落としては時折雪哉の唇を食む。

「おっと」

ついに雪哉が後方にぐらついてしまったのを、咄嗟に小遊仁が抱き止めた。

「こ、これが口づけ……」

「初めてだった？」

訊ねられ、雪哉は頷く。

「てっきり頬だと思っておりました」

「そうだったの？　……君の初めてが私で心から嬉しい。私の口づけは嫌だったろうか？」

顔がまたしても近づき、雪哉はぎゅっと目を瞑って顔を俯かせる。

すると、額にチュッと口づけをされた。

ゆっくりと顔を上げると、小遊仁が微笑んでいた。

「嫌だった？」

「嫌だと言える立場ではありませんから」

頬を膨らませた雪哉に小遊仁が苦笑する。

「ごめんね、雪哉さん」

「あ、謝らないでください。嘘です。い、い、嫌じゃなかったです。それより僕なんかの唇に口づけて小遊仁様こそ大丈夫でしたか？」

恐る恐る言うと、小遊仁は目を瞠り、破顔する。

「もう一度してもいい？」

そう言われ、雪哉は狼狽（うろた）える。しかしすぐに、小遊仁の顔が近づいて唇に触れた。

「君は可愛い。君だからしたいんだ」

そう言って抱きしめられてもどう返事をすればいいのかわからず、雪哉は行き場のない手を垂らした。それに対しても、小遊仁は楽しげな笑みを浮かべるのみだ。

「ためもだっこぉ！」

「た、為仁様！」

いつの間にかベンチで足を揺らしていた為仁が無邪気に手を伸ばす。それを見た雪哉は、全身真っ赤になって小遊仁から飛び退った。

――そうだ、為仁様がすぐ側にいたのに、気が付かずに口づけをしてしまっていた。

「雪哉さん、離れないで」

「は、離れます！」

不満そうな小遊仁が両手を広げるが、雪哉は大股で二人から離れた。

心臓が止まってしまうかと思うほどに雪哉の鼓動が速くなり、部屋のドアのところまでたどり着いてようやくずるずると座り込む。

「ゆきちゃん～～！」

しかし、そんな雪哉の内心を知ってか知らずか、為仁がポテポテと走ってきて雪哉の足に抱きついた。

「んねへへへ！　ちゅかまえた！　ゆきちゃん、ためをだっこちてくださいな？」

小さな両手を広げて為仁が首を傾げる。このまま抱っこしてもいいものかと雪哉が躊躇っていると、腰に逞しい腕が回った。

「どうして離れる」

雪哉が振り向くと、小遊仁がいた。スンスンと雪哉の首を鼻先で嗅ぐようになぞる小遊仁に、雪哉の顔は火を噴きそうなほどに熱くなり、心臓は何かに掴まれたように痛む。同時に痣のある背中がじんわりと熱を持ったような気がして、慌てて腕を突っ張る。

「さ、小遊仁様！　近いです！」

「先ほどはもっと近づいていたのに？」

「――――っ!?」

雪哉が声にならない声を上げると、小遊仁の紅い瞳と視線が合わさった。それから小遊仁は柔らかく微笑んで、再び雪哉の唇に啄むような口づけを落とした。

「忘れないで。私は君に求婚し、私の運命だと信じている」

きゃあ、という為仁のはしゃいだ声を頭の中のどこか遠くで聞きながら、雪哉ははくはくと口だけで呼吸を繰り返した。

——む、無理無理！　完全に許容量なんて超えてるし、運命⁉　結婚⁉　唐突すぎて何も考えられない。

「——きょ、今日のところはこれでお暇させていただいても……？」

「今日は、だ。早くまた逢いに来て」

雪哉が息を切らしながらなんとかそう言うと、残念そうに耳を下げながらも小遊仁は帰りの馬車を手配してくれた。

＊＊＊

それから程なくして一般的な華族用に偽装された馬車が迅速に博文を乗せて皇宮の裏口までやってきた。

「それでは、また」

また、という部分に力を込めた小遊仁の言葉に、博文が何度も雪哉を見つめたが雪哉には答える元気すらない。もうこれ以上は、と繰り返した雪哉は涙目の為仁と甘く希う小遊仁に陥落したのだ。

「余程気に入られたのか？」

「そう、なのかな……わからない」

魂が抜けたように馬車の座席の背に倒れ込んだ雪哉に、博文はそれ以上何も言わなかった。

「おかえりなさいませ」

雪哉と博文が屋敷に到着すると、即座に三橋が出迎える。先に博文が降りたところで「博文さん！」と女性が玄関から姿を見せた。女学生らしい海老茶色の袴に似つかわしくないほど華美に結い上げられた髪と、整えられた眉に雪哉は馬車の中で目を瞬かせる。

——あれは……

「友理子さん？」

雪哉が名前を思い出す間に、博文が名前を呼んだ。あの夜会の日に博文に話しかけていた人だ、と雪哉も合点する。

何故ここにいるんだと目を見開く博文をよそに、友理子は腰を少し落として優雅に会釈をした。

「ごきげんよう。近くまで来たもので、寄らせていただきました。もうすぐお帰りになられると聞いて、ここでお出迎えいたしましたの」

「それは……申し訳ありません」

「わたくしが勝手にお伺いしましたので謝らないでくださいな」

その言葉に博文が一瞬三橋に目を走らせた。三橋が項垂(うなだ)れて小さく首を横に振る。どうやら、友理子に邸内で待つようにと言ったもののいうことを聞かなかったようだ、と出ていく機を失った雪哉は車内で頷いた。

「博文さん、この後ご予定は？」

「部屋で仕事をします」

「まあ、まだお仕事を？」

「はい、急ぎのものでして……せっかく来ていただきましたが生憎と本日はお相手が叶いません」

「まあそうなのね。以前学子さんが突然来た時は快く迎えてくださったとおっしゃっていたのよ」

「その日は仕事がなかったのだと思います。今日は……」

博文が無表情で淡々と答える一方で、友理子は楽しそうだ。

——変な光景……。鹿野園さんも突然来るって、公爵家のお嬢様だよね？　不躾すぎない？

まるで博文の婚約者である学子と友理子が同列のような物言いに雪哉が顔を顰(しか)めると、友理子はわざとらしく眉尻を下げた。

「突然お伺いしてご迷惑になってしまったわね。……でも、悲しいこと。馬車も帰してしまったのよ」

そう言う友理子はどう見ても帰る気がない。それに雪哉の乗っている馬車は借り物だから、友理子を乗せて帰すわけにもいかない。博文は一瞬顔を顰(しか)めてから、ぐっと友理子を見つめ直した。

「わかりました。では、馬車をお呼びする間だけになってしまいますが、我が家でお茶をいかがでしょうか？」


博文の言葉に、みるみるうちに友理子の表情が明るくなる。

「本当？　なんだか悪いわ。でも、そう言ってくださるならお言葉に甘えようかしら」

友理子の強引さを見て雪哉が顔を顰めていると、疲れた表情の博文が馬車の入り口に足をかけて半身を覗かせた。

「悪いな待たせて」

「大丈夫？」

こそっと雪哉が博文に訊ねると、苦笑される。大丈夫ではなさそうだ。

「忘れ物でもしたふりをして戻ろうか？」

「皇宮でお借りした馬車で大胆なことを言うな。——大丈夫、お前が優先だ」

そう言って博文が手を差し伸べる。

「一人で降りられるよ」

「楽しみを奪うな」

拗ねたように言う兄に、雪哉は苦笑して兄に従う。いつも馬車から降りる時はこうして手を差し伸べられるのだ。兄の手を取って、馬車の段差を降りると、「あら」と友理子が声を上げた。

「弟さんもご一緒だったのね。ごきげんよう」

「ごきげんよう」

頭を下げて、雪哉が視線を上げると、やはり友理子の視線は後ろの博文にだけ向けられていた。

「弟さんにもお優しいのね。学子さんも羨ましいけれど、弟さんも羨ましいわ」

うっとりしたような視線で博文を見つめる。

「……学子さんが博文さんと会う前に出会いたかったわ」

そんなことを言って、友理子は博文に甘い視線を向けて微笑んだ。

危うい発言に思わず目を見開くと、「部屋に行っておいで」と博文が雪哉の背中を優しく押した。

「あらあら、素敵。弟さんのことを、まるでお姫様のように大切になさっているのね」

「え？　ああそうですね。雪哉は歳も離れていて、とても可愛くて自慢の弟なんです。構いすぎていて学子によく笑われていています。雪ちゃんが大好きなのねって」

「そうなのね。その口ぶりだと学子さんよりも弟さんのほうが大切そうね」

目を細めてそう言う友理子に、博文は「雪哉は守るべき大切な家族なので」と答えた。

——調子のいいこと言って、まったく。僕より学子ちゃんでしょ。

友理子に見えないように、雪哉は博文の背中を突いた。

博文は雪哉にチラリと視線を向けて片目を瞑る。

それを聞いて、友理子はまた「愛されているのね。羨ましいわ」と微笑んだ。

「……さあ、皇帝陛下に拝謁して疲れただろ。夕食まで休んでろ。またあとでな」

雪哉のつむじ辺りに口づけてから、博文は小声でそう言って微笑んだ。雪哉は友理子に頭を下げてその場から離れる。

自室へと向かう階段をゆっくり上りながら、雪哉は溜息をついた。

確かに疲れてはいるけれど、それは兄が思うように皇帝陛下に拝謁したことや皇宮を訪れたことが理由ではない。

「ああ、えらいことになった」

自室へ入ると、雪哉はすぐに服を緩めて寝台の上でうつ伏せの姿勢で大の字になった。シャツが皺になってしまいそうだが、今はそれを気にするどころではない。

まさか求婚をされるなんて思ってもいなかったし、皇帝陛下が雪哉と同じ痣を持っていて、あまつさえ小遊仁が自分の『運命の番』だと名乗るなんて。

——それに。

思わず自分の唇に触れ、小遊仁の視線や息遣いを脳内で呼び起こす。そう、小遊仁に口づけまでされたのだ。小遊仁の分厚い舌の感触が思い出されて、雪哉は枕に顔を押し付けた。

「うわー！　恥ずかしい！」

今まではずっと邸内に引きこもっていたので、雪哉には初恋の経験すらない。家族以上に誰かを好きになったこともないし、口づけなど一生縁がないと思っていた。

——あんなにドキドキするんだな。というか、小遊仁様が僕の初めての口づけの相手ってすごすぎない？　っていうか……

胸をさすっているとあることを思い出して、雪哉は鏡台に走った。

まだ脱いでいなかった上衣を脱いで、シャツのボタンを雑に外す。そして、鏡台に対して背中を向けて首を捻った。

「……は、花がぁ！」

鏡の中では、生まれてこのかた蕾だったはずの痣が鮮やかに花開いている。小遊仁と同じく、赤色の牡丹の花だ。

「おおおおお……」

小さく唸り声を上げながら、雪哉はまじまじと鏡を凝視する。

「蕾だったのに！　いつ咲いたの⁉　小遊仁様と出逢ったから⁉　そんな馬鹿な！」

恋をした瞬間背中の蕾が花開く、という小遊仁の言葉を思い出して雪哉の頬が熱くなる。

――本当に、自分が小遊仁の運命の番（つがい）なのか。自分は孕器（オメガ）としてこれから生きることになるのか。

「っ、へくしゅ」

くしゃみが出てしまい上衣を着直して、雪哉は再び寝台に寝転がった。天井を見上げてジタバタと手足を動かしながら雪哉は悶絶する。

あまりのことに思考が許容範囲を超え、雪哉は靴下のまま室内を歩き回った。

蹲っては立ち上がり、歩き回っては、また寝台に仰向けで大の字になる。

「暢、暢に相談‼」

雪哉は寝台から起き上がって走り出した。

今日、暢は休みのはずだが、三橋に頼んで来てくれるようにお願いしようか。家族に相談する前に、なんでも話せる暢に話を聞いてもらいたい。

そう思いつつ、玄関へ急ぐとタイミングよくノックの音がした。扉を開くと、暢が顔を覗かせる。

思わず雪哉は涙目で暢に抱きついた。

「と、と、暢〜〜!!」

「どうした!?　お前が帰ってきたって聞いたから、念のためこっちに来たんだけど。……その様子じゃ、何かあったんだな」

縋りつく雪哉を受け止めつつ、暢が器用に片腕で扉を閉める。どうどうと背中をさすられながら暢と一緒に雪哉は部屋へと戻った。

「——んで？　どうした」

寝台に座らされた雪哉の呼吸が、暢の落ち着いた声音でようやく落ち着く。

雪哉はシャツのボタンを外して暢に背中を向けた。

「僕の背中の痣が、咲いたんだよ！」

「は!?」

痣を見た暢が言葉を失う。それにこくこくと頷いて、雪哉はさらに言い募った。

「もしかしたら、この間の夜会の時点で咲いていたのかもしれない。いつ咲いたかはわからないけど……」

「おいおい、どんな御伽噺だよ……。ん？　夜会の時点でってことは、まさか」

訝しむような表情になった暢に、雪哉はがっくりと頭（こうべ）を垂れた。

「うん、この痣って陛下の運命の番（つがい）にしかないんだって。それから求婚された」

「お前が皇帝陛下の運命の番（つがい）ってことか!?」

「……わからない。僕、もうどうしたらいいか何もかもわかんなくて……」

——夜会にはたくさんの人がいた。その中で、もしかしたら他にも痣を持っていた人がいたかもしれない。自分が陛下の運命の番？　身分も持たない自分が殿上人である陛下の番だなんて烏滸がましい。

「でも少なくとも自分には無理だよ。不釣り合いだ」

ぽそりと口から零すと、暢が一瞬目を見開いて、雪哉の頭を撫でた。

「なあ、雪は皇帝陛下に運命の番だって告げられて、求婚されてどう感じたんだ？」

質問を投げかけられ、雪哉は暢を見上げる。

「び、吃驚した」

「うん。で？　嫌だった？　嫌じゃなかった？」

「え……」

その先の言葉は、口に出してはいけない気がして雪哉はこくりと唾を呑んだ。暢の黒く切れ長の瞳の中に、雪哉自身がゆらゆらと揺れている。

「雪、言ってみて？」

暢に促されてなお、答えに躊躇う。けれど、小遊仁といると心地がよかった。もっと一緒にいたいと思った。自分は相応しくないと思うのに、心の隅でどこか期待している自分がいる。同時に、彼の存在が雪哉を孕器として確定させてしまうことが怖い。

この気持ちをなんと称すればいいのだろう。

「即答しないってことは、惹かれてるからだろ？」

「陛下に？」

「そう」

雪哉はゆっくりと首を横に振った。

「そう、なのかな」

暢は苦笑しながら「これからわかるだろ」と意味深に言った。

実際この気持ちがなんなのか、わからない。相手は雲の上の人だ。好きになってはいけない人だ。

そのことが、曇天のように雪哉の心を覆った。

第二章　勿怪（もっけ）の幸い

「こんにちは、雪哉さん」

馬車から降りた雪哉に、優しい声がかかる。

「拝謁いたします、皇帝陛下」

「堅苦しい礼はいらないと言ったが？」

するとと顔が近づいて苦笑される。雪哉はそんなわけにはいかないのです、と馬車の中の博文に視線を送った。

早くまた逢いに来てとは言われたが、求婚のこともあって皇宮に行ってよいものか雪哉は悩んでいた。すると数日を空けてまたしても小遊仁から手紙が届き、いつ来るんだと催促された。

それどころか、『来るのが躊躇われるのであれば私からそちらに逢いに行く』と脅迫めいた内容が書かれており、雪哉は慄きながら家族と話し合って再びの招待を受けたのだった。

家族には求婚のことは伝えていない。自分が小遊仁の運命の番（つがい）であるかもしれないこともだ。

だから、家族は小遊仁からの厚遇を訝しみつつ、仕方なく雪哉の皇宮行きを認めている。

馬車の中の博文に手を振って見送ってから、雪哉は周囲を見渡した。

「ええと、為仁様は？」

為仁の元気な声と姿が見当たらない。まさか具合が悪いのだろうか？　と小遊仁を振り仰ぐと、小遊仁は笑って首を振った。

「昨日あの子は君に会えるからと興奮したのか夜更かしをしてね。その反動でまだ夢の国にいる。もうすぐ起きると思うから、それまでは私と過ごしてくれ」

「そうでございましたか。皇子殿下の具合が悪くなくて安堵しました」

小遊仁の答えに安堵するが、同時に緊張もする。なにせ、小遊仁に求婚されて唐突な告白を受けてから初めて会うのだ。思わず視線を逸らすと、小遊仁がおもむろに雪哉の頬を指で突いた。

「残念そうな顔をしているね？　私と二人きりは嫌かな？」

「め、滅相もございません！」

「本当？」

首を大きく縦に振って、雪哉は肯定する。居た堪れないだけであって、嫌というわけではない。

するとと小遊仁は破顔して、雪哉の手をひょいと取った。

「おいで、雪哉さん。今日は庭を散策しよう」

そのまま手を引かれ小遊仁の隣を歩く。

庭の景色は梅から桜に切り替わりつつあるようで、枝の先が淡く桜色にかすんでいるのが見える。

まだ少しだけ冬の冷たい空気は残っているが、これからだんだん温かくなっていくだろう。

動揺していた気持ちが庭の穏やかな光景によって少しずつ和んでいく。ほう、と息を漏らすと、
小遊仁がきゅっと雪哉の手を握る手に力を入れた。

「君と会える日を指折り数えていたんだ」

見上げると、小遊仁が愛おしそうに雪哉を見つめている。柘榴のように赤い瞳は熱を孕んでいて、
落ち着いたはずの雪哉の心臓が飛び跳ねる。

「あ、あまり見ないでください」

同時に無意識に思っていた言葉が口から滑り出てしまった。それを聞いた小遊仁が、目を大きく
させる。

「あ、申し訳ありません！　あの、これは」

しどろもどろになりながら、雪哉は視線を泳がせる。

「私が見つめると駄目？」

繋いでいないほうの手で小遊仁が雪哉の頬をするりと撫でる。その感触にまた心臓がおかしなほ

ど跳ねて、雪哉は俯いて首を縦に振った。

「あの、あの……どうしていいかわからなくなるので、できれば見ないでいただけると」

「ふむ、それは聞き入れられないかな。私は雪哉さんを見つめていたいからね」

思わぬ返答に、雪哉は瞠目する。

「揶揄わないでください！」

「揶揄っていないよ」

そう言って、雪哉の額に小遊仁が口づけた。

雪哉は小遊仁から手を離して、数歩距離を空けた。

――なんてことをするんだ、ドキドキが止まらない。

あんぐりと口を開けて小遊仁を見つめると、小遊仁は楽しそうにおいでおいでと手招く。

「雪哉さん、何故離れるの？」

「後ろを歩きますから！」

小遊仁が距離を詰めた分雪哉が遠ざかると、小遊仁が見るからにしょんぼりする。

耳が垂れ、尻尾も悲しそうに萎む。

「一緒に歩いてくれないの？　雪哉さんと手を繋いでいたいのに」

威厳ある狼のはずなのに、まるで大きな犬のようだ。けれど、そう言われると雪哉の心にはじんわりと喜びが湧いてしまう。

――これは、彼が優しいから？　それとも……

雪哉が一歩小遊仁に近寄ろうとした時だった。

「陛下」

突然、男の声がした。雪哉が振り向こうとする前に、小遊仁が手を伸ばして雪哉を胸に抱き寄せる。

雪哉が小遊仁の体から顔を覗かせると、一人の男性が立っていた。

年は三十代前半くらいだろうか。吊り目が印象的で、茶色の上等そうな三揃のスーツを着用している。どこかで顔を見たことがある、と思ってから雪哉は目を見開いた。

彼は三代前の皇帝の血を受け継ぐ宮家の一つ、榊宮(しでのみや)家の嫡子だ。完全な人の姿として生まれたため、彼の帝位継承権はないに等しいが、議会での発言力は強い。

新聞でしか見たことのない顔に、雪哉は慌てて小遊仁の腕から抜け出そうとしたがそれは許されなかった。

「慶仁(やすひと)」

小遊仁が感情のこもらない声で男の名前を呼んだ。およそ聞いたことがないほど低い声にびくりと雪哉が身を震わせると、小遊仁の腕の力が強くなる。

そんな二人の様子を見て、男——慶仁は目を細めた。

「可愛い子を連れていらっしゃいますね？　陛下がこの宮で誰かを連れていらっしゃるのを初めて拝見いたしました」

「今日の面会は終わったはずだが」

「申し訳ありません。急ぎお渡ししたい書類がございましたので」

その言葉に雪哉は慶仁の手元に視線を送った。

確かに彼の手には封書がある。執務ならそれを優先するべきだろう。自分のことは気にせずに、と言おうとして、雪哉は息を止めた。

「安藤か、他の者に渡せばいいだろう」

小遊仁の視線と声がいつもとは違い、冷たくて怖い。

しかし慶仁は小遊仁の対応を何とも思っていないようで、平然とした表情で頭を下げた。

「大事な書類ですので、直接陛下にお渡ししたく参りました。どうぞお許しください」

「――目を通しておく」

小遊仁が封書を受け取ろうと手を伸ばすと、雪哉を囲っていた腕の力が緩んだ。体のバランスが崩れそうになるのを慌てて踏みとどまると、慶仁が雪哉を覗き込んでいた。

「そちらの方は？」

「た、大変失礼いたしました。ご挨拶いたします。白崎男爵が三男、白崎雪哉と申します」

再び抱き込もうとした小遊仁の腕から思わず離れ、雪哉は礼の姿勢をとった。雪哉の爵位を聞いた慶仁はわずかに目を見開いてから、優雅に微笑んだ。

「なるほど、白崎家の……。下級華族の子が皇宮に来ることは初めてだから驚いたよ」

微笑む慶仁に、雪哉は顔面蒼白になって頭を下げた。

「身分を弁えず、一介の臣下でありながら大変申し訳ございません」

「ああいや、責めているわけではないよ。珍しかっただけだ。気にしないで」

そう言われても、別の目線から見れば雪哉がここにいること自体が異常だとわかっている。雪哉が身を縮めると、慶仁はくすりと笑った。

「まあ私だったら、呼ばれたとしても玄関で待つかな」

その言葉に、ボッと顔が熱くなる。

——やはりここにいるべきではなかった。ああ、それに家名を名乗ってしまったけれど、兄さんや父さんに迷惑がかかったらどうしよう⁉　僕が身の程知らずにもこんなところに来てしまったから……

色々な言葉が脳内を乱れ飛んで、頭を下げることしかできない。顔は驚くほど熱く、心臓は引き絞られるように痛い。

しかし、小遊仁の手が雪哉の肩に乗せられるとそれらの熱はすぐに収まった。雪哉を勇気づけるように小遊仁の手が何度か雪哉の背をなぞる。その温もりに、雪哉はゆっくりと息を整えた。

「彼は私と為仁の友人だよ。臣下ではない。私は友人を自宅である此処に招いただけだ」

小遊仁は雪哉に微笑んでから、慶仁に向き直って無表情で言葉を続けた。その姿はまさしく白銀の狼のようでこんな状況だというのに思わず見惚れてしまう。

「彼は私と為仁の大事な友人だ」

すると慶仁は意外そうな顔をして雪哉を見つめ、小遊仁に小さく頭を下げた。

「友人でしたか。そうとは知らず、出すぎた言葉を申しました。けれどずいぶんと歳の離れたご友人ですね？」

　慶仁の探るような言葉も一笑に付して、小遊仁が冷たく答える。

「歳の差など気にする必要があるか？」

「いいえ。陛下のおっしゃる通り、関係ございません。陛下が特定の方を友人と呼ぶのを初めて拝聞いたしたうえ、身分が身分でしたので気になりまして」

「お前に関係ないだろう。私は身分で人を選ばない。――もう用はないな。下がれ」

　一瞥して小遊仁が命じると、慶仁は頭を垂れて退がっていく。わずかに向けられた視線は確かに雪哉を見つめていた。思わず身を強張らせると、小遊仁に優しく頭を撫でられる。

「雪哉さん、すまない」

「いいえ、椣宮殿下のお言葉はごもっともです。僕の身分で軽々しく来てはいけない尊き場所でした」

「雪哉さん、皇帝たる私が君にここに来てくれとお願いしているんだ。君があの者の言葉を聞くことはない。それに君が会いに来てくれないならば、私と為仁は泣いてしまうよ？」

「え？」

　小遊仁は、悲しそうに雪哉を見る。するとまた雪哉の心の中が「そんな顔をしないでほしい」「笑ってほしい」「喜ばせたい」「離れたくない」とそれ一色に染まりそうになる。

　雪哉が、こくりと唾を呑み込んだ時だった。

「ゆきちゃーん！」

気が付くと、足にもふんと為仁が抱きついていた。

「こんにには！　ため、ふかくだわ！　おねんねしててゆきちゃんをおでむかえできなかったんだもん！　おおいしょぎできたのよ！」

今日の装いは、大きなリボンが胸元に結ばれている紺色のセーラー服だ。

その可愛らしさと無邪気な声に、じりじりと痛んでいた気持ちが少し和む。

本当に今まで寝ていたところを急いで来てくれたようで、為仁のふわふわの銀毛には寝癖があちこちについている。侍従を置き去りにして走ってきたようで、追いついた侍従たちが息を切らしていた。

「こんにちは、為仁様」

目線に合わせて腰を落とすと、為仁はぎゅっと抱きついてくれる。しかしいつものような笑顔ではなく、どこか心配そうな目をしていた。

「ゆきちゃん、どしたの？　かなしいの？」

雪哉は自分の顔に手を当てた。

そんな顔をしていた自覚はないが、無意識になっていたのだろうか？

「そんなことはないかと思いますが、何故そのように思われたのですか？」

「おはなしゃん、しぼしぼしてるの」

「おはな？」

一体なんのことだと雪哉は首を傾げる。すると雪哉の隣に膝をついた小遊仁が後ろに視線を送った。

控えていた侍従たちが庭を去っていく。それに目を瞬かせると、小遊仁は雪哉の腕を引いた。

「彼らがいてはできない話のため、一度散らした。……今から言うことに君は驚くだろう。それでも為仁を拒まないと言ってくれるか？」

「は、はい」

突然のことが重なりすぎてうまく頭が回っていない。ただ、それでも自分が為仁を拒むことはきっとないと確信できた。

雪哉が頷くと、「ありがとう」と小遊仁が目を細める。

「為仁が極度の人見知りだと言ったことがあったね」

「はい。恐れながら、こんなにも人懐こい為仁様が人見知りとは信じられませんでした」

そう言うと「おはなよぉ！」と為仁の元気な声が響く。

「ためね、おはながみえるのよ！　ゆきちゃんはね、おはながいーっぱい、あたまからモリモリさいてるの！」

「お、お花ですか……？」

先ほどから為仁が言うその意味がまったくわからず、雪哉は首を傾げる。

どういうことだろう。花が咲くとは、自分に？　頭から花が咲いていたら、おかしな人になってしまわないか。自分では普通だと思っていたのだが、まさかそんなふうに見えていたのか。

なんとも言えない顔をしていると、小遊仁が微笑んだ。

「心配しなくても文字通りの意味ではないよ。為仁は人の背後に花か棘を見る。花ならばその人物は無害、棘ならば有害。幼い為仁を御しやすいと思う人間は多かったんだろう。笑顔を見せながらも棘まみれの人間を見すぎて、為仁はすっかり人の顔を見られなくなった。雪哉さんと出会うまでは、為仁は私と侍従長の安藤と、ごく一部の者にしか懐いていなかったんだよ」

「え」

——そんな能力があったのか。獣人は人よりも優れた嗅覚や聴覚を持っているという話は聞いたことがあったけれど、そんな特殊能力は聞いたことがない。なんと神から愛された子なのだろう。

雪哉は、瞠目して為仁に振り向き、小さくてぷくぷくの手を握った。

「すごい！　為仁様！　人の感情をお花で見分けられるなんて素晴らしいです！」

「ため、しゅばらしいの？　すごいの？」

「はい！　とってもすごいです！」

「さっちゃん！　きいた⁉　ため、すごいんだって！」

「うん、聞いていたよ」

為仁は嬉しそうに尻を振ってその場で飛び跳ねる。

「ゆきちゃんのおはな、ルンルンしてる！」

「……君は為仁に不思議な力があっても、自分のことのように喜んでくれるんだね」

「だって、怖いなんて気持ちはまったくないですよ。為仁様のような立場の方が持つにはうってつけの能力ではないですか」

「君は……君ならば、どんなことでも受け入れてくれると信じていたが……ありがとう」

「いいえ。僕のような者に大事なことをお話ししてくださってありがとうございます。でも、棘がなくてよかったです」

自分の背後に花が見えていたなんて驚いたけれど、それだけだ。そういう理由があったから当初から懐いてくれていたんだと納得する。同時に、彼を怖がらせることがなくてよかった、とも思う。

雪哉がそう言って微笑むと、小遊仁は嬉しそうな表情をしてからくるりと為仁に向き直った。

「為仁も雪哉さんが此処に来てくれないと寂しくなるだろう？」

「ふお⁉　ゆきちゃん、こなくなっちゃうの⁉」

「来てくれなくなるかもしれないんだ」

ここぞとばかりに小遊仁が重ねて言うと、為仁が泣きそうな表情で雪哉にしがみつく。

「なんで！　ダメよ！　ためがきらいになったの⁉　どして⁉」

「嫌いになるなんてとんでもないです。でも僕は」

「君は臣下ではなく私たちの友人だ。それに、求婚している相手を大事にできないなど狼の獣人たる私に言わせせるつもりかな」

小遊仁から求婚されていることは、忘れていない。その返事もしなければならないが、今はできない。

「ゆきちゃん、もうこないの？　ためにあいたくないのね？　しゃみしい……」

しょんぼりと、為仁が潤んだ瞳を向ける。

——そんな顔しないで！　僕には僕の考えがあるのに！

「私も寂しい。雪哉さんは、私にも会いたくないか？」

とどめに小遊仁までそんなことを言う。

雪哉は目を泳がせて二人を見つめる。

「……本当に僕が来てもいいのでしょうか？」

「君は謙遜しすぎだ。私の許可は絶対。だから気兼ねなく会いに来てほしい」

その言葉に雪哉は、躊躇いつつもゆっくりと頷いた。

そんなわけでそれからも三人の穏やかな時間は継続された。

ただし、慶仁のような突然の来訪がないようにか、人払いはさらに厳しくなった。

馬車は、さらにこっそりと皇宮の裏側につけられるようになったし、小遊仁が信頼を寄せている安藤以外が二人を案内することもなくなった。

会う場所も、小遊仁が決めた場所に案内されたあとはそこから離れない。小遊仁は申し訳なさそうにしていたが、そもそも雪哉は引きこもりだったのだから気にしていない。

しかし、運命の番（つがい）の話や求婚の話はまるでそもそも存在していなかったように、小遊仁の口から出てこなくなった。そのことがほんの少しだけ残念だが、対等な友人として扱ってもらえることが雪哉には嬉しかった。

だんだんと二人を名前で呼ぶことにも慣れ、慶仁との出会いから数週間が過ぎた。

そんな卯月のある日。

「あれ？　夏蜜柑？」

小遊仁が急務で部屋を離れた午後のことだ。禁闕の庭を為仁と手を繋いで散歩していた雪哉の視界に橙色の果実が生った大きな木が入った。

それを見た為仁が嬉しそうに尻尾を振った。

「あれね、めちょめちょにおいしいの！　ため、ひとちゅ、ふたちゅ、みっちゅ――いっぱいたべられるのよぉ！　ゆきちゃん、いっしょにみかんたべる？」

「こちらの庭のものも召し上がっておられるのですね」

「いつも、さっちゃんがね。おしゃんぽするときにモギモギしてくれるの！　あまーいのよ！」

拾った木の棒をテシテシと振りながら、為仁は「うえのほうがね、おいしいんだって！」と満面の笑みで言う。高貴な身分ながらまるで市井の子供と変わらない無邪気な姿に、雪哉は微笑んだ。

「為仁様、とっても物知りですね」

「ふお！　ため、ものちり⁉　しゅごい？」

目を輝かせた為仁が楽しそうに笑う。

「はい、すごいです」

「えへへ～。しゅごいためのあたま、なでやでしてもいいのよ？」

雪哉が撫でるのを躊躇っていると「ゆきちゃん！　なでやでよ！　ほうら！」と為仁が催促する。

「よろしいのですか？」

「もっちー！」

「では」と言って、雪哉が為仁の頭を優しく撫でる。

モフッと滑らかでいつ見ても綺麗な毛並みだけど、触れるとふわふわの綿毛のような感触が気持ちいい。撫で終わると、雪哉は手を放して「ありがとうございます」と微笑んだ。

「いちゅでも、なでやでしちゃってね！　ため、だいかんげいだわ！」

——ああ、可愛くて本当に癒される。以前小遊仁様は僕を友人と呼んでくれていたけれど、運命の番だとか配偶者だとかそんなものではなくてこの穏やかな関係が続けばいい。

そんなことを思いながら、雪哉は為仁に向かって頷いた。

「さあ、それでは夏蜜柑をお採りしましょう」

「ほんと！　さっちゃんいなくてもとれる？」

「任せてください」

蜜柑の木の前まで来ると、確かに為仁が言っていたように上のほうにある果実は太陽をたくさん浴びているからか若干色が濃い。

甘いのはあの辺りだろうかと見当をつけて、雪哉は木肌に触れた。

——手が届かないことはないけど、少し木に登ったほうが楽に採れそうかな。太い枝が何本も幹から生えているので登りやすそう。問題はここが皇宮のお庭ってところだけど……

「為仁様、待っててくださいね」

雪哉は周囲を見回してから靴を脱いで木に足をかける。

「白崎様！　危ないですからおやめください！　私たちが収穫いたします！」

「すぐ足もつきますし大丈夫ですよ」

子供の頃もよくこうして兄たちと木に登っていた。童心に返ったようで楽しくなる。

――陽の光をたくさん浴びた上のほうの蜜柑を採って為仁様と食べよう。戻ってきた小遊仁様にも、剥いて差し上げたら喜んでくれるだろうか。

自然と笑みをこぼしながら、雪哉は木に手を伸ばして登り始める。

「ひゃあ～！　ゆきちゃん、すごい！」

その声に下を向いて手を振ろうとしたら、足を掛けようとした枝が細かった。別の枝に足を掛けようとした瞬間、バランスを崩した体が揺らぐ。

「おわっ！」

「ゆきちゃん！」

為仁が自分の名前を叫ぶのが聞こえて、枝に縋ろうとした手が宙を掻く。

――あっこれだめかも⁉

落ちる、と確信して体を丸めた時だった。大きな掌（てのひら）が腰に触れると同時に、雪哉の体が誰かにしっかりと受け止められる。

「雪哉さん、なんて危険なことを！」

焦った声で名前を呼ばれ、ハッと雪哉は顔を上げた。

「小遊仁様⁉」

顔色を変えた小遊仁が雪哉を抱き上げている。

「怪我は？　していないよね？」

「し、していません」

言葉だけでは不安だったのか小遊仁は雪哉の全体に目をやり「よかった」と安堵の溜息をついた。

「公務から戻ったら、君が木から落ちそうになって心臓が止まるかと思った」

勝手に蜜柑を採ろうとしたことを怒られてしまうだろうか。もしくは、大事な木だったか。靴を脱いでいたとはいえ、皇宮の庭の木に登ってしまったのだから怒られても当然だ。

「あ、あの下ろしていただいて大丈夫ですから……！」

「下ろさない。このまま抱いている」

「え？」

「私は心配したんだよ。怪我をしたらどうする」

「低い木だったので……」

「低くても、滑り落ちたら怪我をする。現に足を滑らせたろう」

そう言い募る小遊仁の目は真剣で、思わず腕の中で雪哉は身を縮めた。

確かに何を言ったとしても、醜態をさらしたことは確かだ。

それでも無茶なことをしたわけではないのだ、と言い訳をするように、雪哉は小遊仁の袖を掴んだ。

「……幼いころから木登りは結構していたので、大丈夫かと思ったのです」

「君、結構ヤンチャかな？」

するとも小遊仁が呆れたような表情になった。もっふりとした鼻先が頬をなぞってくすぐったい。

そんなことを訊ねられて、雪哉は幼少から今までのことを思い出した。

——これってヤンチャなの？　木に登ったり、庭を駆け回ったり、池で遊んだりって普通じゃないの？

同年代の友人は暢しかいない。暢とは同じことをして過ごしていたから、比較にはならない。

言い淀んでいると、小遊仁に顔を覗き込まれた。

「思い当たる節があるようだね？」

「ご、ご迷惑をおかけして申し訳ありません」

「謝らなくていい。為仁が勧めたんだろう？　ここの蜜柑は甘くて美味しいからいくらでも食べるといい。ただ、怪我をする恐れがあるから果実は私が採る」

あまりにも心配されすぎではと尻の据わりが悪くなるが、小遊仁はいたって真剣な表情だ。

——どうしてそこまで自分に仰ってくださるのですか。

そう聞いてみたいが、藪蛇になりそうで声が出せない。じっと見つめられた雪哉がうろりと視線をさまよわせた時だった。

「さっちゃん、ため、みかんたべたいの。むいてくだちゃらない？　あとね、もうちょっととってくだちゃる？」

為仁が上目遣いで言う。待ちきれないように尻尾が大回転している。

その可愛い光景に、どこか緊張していた雰囲気が弛緩した。雪哉が視線を向けると、やれやれといった表情で小遊仁が雪哉を下ろし、うんと腕を伸ばす。

雪哉では木に登ってなお手を伸ばす必要があった果実を簡単にもぎながら、小遊仁は為仁に向き直った。

「お腹を壊すから食べるのは二個までだよ？　いいね？」

「こんなたくさんあるのに!?」

「そう言ってこの間お腹を壊しただろう」

枝ごと折り取った蜜柑を持った小遊仁は、為仁の鼻を指で突いて苦笑する。

「がいーん！」

紅い目をまん丸にして肩を落とした為仁を見て、ふと雪哉は訊ねた。

「――為仁様、柘榴（ざくろ）を召し上がったことはございますか？」

「じゃくろ？」

不思議そうに首を傾げたので、雪哉は説明をする。

「庭に植えている果物の木です。海外からやってきた赤い果実で、粒々がたくさんついているのです。食べると甘酸っぱくて美味しいですよ」

パックリと割れた中から覗く赤色には驚くが、食べると美味なのだ。それに二人の目の色にちょっと似てるし……

そう言うと、小遊仁があぁ、と言って頷いた。

「そう言えば君の家は貿易をしていたな」

「はい。小遊仁様は柘榴(ざくろ)を召し上がったことはありますか？」

小遊仁に微笑んで、雪哉は訊ねた。

「いや、図鑑などで見たことはあるが、食したことはないな。なあ、為仁」

「ん、ため、たべたことない！　ゆきちゃん、ちょうだい？」

小さな手のひらを両方雪哉に差し出して、為仁がウキウキした顔を向ける。その反応の良さに慌てて雪哉が首を横に振る。

「すみません、お二人の目の赤に似ていると思って今口に出してしまったのですが、まだ実を付けていないので、その時期にお持ちいたしますね」

「がいーん。しょうなのね……」

実が付くのが秋だと言われ、しょんぼりする為仁に、雪哉は慌てて「オレンジはお好きですか？」と訊ねた。確か今の季節から、オレンジはそろそろ実を付け始めるはずだ。夏蜜柑に似ているが、もう少し甘いその名前を挙げると為仁が目を輝かせる。

「オレンジすきよ！」

「では今日のお返しに、そちらを今度お持ちしますね」

「きゃあん！　ありがとお！」

「ありがとう、雪哉さん」

嬉しそうな二人に礼を言われ、雪哉は「たくさんお持ちします」と笑った。

第三章　青天の霹靂（へきれき）

「今日はイチジクを持ってまいりました」

「うん。今日も美味しい果物をありがとう」

「あいがとー！」

やがて小さな約束から、雪哉が果物を携えて皇宮を訪れる日が増えた。専属の庭師がいるわけではない白崎家で育った果物だから、普段小遊仁たちが口にするものほど美味しいとは到底思えなかったが、二人は喜んでくれる。

それに週に一度、執務も忙しいだろうに小遊仁の手紙はきちんと届く。

もだもだする想いを抱えながらも、雪哉は結局皇宮を訪ねることを止めていなかった。家族は雪哉に何もないことに安堵しながらも、兄による送り迎えを条件に三人の逢瀬を認めている。とはいえ単純に雪哉が小遊仁と為仁に会いたい気持ちがあることは否定できなかった。

——雨の日にはテラスから雨だれを眺め、暑くなってくると氷菓を作る。外に出るでもなく、誰を気にすることもなく、ゆったりとした時間を三人で過ごす。

それは雪哉が幼いころから求めていたものに近かった。

幼いころ、自分のために家に残ってくれていた兄が外の晴天を眺めている姿に心苦しさを感じていたが、そもそも小遊仁も為仁もほとんど皇宮を離れない。

同じ籠の鳥として気の置けない……というのは不敬かもしれないが、ずっと一緒に過ごしてきた兄や両親といるよりも安らぐ瞬間があった。

求婚されたことすら忘れそうになるほど穏やかな時間を過ごしていくうちに、だんだんと日が長くなっていく。

だがそれにつれて、為仁が雪哉の帰りに駄々をこねる頻度も上がっていた。帰っちゃヤダ、と言って張り付かれて泣かれる日すらあった。

……ただ、それが嫌じゃないから困ってるんだけど。

今日は庭で遊んだ後、皇宮の中にある小遊仁の私室で手土産の果物を茶請けにお茶を飲んでいた。時計が夕刻を告げ、少しずつ太陽が西に傾くのが見える。そろそろ兄が迎えに来る時間だ。

席を辞そうとすると、小遊仁が「もう帰るのか？」と名残惜しそうに言った。

このところ毎回帰る時はこうだ。

「あ、はい。帰ります」

「君はいつもあっさりしすぎている。もう少し未練を持ってほしいな」

——そんな無茶な。

申し訳ございません、と苦笑して、頭を下げる。

「また早くおいで。できれば、時間が許す限り君ともっと一緒にいたい」

すると小遊仁にするりと頬を撫でられて、雪哉の頬が熱くなる。時折こうして触れられる瞬間だけ、「友人」としてではない仄かな熱を小遊仁に感じる。

振り切るように体を離して微笑むと、為仁が雪哉の腕を掴んでいた。

「ゆきちゃん、かえっちゃうの？」

「もうお時間になりましたので。いつもお招きいただき、ありがとう存じます」

――また泣かれてしまうだろうか。でも、ぽかぽかと小さな拳を丸めてぶつかってくる為仁様は愛らしいからな……

雪哉が受け止める両手の準備をすると、予想に反して為仁はぷいっと後ろを向いた。

「むうーん……さっちゃん、ためおねむよ～」

ふああんと大きな欠伸（あくび）をした為仁が目を擦り、小遊仁にもたれかかる。小遊仁が意外そうに為仁を見てから、彼の頭を撫でた。

「んーん。ゆきちゃん、またあしょんでね？　ためね、まってるからね？　ちゅぎは、おえかきするの。おやくしょくよ」

ぎゅうむと雪哉の足を抱きしめて、為仁は雪哉に小指を差し出した。

「おやくしょくのゆびきりよ」

「はい、為仁様」

雪哉が為仁の小指に指を絡めると、為仁は「ゆびきり～、げんまん～」と歌いながら指を動かした。

それから手を振ると、為仁は安藤と共にポテポテと廻廊へと行ってしまう。

やけにあっさりとした別れだ。もっと駄々をこねられて泣き付かれるかと思っていた雪哉は拍子抜けした心持ちで小遊仁と目を見合わせた。

——ああっ、今日の別れは淡白で寂しい！　いつもはもっと泣いて離れようとしないのに。今日は庭で追いかけっこをしたから疲れちゃったのかな……

「小遊仁様、僕はここで失礼いたします」

「雪哉さん、やはりすぐ帰ってしまうか？　為仁には悪いが、二人きりになれたのに」

小遊仁には寂しそうに言われ、ドキリとする。

「む、迎えが来ていますので！」

「わかってはいるが……寂しいな。離れたくない」

真摯な声で言われ、心が追いつかない。為仁がいなくなったと同時に、彼がまるで一人の男に戻ったように感じて心が乱される。友人としてではなく、出会ったばかりの時に「運命の番（つがい）」だと述べた彼の熱が垣間見えて、慌てて雪哉は目を逸らした。

そんな雪哉を見て残念そうにしながら、小遊仁は立ち上がった。

「じゃあせめて手を繋いでも？」

手を差し出され、雪哉は目を泳がせる。

「と、途中まででしたら」

雪哉は立ち上がって、小遊仁の手のひらにそっと指を触れた。するとすぐにきゅっと握り込まれて、また雪哉の心臓がとくりと跳ねる。それに気が付いたように、小遊仁はゆるりと眉尻を下げた。

「君といると心臓が激しく高鳴る。こんなことは初めてだ。君に嫌われてはという戸惑いと一緒にいられる嬉しさが心の中で騒がしい」

照れたように空いた手で口を覆って、小遊仁は視線を逸らす。

――心臓が高鳴るのはこちらも同じだ。自分とて小遊仁様といられる時間は嬉しい。しかし、それを口にはできない。

小遊仁は口から手を離すと、雪哉の頬に鼻先をちゅむっと押しつけた。

「ゆっくり歩こう。君と少しでも長くいたい。これほどまでに時間がもっとあればと思ったことはないよ」

冗談なのか本気なのかわからない言葉に、雪哉は苦笑する。

「恐縮でございます。小遊仁様、本日はありがとうございました。あの……」

手を離して、深礼をする。けれど、またしても手を握られて雪哉は顔を上げる。求婚の返事も未だにできずじまいだ。

ただずっと、身分の差はあれど友人としてあればいいのに、というずるい願いが雪哉の胸にくすぶっている。

そんな雪哉の気持ちを見抜いたのか、小遊仁はまた雪哉の手を自らの鼻先にちょんと付けた。

「求婚の話は急がずともいい」

「小遊仁様……」

躊躇いがちに、雪哉が小遊仁を見上げる。何か察したのか、小遊仁が困ったように微笑む。

「そもそも求婚して君を苦しませるつもりはなかった。しかし、伝えておきたかったんだ。私の心は決まっていると」

そう言われて、雪哉は眉根を寄せる。慶仁と出会ったあの時からずっと、小遊仁は「友人」としての距離感を保ってくれている。しかしそれも彼の気遣いだったのだろう。

——なのに、僕はずっとこのままの関係をずるずると望んでいる……

「ごめんなさい」

「何故謝る？　雪哉さん、どうか私から心を離さないで。私と為仁は君をいつでも待っている。次回も楽しみにしているよ」

「でも……」

「君は友人だ。遠慮は無用。それとも友人ではなく婚約者としてここを訪れてくれるのかな」

「そ、それは……」

また指先に口づけを落とされてまともな返事ができない雪哉に対して、小遊仁は怒ることもなく微笑む。それから雪哉の手を引いて、ゆっくりと玄関へと歩き出した。

「何度もすまないね。君が迷っているのは私との関係を真剣に考えてくれているからだろう？　そう思うとなんとなく緊張して、君を揶揄(からか)ってしまう」

「……小遊仁様は緊張なんてされないのかと思いました」

「ん？　私とて緊張はする。特に好いた者の前ではな」

「そういう意味ではなくて！　皇帝陛下は緊張されないのだと勝手に思っていました」

「臣下の前では緊張はしないが、雪哉さんの前では緊張する」

繋いだ手を揺らされて、恥ずかしい言葉が次々に波のように寄せられる。

「やめてください」

「照れているのか？　君も私に緊張してくれるか？」

「いつも緊張してますよ！　皇帝陛下とお話ししているんですから！」

そう大きな声で言うと、小遊仁はぴたりと足を止めた。

「そうではなくて……私自身に緊張は？」

そう言って顔を覗き込まれ、雪哉は慌てて視線を逸らした。

「な、内緒です」

動悸が凄まじく、胸が割れそうに高鳴る。

「内緒？　言ってくれないの？」

「黙秘します！」

「可愛いな、雪哉さんは」

楽しそうな声に、繋いでいた手をゆっくりと揺すられる。

ゆったりとした足取りで細い廊下を進み、もう少しで馬車の停まる裏口までたどり着くというところで安藤が速足でやってきた。

「陛下、恐れ入ります。玖賀（くが）公爵閣下が急ぎ陛下に拝謁したいと仰せでございます」

「何用だ？」

「先日の佐谷公爵の件でございます」

「雪哉さんを送ったらすぐに行く」

「さ、小遊仁様、僕はここで失礼いたします。あと少しですから」

慌てて雪哉がそう言うと、小遊仁がむっとした表情になった。

「駄目だ。玄関まで一緒に行く」

「お急ぎなのに、これ以上お待たせするのはいけませんよ」

雪哉は手を離して頭を下げた。

「君を最後まで見送りたい」

「お行きください」

このままだと埒があかない。あえて切って捨てるような言い方をすると、小遊仁の耳がへしょりと折れた。

「雪哉さんは、つれない」

「僕よりもご公務が優先ですから」

ムンッと雪哉が口を尖らせ、足を止める。それから安藤のほうを指すと、小遊仁は雪哉の手に口づけた。

「怒る雪哉さんも可愛いが、これ以上怒らせてしまうと嫌だな。わかった。気をつけてお帰り。離れていても、いつも君のことを想っているからね」

手の甲に鼻先が当たり、甘い視線を向けられる。安藤のいる前でこんなことをしていいのか、と身を強張らせると、耳元で「大丈夫」と囁かれた。雪哉も躊躇いながら手を差し出すと、小遊仁がその手を優しく握った。

「気をつけて。またすぐに会おう」

名残惜しそうに手を離して、小遊仁は代わりに手を振った。雪哉も振り返す。

「安藤、雪哉さんを玄関まで送り届けなさい」

「かしこまりました」

その言葉を最後に、小遊仁が雰囲気を冷徹な皇帝のものに戻す。安藤が廊下にあるベルの紐を引くとすぐに他の侍従が現れて小遊仁をどこかへと誘った。

その後ろ姿を見送って、雪哉は安藤と裏門へ向かおうと廊下の角を曲がる。

「おや、白崎君」

どこかで聞いたような声に顔を上げ、雪哉は目を見開いた。

慶仁が立っている。

「拝謁いたします」

慌てて雪哉が頭を下げると、「顔をお上げ」と慶仁が言う。

顔を上げると独特な香水の香りが雪哉の鼻を掠めた。麝香（じゃこう）の甘く重たい香りに、どこか辛く刺激的なものが混ざっている。

かなり高級な外国製の香水だ。その独特なにおいに雪哉は目を瞬（またた）かせた。

――前に貿易で輸入したものだって、有次兄さんから嗅がせてもらったことがある。我が国には一本しか渡ってないって言ってたけど……この人が使ってたんだ。

まるでその価値を誇示するように、香りはやけにきつい。慶仁に気が付かれないように、雪哉が清浄な空気を肺に取り込んでいると慶仁が首を傾げた。

「陛下は一緒ではないのかな？」

「本日拝謁させていただきましたが、ご公務がおありとのことでしたので先ほど下がらせていただきました」

「そうか……ねぇ、少し時間ある？」

まさか慶仁にそんなことを言われるとは思わず一瞬躊躇う。雪哉が口を開く前に安藤が「殿下、白崎様はお帰りに」と慶仁に話しかけたが、慶仁は安藤に対し「お前には聞いていないよ」と冷たい声で一蹴した。

「少し、白崎君と話してみたいんだ。安藤、真珠の間を準備して」

こっちと言って、慶仁は踵を返した。ついてくるようにと言わんばかりの動きに雪哉が戸惑いながら安藤を見れば、彼も戸惑っていた。

玄関では博文が待っているはずだが、皇族相手に断ることはできない。

「安藤さん、申し訳ありませんが、兄にもうしばらく待っていてくれるように伝えてくださいますか」

「よろしいのですか？」

安藤は小声で心配そうに訊ねてくれる。

雪哉は微笑んで頷いた。

「かしこまりました。お伝えして別室でお待ちいただきます」

「ありがとうございます。あの、安藤さん。小遊仁様には知らせないでください」

公務で忙しいのに、余計なことで小遊仁の手を止めたくない。

雪哉がそう言うと、安藤は何か言いたそうな表情をしたが、「かしこまりました」と頭を下げた。


「さあ、入って」

真珠の間と呼ばれる部屋に入る。どうやらいつも雪哉が通される屋敷の裏側――小遊仁たちが暮らしている部屋とは違い、ここは来訪客をもてなすための場所なのだろう。

壁には絵画が飾られ、赤い天鵞絨(ビロード)と脚の装飾が美しい椅子が目に眩しい。

慶仁は勝手知ったる動きで椅子に座り、入り口で足を止めた雪哉に目を細めた。

「こちらへ」

「ありがとう存じます」

雪哉が足を進めると、それ以上席を勧めることはせずに慶仁は首をかきりと鳴らした。

「陛下とは同じ歳なんだよ。同じ皇族だというのに、幼い頃から陛下は何もかも秀(ひい)でていた」

足を組んで、手を顎に当てながら話しはじめる。雪哉は立ったまま慶仁の話を聞く。

「そういえば、鹿野園令嬢を知っているよね?」

「はい、二番目の兄の友人です。先日夜会でお会いいたしました」

「彼女――友理子の母は僕の母と姉妹でね。だから、お兄さんのことはよく聞いているんだ」

あの令嬢と慶仁は従兄弟(いとこ)同士というわけか。と脳内で雪哉は帳面に書き込んだ。

雪哉の返事を待つことなく、慶仁は椅子の背にもたれかかる。

「友理子は君の兄を、とても優しくて、まさに自分の理想の男性だと言っていたよ」

そのねばりつくような言葉に、友理子の熱い視線を思い出して内心でひやりとしたものを感じていると、美しい笑みを浮かべて慶仁は雪哉に向けて首を振った。

「別に他意はない。ただ、毎回会うたびにその話をされるから気になっていたんだ。彼は男爵家の次男だし、傍流であるが公爵家の友理子には合わないと思うんだが」

――一体何を伝えたいのだろう。

遠回しにちくちくと白崎家自体を責めるような言葉に雪哉は内心首を傾げた。

――皇帝陛下に近しく見えることへの牽制？　それとも、博兄さんが友理子さんを誘惑しているように見えるとでも言いたい？

そんな折にコンコンと扉がノックされ、安藤がワゴンを押して入ってくる。

安藤は立ちっぱなしの雪哉を心配そうに見たが、慶仁が「用意できたのなら下がれ」と素っ気なく言うと頭を下げて部屋から出ていった。

きちんと置かれた二つの茶碗のうち一つを持ち上げて、慶仁は話し続ける。

「――陛下はこのお茶があまりお好きではないんだ。私の祖父である皇帝は好んで飲んでいたんだけどね」

そうしてひと口含むと、慶仁は深く息を吐いた。

「ふくよかで濃厚な味わいの玉露だ。色もとても美しい深い翠（みどり）で、淡い香りが実に素晴らしい。しかし陛下は庶民が飲むような薄い茶や菓子を好んでいる。私には意味がわからない」

優雅に茶碗に口をつけながら、慶仁は雪哉を見て微笑んだ。

「ああ、悪い。聞き流してくれ。君のような身分だったら、皇宮はさぞかし煌びやかに見えるだろう」

「はい。とても壮麗で荘厳です」

雪哉が言うと、「そうだろうね」と得意満面に笑う。

「昔の様式も残しつつ、外国様式も取り入れたとても美しい宮殿だ」

雪哉は頷いた。それは雪哉も感じていた。招かれた当初、宮殿内外の美しい光景に目を奪われたのだから。

「ところで君は通途（ベータ）？」

突然そんなことを問われて、雪哉が身を強張らせると、「見るからに普通そうだし、通途（ベータ）でしょ」と慶仁が断言した。

「孕器（オメガ）なら香りがするけど、君からはしない。無難な性だよね。秀（ひい）でたところもなく、ただただ平凡。通途（ベータ）は日華（アルファ）に憧れるだろう？」

雪哉がなんとも言えずがくりと首を揺らしたのを、慶仁は頷きと受け取ったようだった。

「日華（アルファ）は優秀だ。そう、私も日華（アルファ）に生まれ、幼少から陛下の助けになればと帝王学を学んだ。もちろん私は傍系で、継承権もないから、どれだけ頑張ったとしても私は皇帝になれない。それに私が一つのことを覚えている間に陛下は十のことを覚えられる。陛下は、何事もいとも簡単にやり遂げてしまわれる。――あの方は特別な日華（アルファ）なんだろう」

口ぶりは小遊仁を褒め称えているようなのに、視線はさっきと同じ粘りつくような光を湛えている。

「獣人だからか？」

小さな焼き菓子を口にしながら、慶仁はそう呟いた。

吐き捨てるような言葉に雪哉は息を呑んだ。皇帝陛下に対して、表立ってそのようなことを言う人間は誰もいない。そのわずかな声は部屋の中に響いた。慶仁も危ういことを言ったことに気が付いたのか、整った顔に笑みを張り付ける。

「しかし、君が通途（ベータ）なら安心した。孕器（オメガ）は人間以下の玩具だ。時々皇帝の伴侶に『運命の番（つがい）』だとか言って孕器（オメガ）が紛れ込むけど、奴らに恋などするはずもない。本能に踊らされている哀れさだ。ねえ。白崎君は、陛下の側室になりたいの？」

予想外のことに、今度こそ雪哉は首を横に振った。

「めっ、滅相もありません！」

皇帝の伴侶は女性の日華（アルファ）、もしくは孕器（オメガ）が選ばれる。孕器（オメガ）だとしても高位華族の令嬢が多く、慶仁の言う『運命の番（つがい）』を娶る皇帝など片手で数えるほどしかいなかった。

雪哉は男で下位華族だ。たとえ側室だとしても、選択肢にすら入らない。

「あれ？　そうなんだ。最近陛下は君とよく会っているよね。もしかして妃になりたいのかと思ってたんだけど」

「恐れ多いです！　僕では身分が違いすぎます！」

「おや、偉いね。きちんと身分のことをわかっているんだね」

きっぱりと言われ、雪哉は壁を感じる。

「……そう、君は珍しい。陛下が人を複数回宮に呼ぶことなんてなかったからね。ねえ、陛下は君に何か政や秘密のことを言ってた？」

おもむろに質問をされ、雪哉は首を横に振り続ける。

「い、いいえ。そのような大事なことは一切お話しされません」

「そうなんだ？　陛下は革新派寄りだから歴史ある皇室のことを変えようとする。これほどまでに栄華を誇る皇室は外国にも例がない。それは皇帝という存在が特別で、神聖だからだと陛下はわからないんだ」

白銀の毛、赤い瞳、見るだけで特別だとわかる外見——

それらを思い出しながら、雪哉は下唇を噛んだ。決してその「特別」な外見を小遊仁が好んでいるとは思えなかったからだ。むしろ同じ人として接した雪哉にあれほど喜んでくれたのだから……

そんな雪哉の様子には気が付かず、慶仁はあざ笑うように口の端を上げた。

「それにあの歳で、夢見る乙女のように未だに運命の番を待っているらしい。はっ、どんなに美しく可愛い姫たちにも見向きもしないんだ。直系の子孫を唯一残せる身だからと選びに選んでいるようだ」

まるであのお茶には酒でも入っていたのだろうか、と思いたくなるほど、慶仁の言葉は小遊仁への明け透けな悪意に満ちていた。雪哉が黙り込んでいると、ちろりと慶仁の視線が雪哉に向く。

「最近、陛下は君に御執心だよね。何か弱みでも握った？　容姿も平凡だし、ましてや身分も最下層、陛下と釣り合うところがないのに」

――弱み？　そんなの握るわけないじゃんか。グサグサ言うよな……。言われなくてもわかってるよ。

「とんでもございません。夜会でお会いしてから親しくさせていただいているだけです」

「ふうん。やはり弱みはあの小憎たらしい皇子ぐらいしかないか。人の顔を見るなり泣き出す失礼極まりない皇子だが」

面白くなさそうに、慶仁は茶を口に含んだ。

――小憎たらしい？　為仁様のこと？　きっと慶仁様に棘が見えたんだろう。それにしても弱みを探しているなんて……

「まあ、陛下もたまには違う身分と話してみたくなったのかな。結局話が合わなくて飽きちゃうんだろうけどね」

慶仁はそう言うと立ち上がって、「君は誰かに玄関まで連れていってもらいなさい。これ以上皇宮にいる意味はないだろう？」と微笑んだ。

自分が呼んでおいてずいぶんな扱いだ。だが、これ以上雪哉とて慶仁の話を聞きたいわけではないので深々と礼をして、出ていく慶仁を見送る。

「貴重なお時間を賜り、ありがとう存じます」

「もし何か有益な情報をもたらせるならまたおいで」

慶仁は、雪哉を一瞥もせず部屋を出ていく。

ドアが閉まった瞬間、雪哉の足は一気に震え出した。

小遊仁とはまったく考え方が違う。いや、皇族であるのだからあんなふうに思うのは当然なのか。

「白崎様」

立ちすくんでいたら、安藤が扉から姿を見せて雪哉に駆け寄った。慶仁が出ていくまで待っていてくれたのだ。その優しさに雪哉は、「ありがとうございます」と安藤に頭を下げた。

「お話は終わられましたか。お顔の色が優れませんが……」

心配そうに訊ねられ、雪哉は急いで口元に微笑みを作った。

「お気遣いいただき恐れ入ります。大丈夫です。安藤さん、申し訳ないのですが、玄関まで一緒についてきていただけますでしょうか？」

「もちろんでございます」

雪哉の返事に安藤が大きく頷く。幾分かホッとした心持で玄関に向かうと、博文が雪哉の姿を見て安堵した表情を浮かべた。

「遅かったので肝を冷やしたぞ」

「待たせてごめんね」

「いや、構わない。帰ろうか」

雪哉の返事を聞いて博文はわずかに顔を顰めたが、すぐに馬車に向かってくれた。裏玄関に停められた馬車に乗り込むと、滑るように馬車が走り出す。

クッションに深くもたれて、雪哉は長く息を吐き出した。

——ずいぶん、皇宮に長居してしまった。それに慶仁様のことも気がかりだ。彼は一体何を思って僕をあの部屋に招いて、話をしたんだろう。

ぼんやりとそう思いながら馬車の窓から外の景色を眺めていると、博文が気づかわしげに雪哉の顔を覗き込んだ。

「雪、元気ないな？　何かあったか？　いつもなら皇帝陛下が時間通りに送ってくれていたが、今日は安藤殿だったし」

「ん？　えー、何もないよ。陛下は急な御公務でそちらに行かれて、殿下はお疲れだったから自室に下がられたんだよ」

そう報告をすると、博文はおかしそうに笑う。

「ならいいんだが。しかし雪と陛下を見ていると、まるで織姫と彦星だな」

博文の言葉に、雪哉はさらに苦笑する。

「童話みたいだよね」

——逢瀬が年に一度ではなくて、週に一度だから織姫たちには怒られてしまうかもしれない。それでも皇宮から帰る時、いつもそう思う。まるで夢を見ているように幸せな時間だ。

優しく甘く、まるで壊れものを扱うように丁寧に雪哉に触れてくれる小遊仁の温もり。時折熱を持って雪哉を見つめる眼差し。それらは恐れ多くも嬉しい。

きっと、小遊仁に愛されたら、あのような優しさがずっと続くのだろうとすら思う時がある。

——でも。

『孕器(オメガ)は人間以下の玩具だ。時々皇帝の伴侶に『運命の番(つがい)』だとか言って孕器(オメガ)が紛れ込むけど、奴らに恋などするはずもない。本能に躍らされている哀れさだ』

慶仁の言葉を思い出して、雪哉はさらに座席に深く凭れる。今は「友人」という関係性によってなんとか与えられている時間も、もしも雪哉と小遊仁の関係が変わったとしたら無残に消えてしまうかもしれない。

それでも小遊仁からもらった言葉を一つ一つ思い出すと、あれが嘘だとは信じがたかった。小遊仁は嘘で雪哉に口づけなどしないし、甘い言葉を降らせない。

深い口づけを与えられた時の熱を思い出して、雪哉が無意識に指を唇に滑らせる。

それを見た博文が拗ねたような口調になった。

「雪、恋でもしたのか?」

「こ、恋⁉」

博文の思わぬ言葉に、雪哉は素っ頓狂な声を上げる。

「え!　これって恋になるの⁉」

恋などしたことのない雪哉にとって、それは思ってもない言葉だった。

最初の頃よりも小遊仁から視線を外せなくなって、小遊仁を思わない日はない。それでも友人としていられるようにじっと心を握りしめている。それでもこの気持ちはそんな大それたものに変わってしまったんだろうか。

「俺は学子と離れる時は、離れがたいって思う。お前は？」

「そ、そりゃあ、帰りたくないと思うこともあるけど……でも、友人としてお会いしてるし。陛下に手を触れられてドキドキするのも、見つめられてドキドキするのも恐れ多いからで」

博文は雪哉の言葉に目を瞠ると、すぐにくしゃっとした笑みを見せた。

「――雪、それは恋だよ」

誰よりも信頼する兄からの言葉は、雪哉の胸に深く突き刺さった。今まで目を背けて見ないようにしてきたものに名前が付いて、頭がくらくらする。

本当は知っていた。本当は、出会って彼に見つめられた時から恋に落ちていたのかもしれない。ただ、それでも――

思わずぎゅうっとズボンを握りしめると、その手を優しく博文に撫でられた。

「可愛い雪が恋か……。俺らの雪が、まさか陛下に……、雪が恋をするのは嬉しいはずなのに、もはや腹が立ってきた」

冗談めかした声に励まされて雪哉が上を向くと、博文はぽんと雪哉の頭に手を乗せた。

「その恋が、雪にとって幸せならいいんだけどな」

――きっと、博兄さんは自分と小遊仁様の身分差を思っているのだろう。いつの日か、身分違いを理由に若い恋人が心中したと新聞で見た。きっとその二人は認められなかったのだ。

想い合って死んだ二人のことを雪哉は思う。

――皇帝陛下である小遊仁様が、自分を想っていたとしても死ぬことすら許されないだろう。

「どんなことがあっても俺たちは雪の味方だからな。悩む前に俺たちに言え。絶対にな。それは忘れるなよ」

博文が雪哉の頭を撫でて微笑んだ。その言葉に幾分か勇気づけられて雪哉は淡く微笑みを返した。

「うん、わかった。ありがとう」

「……やっぱり運命なのかね」

博文の最後の言葉に雪哉は思うことがあったが口を噤んだ。

馬車がやがて、屋敷に到着する。博文は「考え込みすぎて落ちんなよ」と言いながら馬車を先に降りた。いつもならエスコートを必ずする博文が、そっとしておいてくれることに雪哉は内心で感謝する。

暢に相談したいところだが、生憎今日は来られないと言っていた。それでもこの気持ちにようやく名前が付いたのだから、と雪哉は思う。

――きっと、今までずっとごまかし続けてきたから、その分のつけを払わなければならないのだ。

これからも皇宮に「友人」として通うのか、それとも小遊仁様に求婚の答えを返すのか考えなければ。

無条件に反対してもおかしくないのに、味方すると即座に言ってくれた博文に内心で感謝しながら雪哉が馬車から降りようとすると、くん、と服が引っ張られた。

「……ん？」

――何かに引っかかってしまったのだろうか。

そう思って、ふと視線を向けた雪哉は目を見開いた。クッションの下にある物入れから、為仁が顔を少しだけ覗かせていたのだ。

「⁉」

声にならない声を上げて、雪哉は凝視する。

――な、なんで⁉　どうしてここに為仁様が⁉

此処にいるはずのない為仁がいることに叫びそうになったが、声を抑えて為仁に手を伸ばした。

「ゆきちゃん」

すると為仁が花が咲いたような笑顔を向けてくれるが、雪哉はますます顔を蒼くした。

触れると為仁がもふもふの顔を手に擦りつける。その感触は確かにいつも味わっているもので幻ではない。

「ど、どうして馬車に⁉　というか、お部屋でお休みになられていたのでは⁉」

「だあってぇ～、ゆきちゃんがおうちかえるっていうからぁ。ためもね？　ゆきちゃんのおうちにいきたいのよぅ？　だからね？　ちのびこんじゃったの」

――可愛く言われたが大問題だ。そんな馬鹿な。道理であっさりとした別れ方だったわけだ。これがあったから為仁様はつれなかったのか。今頃小遊仁様始め、宮殿が騒然としているのではないか。

——恐るべき行動力の三歳児。策士にも程がある。それにしてもどうしたものか。

現時点で為仁が白崎家の馬車に乗っているのは、隠し通せまい。ひとまず宮殿に使者を送って為仁の無事を知らせなければ。すでに衛士(えいし)が出動しているかもしれない。

雪哉の頭の中が様々な考えでいっぱいになる。

それら全てを抑え込んで、雪哉は馬車の床に膝をついた。

「為仁様、今すぐに帰りましょう。貴方様は尊き御身。皇子殿下なのですよ。そのお姿で国民の前に出たら大騒ぎになってしまいます」

すぐに御者に声を掛けて皇宮へ戻らせようとすると、為仁が雪哉の腕を掴んだ。そして、プルプルと首を横に振る。

「いやよぉ。ゆきちゃん、ためをひきはなしちゃうの？　しゃよならしちゃうわけ？　ためをポイしちゃうの？」

潤んだ目を向けられ、雪哉はグッと言葉を詰まらせる。

——反則です！　ポイなんてするわけがないじゃないですか！

「そんなことはいたしません。ですが為仁様、黙って出て来たらいけません。小遊仁様が大変ご心配をなさいます。今頃皇宮では為仁様を捜していらっしゃるはずです」

「そうなの？」

「はい。ですから、一旦戻りましょう。今度、小遊仁様の御許可が得られたら僕の家に遊びに来てください」

為仁にわかりやすいようにゆっくりと言うと、為仁はしょんぼりと肩を落とした。

「ためね……おしょといきたかったの。いちゅも、おへやとおにわであしょぶの。さっちゃんもね、あしょんでくれるのよ？　でもね、おしごといしょがしいのよ。がまんちてるの。だからね、ゆきちゃんとおしょといきたかったの」

両方の人差し指をクルクルと回しながら、為仁が落ち込んだ声を出す。

「ですが……」

「ため、ゆきちゃんをびっくいさせたかったのよ。でも、ごめいわくになるのね？　そおなのね？　ため、わゆいこね？」

今にも泣きそうに、為仁は目をしょぼしょぼとさせてしまう。虐(いじ)めている気分になってしまうのは何故だろう。

雪哉は必死になって言い募った。

「ご迷惑でも、悪い子でもありませんよ。それでも小遊仁様に内緒は駄目なんです」

「さっちゃんにはおてがみかいたのよ。ゆきちゃんとおしょといきますって」

なんと用意周到なことか。公務が終わると小遊仁は為仁の顔を見に行って、置き手紙を見たことだろう。どういう反応をするのかが想像できる。

「雪、どうし……」

ううう、とうめき声を上げる雪哉に後ろから声をかけた博文が、為仁の姿を見て目を瞠る。為仁は「ピャッ！」と言ってクッションに再び隠れた。けれど、尻が隠れていない。

一目で誰が馬車に乗っていたか理解したのだろう。

博文の顔が見る見るうちに真っ青になった。

「で、殿下⁉　な、なんで此処に⁉」

「馬車に忍び込んでしまったみたい。このまま皇宮に引き返しますから」

「ああ、もちろんだ。早馬も出す」

そう言って博文は、玄関にいた三橋に指示を出し始めた。にわかに玄関の空気が張り詰めたのを感じる。御者に皇宮まで戻るように伝えようと雪哉が身を乗り出すと、ぎゅっと為仁が雪哉の服を掴んだ。

「……ごめんなさい。ため、おうちかえるのね」

今まで駄々をこねていたとは思えない、大人びた表情に雪哉は息を呑んだ。自分の立場を理解して諦めたような表情にはどこか見覚えがある。

『ぼく、おそといかないよ！　みんなとはなれるなんてぜったいにやだもん！』

——そう言って、強がってみせたのはいつのことだっただろう。

雪哉もずっと部屋の中に引きこもって過ごしてきた。それが自分のためであり、家族のためだとわかっていたからだ。でも本当は外に行って、他の子みたいに街で一番高い木に登ってみたかったし、もっと兄さんや父さんと出かけたかった。友達と野を駆け回ってみたかった。

為仁の頭や背中を撫でて、雪哉は少し考えた。

「兄さん、無理なのは承知だけど、お茶だけでも駄目かな？」

雪哉は博文に訊ねた。無理なのは重々承知している。けれど、こんなに寂しそうな姿を見てしまうと心が揺らぐ。

「いや、さすがに駄目だ。相手が相手すぎる」

「……うん、そうだよね。でも一杯だけ。一杯だけ一緒にお茶を飲んだら馬車でお送りするから」

外への興味は雪哉には痛いほどよくわかる。

この歳でもいくら広い皇宮だからとて、引きこもり続けるのは退屈だろう。高貴な身分で、今は世界に二人だけしかいない狼獣人の一人である為仁は、幼いころの雪哉以上に滅多に外へも出られないのかもしれない。

博文は眉間に皺を寄せて腕を組んだ。祈るような気持ちで雪哉は博文を見上げる。

しばらくの間があって、博文は細く息を吐き出した。

「……一杯だけ。飲んだらすぐに皇宮へ向かうからな」

「あ、ありがとう！」

博文に笑いかけると、博文は再び三橋に指示を飛ばしたのち、ひらりと手を振った。

「半刻後に玄関においで。それ以上は駄目だからな」

「はい！」

返事をしてから雪哉は為仁に向き直った。為仁も今までの話を聞いていたのだろう、驚いたような表情で雪哉を見上げている。

「為仁様、僕の部屋でお茶を飲みましょうか」

「……ほんと？　ほんとにいいの？」

雪哉が大きく頷くと、じわじわと為仁の瞳がまあるくなっていく。やがて為仁は花咲くような笑みを浮かべた。

「きゃあん!!」

尻尾をブオンブオンと大回転させる為仁の鼻水が垂れていたので、雪哉は手巾を取り出して拭いてやる。

「ぶぶーん」

すっかりいつもの調子を取り戻した為仁は、洟をかんでからハッとしたように雪哉を見上げた。

「あのね、いちゅもきてるおひとね？　おにゃまえはなんていうの？」

「ん？　博兄さんですか？　博文と言います。僕の二番目の兄ですよ」

すると、為仁は迷ったように口をもにもにとさせてから、馬車の外に顔半分だけを覗かせて頭を下げた。

「ひよちゃん、ありがとうございます」

それを見た博文はまた顔をくしゃりとゆがめて「もったいなきお言葉、恐縮でございます」と頭を下げた。子供好きなので目尻が下がっている。

「――では、為仁様。お手を」

「はあい！　ありがとお！」

為仁に手を差し出すときゅっと握られる。馬車を降りると外の空気にほおっと為仁は息を吐き出して、「だっこちててくれる?」と首を傾げた。雪哉は頷いて、為仁を両腕に抱えて自室へと歩き出す。

「ゆきちゃんのおへやにいくの?」

「はい。誰かを招くのは初めてなので緊張します」

「ためも、およばれはじめてなのね! うれしいわあ!」

はしゃぐ為仁の様子を微笑ましく見守っている雪哉に、そっと後ろから三橋が声をかけた。

「すぐにお茶とお菓子をお持ちいたしますね」

「うん、お願いします」

頷くと三橋は踵(きびす)を返した。雪哉は為仁を万が一にでも落とすことがないようにゆっくりと階段を上がっていく。為仁は楽しそうに首を忙しなく動かして、興味津々に視線を巡らせていた。

それでも見知らぬ場所だからか、きゅっと雪哉の胸元を掴んだ手がなんとも愛らしい。

部屋に着くと、扉を開けてから雪哉は為仁を絨毯に下ろした。

「ブヤンコ!」

視線を上げた為仁が歓声を上げ、部屋の中央につるされているブランコに一目散に駆け寄る。

質素な部屋なので、勉強机、書棚、四人がけのテーブルしか置いていないが室内でも遊べるように、兄たちがブランコを買ってくれていたのが役に立った。

「ゆきちゃん! のりたい!」

為仁が目を輝かせて、その場で飛び跳ねる。雪哉は、ブランコに為仁を乗せて背中をゆっくりと押してやる。するときゃあきゃあと弾んだ笑い声が部屋に響いた。

楽しそうな為仁に、雪哉も自然と笑みがこぼれる。

――やっぱり、お家に帰さなくてよかった。こんなに喜んでくれるんだもの。

しばらくして部屋の扉が数回ノックされ、三橋がティーセットを持ってきてくれた。為仁は、慌ててブランコから降りて雪哉の足に抱きつく。

「ありがとお」

人見知りしながらも、為仁が三橋に礼を言うのを見て、雪哉は微笑んだ。声をかけるということは、三橋には棘はなかったのだろう。

「たくさんお召し上がりくださいませ」

三橋も嬉しそうに微笑み、準備を整えると退室する。雪哉の使う小さなテーブルの上には、きちんとティーセットがセッティングされていた。

「為仁様、お茶にしましょう。お菓子がありますよ」

「おかち!? たべる！」

為仁の尻にクッションを二つほど忍ばせてやると、雪哉と視線が合った。なんだかおかしくなって二人して笑い合う。

「おいしいねぇ」

大きな頬袋を作って、為仁は美味しそうに菓子を頬張り始めた。

——ううん、ずーっと、ここにいてくれないかな～。毎日楽しいだろうな。小遊仁様、毎日為仁様の可愛さを見てるんだもん。いいなあ。

しばらく二人で茶を楽しんでいると、為仁がぶらぶらと足を揺らしながら首を傾げた。

「ゆきちゃん、さっちゃんとためのおうちにいつくるの？　あした？」

純真無垢な眼差しがキラキラと投げ掛けられる。まだ覚えていたのか。

「うーん……いつかは申し上げられませんね……」

「きまってないの？」

「まったく」

「ふうん？　ゆきちゃんきてくれたら、たのしーのにね！」

「ふふ、ありがとうございます」

——そうだ、為仁様の一件ですっかり忘れてしまっていたけど、求婚の件に返事をしないといけない。

どうしたって不釣り合いだから断る方向で進むだろうけど……

そこまで考えて、また慶仁の姿が脳裏によぎる。

小遊仁は運命の番（つがい）を探し続けて、令嬢たちとの縁談を断ってきたと言っていた。雪哉が求婚を断ればいよいよ彼も相手を探し始めるだろうか。

小遊仁の隣に誰かが立って微笑んでいることを想像すると、雪哉の胸がチクチクと痛む。

——あの優しい笑顔も、声音も、仕草も全て違う人に向かってしまう。厚かましいと理解しながらも嫌な気持ちになってしまうのは番(つがい)だからか。

「それは……なんかやだなぁ……」

モヤモヤとする初めての気持ちに、雪哉は困惑する。

「なあに？　なにがやなの？」

首をコテンと傾げながら、為仁が問いかける。

気持ちが無意識に口に出ていたことにハッとして微笑みを作る。

「為仁様とお別れするのやだなぁって思っていたんですよ」

ぷくぷくの手をソッと握って、雪哉は笑う。咄嗟(とっさ)の嘘をついてしまったが、許してほしい。しかし、そう打ち明けた途端に、為仁は笑顔になった。

「ためもね、おんなじよお！　ゆきちゃんとバイバイしたくないの！　ためね、おとまりしよっか？」

返答に困り、雪哉は曖昧に微笑む。

その時、扉が数回ノックされた。雪哉が応答すると、三橋が部屋に入ってくる。

為仁が慌てて「ゆきちゃん、だっこ」と手を伸ばしてきたので、雪哉は腕に抱いた。

為仁は、サッと三橋から顔を逸らして雪哉に強く抱きつく。まるで本当に動物の仔のようだ。

怖がらせないように、為仁の耳元で雪哉は「三橋さんっていうんです。僕の家族のような人なんですよ」と囁いた。

それを聞いた為仁は、少し間を空けてチラリと三橋の様子を窺う。

「……ためなの。しゃんしゃいなの」

三橋の顔をチラリと見ながら挨拶をする。すると三橋は顔を緩めて微笑んだ。子供好きなので嬉しいのだろう。人見知りだというのに一生懸命に自己紹介してくれたことが嬉しい。

「ためさまでございますね。三橋と申します。どうぞよろしくお願いいたします」

「うん、よおしくね」

三橋も為仁が皇族だということを先ほど知ったはずだが、落ち着いた対応をしてくれている。

そのことにほっとしながら雪哉は為仁に視線を送った。

「兄さん、もう行くって言ってます？」

「はい」

「わかりました。――さあ、為仁様、そろそろ御宮に帰りましょうか」

「えー！　もう？」

至極残念そうに、為仁はガッカリとしょぼくれる。ただそれ以上駄々をこねるわけではなく、ぎゅっと雪哉の袖を握って為仁は頷いてくれた。

やっぱりこの子は賢いのだ、と思いながら雪哉は腕に抱いた為仁を優しく揺らす。

「今度は小遊仁様に申し上げてからにしましょう」

「うん、わかったの。かえったら、さっちゃんにごめんなさいするね」

大きく頷く為仁に、雪哉は微笑んで「ご立派です」と言った。

玄関へ行くと、博文が待っていた。相変わらず為仁は人見知り発動で雪哉の胸に引っ付き虫になっている。けれど、博文のことも気になるようで、「ひよちゃんもいっちょ?」と雪哉に声をかける。気にかけてくれて嬉しい。仲良くなってくれるとさらに嬉しいが、為仁の不思議な能力の具合もあるので様子見だ。

「はい、ご一緒いたします。構いませんか?」

「ん、だいじょぶなの。ばしゃにのしぇてくれる?」

ひとりではのれないの、と言った為仁を抱き上げたまま馬車に乗せると、隣に博文が乗り込んだ。馬車はすぐに走り出す。いつの間にか風は秋の匂いを帯びていた。いつもと同じように、あまり人目に付かない道を選んでくれているようで、内心でほっとする。

「為仁様、お外見てみませんか?」

「みゆ!」

為仁は膝立ちになって楽しそうに小窓の外を眺め始めた。靴を脱がせて、雪哉も小窓を一緒に覗く。

カラカラと車輪の鳴る音と共に帝都の景色がよぎっていく。夏の景色だった緑はだんだんと消えて、代わりに黄金と見まがうような銀杏(いちょう)並木が揺れていた。

「こんどはね、さっちゃんもいっちょにおでかけしようね!」

うふんと笑って、為仁はまた小窓へ視線を戻す。

〝今度〟は、どうだろうか。

無邪気な為仁の言葉に、即答ができず雪哉は曖昧に微笑んだ。同時にある疑問が浮かぶ。

——為仁様はどうやって白崎家の馬車に乗り込んだんだろう？

普通、馬車の扉は開けっぱなしにはされない。乗客が馬車の前に来て初めて扉を御者が開けるし、為仁がさっき雪哉の手助けを欲したように、車輪が大きいため、地面から扉まではかなりの高さがある。

兄は雪哉が慶仁に会っている間、安藤の口利きで別室で待ってくれていたはずだ。

その間に御者が無断で子供を馬車に乗せるなどありえない。ましてや物入れに入るなんて……いや、単に為仁が好奇心で人の目を盗んで馬車に乗ったんだろうか。

本人に聞いたほうが早いか、と雪哉が振り向くと、為仁は窓枠に手をかけたままこくりと舟をこいでいた。

「為仁様？」

「ンー」

生返事に顔を覗き込むと、為仁はコシコシと眠たそうに目を擦る。外へ出て疲れたのかもしれない。

雪哉は為仁を抱き上げてそっと座面に寝かせ、着ていた上着を為仁に掛けてやる。

「ため、おねむじゃないのよ〜」

そう言いながらも、すでに目は閉じている。親指を口に咥えて気持ちよさそうだ。

窓を閉めると雑音も消えて、車内には規則的な車輪の音とわずかな振動だけが響く。ちょうど薄暗くもなったせいか、すぐに為仁はすうすうと寝息を立て始めた。

「可愛いな」

博文が眠ってしまった為仁を愛おしそうに見やる。

「ぬいぐるみみたいだよね」

「尊い存在だとわかっているが、どうにも抱きしめたくなる」

「うん、すごくわかる」

雪哉は馬車の車輪の音を聞きながら眠ってしまった為仁の頭を撫でた。

しかし、しばらく走っていると、馬車が急に停止する。

「どうした？」

博文が顔を強張らせると、扉が開き、御者が「前に馬車が一台立ち往生しております」と困惑気味に言った。

「すぐに動きそうか？」

「車輪が溝に嵌まっているようで、助けが必要とのことです。お待たせして申し訳ございませんが、助けに行ってもよろしいでしょうか？」

「俺も行こう」

そう言って、博文は外へ行った。開けっ放しの扉を見て、慌てて雪哉は為仁の姿を隠すように上着をかけ直した。数分も経たず、博文が帰ってきて首を横に振った。

「雪、悪い。馬車に乗っていたご婦人が体調を崩したようだ。近くの医者に連れていくから少しここで待っていてくれ」

「わ、わかった。大丈夫なの？　僕だけで向かおうか？」

「従者もいない馬車だったから、まず馬車をどけないと通れない。すぐ戻る」

「うん、気をつけて」

なるほど、狭い道を選んでいたのが裏目に出たようだ。

博文を見送って、馬車の中で為仁と待つ。すると、別の御者が走り寄ってきた。

「皇宮から早馬を受けて参りました。こちらの馬車はしばらく動けないようなので別の馬車に乗り換えていただけますか」

「――うん、よろしくお願いします」

一瞬躊躇ったが、御者の胸には皇宮の紋が入ったピンが留められている。恐らく皇宮からの迎えだろう。雪哉は指示された馬車に為仁を抱きかかえて乗り込んだ。御者は微笑んで御者台へと行った。扉が閉まり、馬車が狭い道を抜けて走り出す。

早馬がすでに到着しているならば小遊仁に知らせているだろうし、もしかすると玄関で待っているかもしれない。

そう思うと気持ちがソワソワとし始める。

「少し遅くなってしまったし、謝らないと」

毛布の隙間から覗く鼻がヒクヒクとする為仁を撫でつつ、雪哉は心を落ち着かせる。

しかし、しばらく走るうちに妙な胸騒ぎが起こった。

――あれ？　なんかおかしくない？　そろそろ皇宮に着いてもいいはずだし、なんだかだんだん揺れが激しくなっているような……

皇宮の周りの道は丁寧に整備された煉瓦造りだ。そのため揺れは規則的で細かくなるはずだが、今はがくがくとした揺れが雪哉の体に伝わってくる。

「あの、どうしました？　皇宮から離れすぎていませんか？」

馬車の前方にいる御者に声をかけると返答がない。

車輪の音に紛れて聞こえなかっただろうかと思い、もう一度言ってみるが答えがなかった。

——なんで返事しないの？　絶対聞こえてるよね？

小窓を何度も叩いて、皇宮へ向かえと言うがやはり引き返そうともしない。

どこ行くんだよ!?

雪哉は蒼褪めた。寝ていた為仁を抱き起こし、腕に抱え直す。

御者窓を開けようとしたが、簡単に開くはずのそれすら開かない。

「え？　なんで？」

応答しない御者に、どこへ向かっているのかわからない恐怖。

考えたところで、どんどんと街から遠ざかっていくのが道の揺れでわかる。サアッと血の気が失せ、雪哉は扉の取っ手に手を掛けた。為仁を庇いながら外へ脱出するしかない。

しかし外側から鍵がかけられているのか、それも開かない。

「嘘だろ!?」

——まさか誘拐？　もしかしたら、あの立ち往生していた馬車と関係があるのか。為仁様の馬車の件にしろ、おかしなことが多すぎる。それに、誘拐だとしたら目的は為仁様だろうか、それとも自分だろうか。

為仁様に何かあれば責任が取れない。死をもってしても、償いきれない。

だんだんと気温すら低くなってきたように感じて、雪哉はふるりと身を震わせた。

まだ誘拐と決まったわけではないが、ほぼ確定だ。自分はどうなってもいい。為仁様だけでも逃したい。必死に開くところはないか探していると、馬車が急に停止した。

「いてっ！」

頭を扉に打ち付けた雪哉が呻きながら為仁を確認すると、まだ眠っているようだ。

ほうっと安堵の息を漏らすと、馬車の扉が開いた。そこにいたのは御者とは違う男のようでこんがりと日焼けをして、体格がよい。仕立てのよい黒の羽織を纏っているが、華族には見えなかった。

「降りろ」

男は、雪哉の腕を掴むと無理やり車内から引きずり出そうとする。

「まっ、待って！　貴方誰!?　何が目的ですか!?」

「五月蝿(うるさ)い。とっとと降りろ」

思い切り腕を引かれて倒れそうになりながら、腕に抱いた為仁と馬車から降りる。

「なんだそれは」

「――僕の弟です。眠っているんですから、起こさないで」

上着でくるんだ為仁に目を向けられて肝が冷えたが、男は舌打ちして「聞いてない」とだけ言うと雪哉の腕を掴んだ。

逃げようと足に力を込めたが、走りだす前に背中に尖った何かを当てられる。

嘘、嘘⁉　刃物向けられてる⁉

「歩け」

刺されるという本能的な恐怖に、冷や汗が雪哉の額にじわりと浮かぶ。

——落ち着け、落ち着け。ここで刺されるのはご免だ。

誘拐したのは誰だと思考を巡らせながら、雪哉は深呼吸した。

——為仁様を知らなかったということは、彼らの目的は自分なのかもしれない。自分が孕器（オメガ）だと知られてはいないはずだけど……

どうすればいい。どうすればいい。そんな問いばかりが脳内を埋め尽くす。

こんなことになるなんて思いもよらなかった。

あのまま博文を待つべきだったと今更後悔しても遅いことを考えてしまう。

「早く歩け」

グッと刃物を押し付けられて、雪哉は慌てて歩き出す。

犯人にわからぬように視線を巡らせる。周囲に民家はないようだ。道の揺れから華族街から離れたところだと思っていたが、それも間違いだったようだ。庶民の住む家ではなく生垣が美しく整えられた塀がある辺り、誰かの屋敷だろうか。

そんなことを考えている間に蔵の入り口に誘導されていた。ぽっかりと空いた暗い入り口に突き飛ばされる。為仁を庇って腕だけは上げると、顔をしたたかに打ってしまった。

視界にチカチカと鈍く点滅したような光が走る。頬にじわりと痛みが走り、口の中が鉄を舐めたような味になる。血だ。

体を起こそうとして、腕に強烈な痛みが走った。さっき変なふうに腕を持ち上げたせいで捻ったのかもしれない。

「んだあ!!」

あまりにも痛すぎて、素っ頓狂な声が飛び出てしまう。

同時に、蔵の戸が閉まった。がちゃんがちゃんと閂がかかる音がする。

その音と雪哉の声に、為仁が目を擦りながら顔を上げた。

「ぬぇ？　ゆきちゃん？　どおしたの？」

「む、虫が出たんです。僕、虫が大の苦手でびっくりしてしまいました。驚かせて申し訳ありません。為仁様には、お怪我はございませんか？」

「おけがないよ！　むし？　おっきいの？　ためがたいじするよ！」

「もう大丈夫です。どこかに行きました。ありがとうございます」

「またでたら、ためにいってね！　ため、ゆきちゃんをむしからまもるんだから！」

「頼もしいお言葉です。為仁様が一緒ならば虫も逃げていきますね」

そう微笑んで、雪哉は周囲に目を走らせる。まだ寝起きの為仁はこの状況に気が付いていないようだ。薄暗い蔵の中は黴臭く、じめじめとしている。

さて、どう説明しようかと考え始めた瞬間、為仁が雪哉の顔を見て、大きな瞳をさらに見開いた。

「ゆきちゃん!! おくちけがしてる！」

――しまった、気が付かれてしまった。

今にも泣きそうな為仁に、雪哉は慌てて首を振った。

「大丈夫です。こんなのへっちゃらですよ」

「でもいたそうなの。――いたいのいたいのとんでけでけ！」

為仁が雪哉の口元に手を当てて呪(まじな)いをしてくれる。それだけで百人力だ、と思いながら雪哉は口元に笑みを作った。

「ありがとうございます、為仁様のおかげで痛くなくなりました。為仁様はお体に違和感はありませんか？ どこも痛くないですか？」

「ためはげんきなの！ ゆきちゃんがたいへんなのよぉ！」

「お気遣いありがとうございます。僕は大丈夫ですから」

突然目覚めて薄暗い場所にいたら、為仁のほうがびっくりするだろうに、雪哉のことばかり心配するのが申し訳ない。

でも、誘拐されたかもなんて、不安にさせるようなことはとても言えない。なにか、うまい具合の言い訳を、と必死に考えながら雪哉は口を開いた。

「少しだけ、ここで小遊仁様を待つことになりそうです。僕と二人きりになりますがよろしいですか？」

少しだけと言ったが、どれほど待つことになるのかもわからない。あまりにも苦しい言い訳だ。

為仁は「ここでさっちゃんをまちゅの？　ゆきちゃんのおうちじゃないね？」と首を傾げる。

こんなに暗く、狭いところも初めてだったのだろう。瞳が不安そうに揺れるのを見て、ぎくりと雪哉は肩を揺らす。

「少し寄り道をすることになったのです。僕と一緒では駄目でしょうか？」

苦しい言い訳に、口元が引き攣りそうになりながらも言葉を紡ぐと、為仁は笑顔で首を振った。

「ダメじゃない！　ゆきちゃんといっちょはね、ため、すっごおくうえしいの！　ゆきちゃんまだバイバイしないのね？　ためといっちょにいるのね？」

「はい、僕は為仁様と一緒におります。まだバイバイはいたしません」

ぎゅっと為仁を抱きしめると、為仁も小さな腕を回して抱きついてくれる。

そのいとけない姿にぎゅっと胸が締め付けられるように痛んだ。

――ひ、ひとまずわかってもらえてよかった。問題はこの後だ。殺されるのだけは勘弁してほしい。為仁様を小遊仁様のところに何がなんでも帰してあげなくちゃ。

雪哉は蔵の中を見回す。どこかに穴はないだろうか。むざむざと閉じ込められる気はない。どうにかして逃げなければ。

「……小遊仁様」

無意識に、小遊仁の名前が口をついた。

「さっちゃん、いちゅくるかちら？」

それを聞いた為仁が無邪気に笑う。

「すぐに来てくれますよ」

雪哉はそう言って、閉め切られた扉を見つめた。


「さっちゃんこないねえ」

少々しょんぼりとした声で為仁が言う。きゅう、と可愛らしい腹の音が響いた。

すぐに来てくれると思っていたのか、為仁が口を尖らせた。

それに、こんなに狭苦しい場所で過ごしたことはないだろう。数十分ほどは物珍しさに蔵の中を駆け回っていた為仁だったが、疲れたのか今は丸められた絨毯の上で膝を抱えている。まだ暖かい季節だったからよいものの、このまま夜を越すことになれば二人とも風邪を引いてしまいそうだ。

雪哉はせめてもの思いで蔵の中を漁って見つけた毛布を為仁の肩に被せた。

埃っぽさとカビの臭いが鼻をつくが非常事態である。すると為仁は雪哉の隣にピタリとくっついた。

「しりとりでもしましょうか？」

「する！」

二人でしりとりをしながら、雪哉は再び周囲を見回した。

実のところ、突き飛ばされた時の腕の痛みは酷くなり続けている。決して為仁に悟られまいとしているが、あまり動き回る気にはなれない程度には腕が熱を持っていた。

蔵に唯一ある小窓は、子供ならば通れる大きさで、脚立に乗ればギリギリ手が届きそうな高さだが、為仁だけでは出られたとしても地面に落下してしまいかねないし、今の雪哉の腕で支え切れるか微妙な線だ。

それに、未だに誘拐だとは思っていない為仁にこの現状を伝えることが憚られた。

それでも一か八か挑戦したほうがいいだろうか、と考えていると、軋んだ音が蔵の中に響いた。

慌てて為仁を後ろに庇うと、蔵の扉が細く開く。

「え？　開いた⁉　あ！　ちょっ、待っ」

雪哉が慌てて引き止めようとしたが、すぐにまた閉められてしまう。ことん、と小さな音と共に何かが投げ入れられたようだ。

――ちょっと、まさか爆弾とかじゃないよね⁉

咄嗟に為仁を壁に押し付けたが、特に何も起こらない。光がほとんどないせいで見えにくい地面を睨んでいると、すんすんと為仁が鼻を鳴らした。

「んやや？　なんかいいにおいする」

「匂いがするんですか？」

雪哉が訊ねると、為仁は大きく頷いた。

「ごはんのによいよ。ゆきちゃん、とやないの？」

服の袖をツイツイと引っ張って、為仁が物欲しそうに問う。

「――もしかして、地面に投げられたものも見えてます？」

「ん？　みえゆよ！　かみでつつまれてるまあるいの！」

獣人である為仁の紅い瞳が頼もしく光る。為仁に「ありがとうございます」と言って、雪哉は一歩を踏み出した。

「為仁様、絶対に動かないでくださいね」

雪哉は、立ち上がり恐る恐る地面のそれを手にする。少し重い。

——何これ？　為仁様はいい匂いって言ってたけど、匂いなんてする？

クンクンと嗅いでも、雪哉にはわからない。ゆっくりと紙包みを開けると、竹皮が現れた。さらに何かが中に包まれているようだ。剥がしてみると、麦が混じったおむすびが二つ現れた。

——え、まさかのおむすび？　なんでおむすび？　まさか夕食？　誘拐なのにご飯くれるの？

すると為仁がひょこんと顔を出して、雪哉の手の中を覗き込んだ。

「ゆきちゃん、それなあに？」

「え、あ……えと、これはおむすびです」

「おむしゅび？」

為仁がポテンと首を傾げる。

「ええと、為仁様はご飯を召し上がっていますよね？」

「ごはん？　うん。おむぎしゃんがはいってるよ。ため、おむぎごはんだいしゅきよ。モッチモッチしてるし、たべてたのしいの！」

——え、意外。皇族でも麦ご飯食べてるの？　庶民的！　しかも、食べていて楽しいって、食感がかな？

思わぬ言葉に微笑ましくなりながら、雪哉は頷いた。

「そうなんですね。そうご飯を、こう、にぎにぎと手で三角に握った物をおむすびって言うんですよ。お箸を使わずに、手で食べるのです」

すると為仁が「おててでたべてもいいの!?」と食い気味に言う。

「あ、いえ、まあ、はい……いいような、よくないような……」

これは庶民的な食べ方であって、皇族が食べるのはどうなのだろう。

確実にはしたない。けれど、とやかく言ってる暇はない。

「んぬ？　どっちい？」

為仁の腹から虫の音がゴギュゴギュと鳴り出す。

「えと、食べてもいいですよ」

とはいえ、毒が入っていては一大事だ。雪哉は少しだけ白米を指で摘んで口に入れた。何も異変は起きない。

まあそもそも殺すのならば、食事など与えず、馬車を乗り換えさせたところで殺せばよかったのだ。毒を仕込むにしても方法が迂遠すぎる。

そっと雪哉は為仁におむすびを手渡した。

——それにしても、二人いるんだからおにぎりは四つか六つくらいちょうだいよ！　ケチか！

なんか腹立ってきた！　せめて海苔！　海苔ちょうだい！

わずかに口に入った米の甘みが、雪哉の空腹を駆り立てる。それでも為仁のほうが優先だ。まだ幼い為仁の健康が損なわれてはならない。

——ええい、人間何日か食べなくても生きていける。

そう決意して雪哉はおむすびを二つとも食べるように為仁に勧めた。

「為仁様、僕まだお腹いっぱいなんです。残すのは勿体ないので為仁様、食べてくださいますか？」

「ゆきちゃん、たべないの？　おなかグーするよ？」

「大丈夫です」

「ほんと？」

「はい。腐らせてしまっては、勿体ないお化けが出てしまいますから、為仁様が召し上がってくださると嬉しいのですが」

すると為仁は無邪気に笑って「わかった！　ゆきちゃんのぶんは、ためがちゃあんといただきますするね！」とおむすびを頬張る。その可愛い姿を見ながら、雪哉は壁にもたれかかった。

何もできない自分が情けない。雪哉たちを連れてきた男にこれ以上動きはないし、この様子から察するに雪哉と為仁を殺す気はないのだろう。しかし、それだけに不気味だ。

雪哉が知らないだけで、すでに家族には脅迫文を送り、身代金などを請求している可能性はある。

「小遊仁様……」

そう呟くと、おむすびをもきゅもきゅと咀嚼（そしゃく）していた為仁が、雪哉にもたれかかった。

「ゆきちゃん、おはな、しぼしぼしてる。しゃみしい？」

「あれ？　僕の花萎んでますか？」

「こーんななってるの」

為仁は上半身を右に大きく捻って、体で花の具合を知らせてくれる。それどころか短い手をうんと伸ばして雪哉の頭を優しく撫でた。

「しゃみしくないよ。ためがいっちょだからね？」

「ありがとうございます」

「うふふん！」

その笑顔に、雪哉はもう一度決意を固めた。

——次に誰かが踏み込んできたら、それが誰であろうと扉が開きっぱなしになるように抵抗しよう。きっと夕にこうして食料を渡しに来たのだから、このまま朝を迎えるとしたらその時にもう一度来るだろう。

大きく息を吸い込んでゆっくりと吐き出すのを繰り返し、そんなふうに思考を切り替える。

しかし、燃えるように熱い腕が思考を阻む。

腕だけ取り外したいんですけど……なんなの、この痛さ。あー、駄目だ。しんどい。

座っているのも苦痛になり、雪哉は床に寝そべった。

「ゆきちゃん？」

鼻先にご飯粒をつけ、為仁が雪哉の顔を覗き込む。栗鼠のような頬袋に、雪哉は笑みをこぼした。

「ゆきちゃん、おねむ？」

「そうなんです。為仁様も横になりますか?」

雪哉が言うと、為仁は首を横に振った。

「ためはね、まだおねむじゃないの。ゆきちゃん、おねんねして」

もちっとした手で、為仁が雪哉の肩を優しく撫でてくれる。

「ためはね、おねむじゃないけどゆきちゃんのおそばにいたいの。だから、おうたうたってあげるね?」

そうして、いつも小遊仁が歌っているのか誰かに習ったのか。為仁は可愛らしい声で歌いながら、横たわった雪哉の頭を撫でる。その優しさと温かさに緊張の糸が緩んだのか、ぐらりと雪哉は眩暈(めまい)を感じて目を閉じた。

「為仁様……少しだけ……」

微睡(まどろ)みながら、またしても小遊仁の顔が浮かぶ。

――僕、もう重症かも……一旦寝よう。寝て起きたら頭がスッキリするかもしれない。

そう思って、雪哉は瞼を閉じた。


――かつん、かつん。

床に反響する足音に、眠りかけた雪哉は素早く起き上がり為仁を抱いた。為仁が急に動いた雪哉に目を見開く。

「ゆきちゃん?」

「扉が開きそうです。今から走りますから、しっかり僕の服を掴んでいてください」

息を詰めてそう囁いてから、雪哉は音を立てて開いた扉の隙間から無理やり男を中に引きずり込んだ。

「な!?」

驚く男の声を聞き流し、雪哉は走り出す。どうやらさっき、雪哉たちを馬車から降ろした男とは違う優男だ。いかにも庶民らしかった男と彼の落差に戸惑うが、今はそんなことを考えている場合ではない。

雪哉は蔵の外に走り出て周囲を見回した。

やはり周囲に他の民家はない。どこかの華族の別邸に連れてこられたのだろう。せめて現在地のわかる目印はないかと視線を走らせるが、ぽつりと建った屋敷の他には畦道と田圃が広がるばかりだ。

「待て!」

後方から男が追いかけてくる。雪哉は舌打ちして走り続けた。

――せめて、誰かいれば。僕と為仁様がここにいると伝えられれば。

痛む腕を必死に振り、目を瞑ってしがみつく為仁を抱えて走るが、すぐに追いつかれてしまった。服の襟を思い切り掴まれ、体勢を崩す。

「放せ!」

振り切って逃げようとしても、男の力のほうが強い。声すらも濃い闇にかき消されてしまう。せめて為仁を庇おうとその場にうずくまると、するりと為仁が腕の中から抜け出した。

「ゆきちゃんをいじめるな！」

為仁が前に飛び出し、尻尾の毛を逆立てて男を威嚇する。

恐ろしいだろうに、凛と声を張った為仁を見た男が目をぎらつかせた。男は為仁が狼の獣人――皇子だとわからなかったのか、「糞餓鬼(くそがき)の犬め！」と叫び、手を振り上げる。

「やめろ！」

雪哉はそれに割って入るようにして、為仁を胸に抱えた。男の手が雪哉の頬に当たり、視界がばちばちと白む。「ゆきちゃん！」と為仁が悲鳴を上げるのを聞きながら、雪哉は必死に彼を抱きしめた。

「大丈夫です、大丈夫ですから」

――為仁様だけは傷つけるものか。

雪哉がそう思いながら視線を上げると、男が怪訝そうに眼を見開いていた。

「お前、その痣は――」

ぐっとシャツを掴み上げられて、雪哉は息を呑んだ。

男に引きずられたせいで、シャツのボタンがいくつか飛んでしまったようで雪哉の痣が見えてしまっている。隠そうとしたが男に引きずり上げられているせいで身動きが取れない。

男は目を見開くと、下卑た笑みを浮かべた。

「そうか、そういうことか。あの方が言っておられた通り――ではこの仔犬は……」

男の顔が近づいてくる。ぎらついた視線は雪哉だけではなく、為仁にも降り注いでいる。

――為仁様のことに気が付かれた⁉　それにどうして痣のことを――

雪哉が息を呑むと、その反応にさらなる確証を得たのか男の表情が醜く歪む。その一瞬、為仁に手を伸ばそうとしたせいか男の手の力が緩んだ。

「この子に、近づくなぁ！」

「が、ぁっ⁉」

その隙を見計らい、最後の力を振り絞って雪哉は男に体当たりをした。男が倒れ込んだ間に呆然としている為仁を抱き上げて、蔵に戻る。

――悔しいけど、屋敷にはまだ別の男がいる。蔵の中でなんとか籠城するしかない。

「この中にお隠れください！　きっと、きっともうすぐ小遊仁様がいらっしゃいますから」

「ゆきちゃ」

涙目の為仁を半ば無理やり長持の中に押し込めると、雪哉は急いで重たそうなものを扉の前に積み上げた。蔵の扉の閂(かんぬき)は中からかけられないからこうする他ない。

蔵の中には人が入れそうな大きさの箱はいくつもある。雪哉はいくつかを引きずって扉の前に置くと、為仁のいる長持に転がり込んだ。

これでも見つかったら、あとはなんとか抗うしかない。

「これでも護身術は学んできたんだ」

自らに言い聞かせるように雪哉は呟いた。二度も殴られ、床に眠っていたせいか熱すら出てきたようだ。視界がさっきから明瞭ではない。

それでも、小遊仁が来るまでは為仁を守らねば――

そう決意した時だった。鈍い音が外で響く。

「にゃっ⁉」

「お静かに――！」

ひゅっと喉を鳴らして、雪哉と為仁は長持の中で息を殺した。逃げ場などほとんどない場所だ。

二人が蔵の中に再度逃げたことはすぐにばれてもおかしくない。

再び音と、悲鳴のような声が聞こえた。

同時に地面の揺れと軋む音が長持の中に響き渡った。

――まさか、もう蔵の扉が開いたのか。

そう思った雪哉が決死の覚悟で長持から飛び出そうとした時だった。

「雪哉さん‼　為仁‼」

「雪‼　殿下！」

雪哉と為仁の名前を呼ぶ小遊仁と博文の叫び声が聞こえた。

雪哉は幻聴かと耳をそばだてる。心臓が早鐘を打ち、手が震える。名前を呼ばれただけで無性に涙が溢れそうになるのはどうしてだろう。

こんなにも為仁を危機に晒してしまった。ここから出たら罵詈雑言(ばりぞうごん)を浴びせられるかもしれない。

もしかしたら、この場で処刑されるかも。

為仁は無事だが、大事な皇子を雪哉のせいで誘拐に巻き込んでしまったのだ。

小遊仁に会いたい。あの逞しい胸に抱きしめてもらいたい。けれど、穏やかに愛してくれた彼が怒り狂う姿を見たくはない。矛盾した思いが雪哉の頭の中で交錯する。

「返事をしてくれ！　どこにいる⁉」

「雪！　俺だぞ！　もう大丈夫だ！」

蔵の中で大きく物音をさせる小遊仁と博文に、雪哉は静かに長持を少しだけ開けた。

視線の先、ふわふわとした銀色の毛並みが月明かりに照らされている。まるで、新雪が太陽の光に当たったように美しく輝く。

「さゆひと、さま」

耐え切れずに雪哉が名前を呼ぶと、ハッとしたように小遊仁の獣耳が動いた。ついで息を切らせた顔が長持に向く。柘榴(ざくろ)色の瞳が見る見るうちに大きく見開かれた。

「雪哉さん……為仁！」

二人を見た小遊仁が泣きそうな表情で長持の蓋を持ち上げた。

「きゃあ！　みちゅかった！」

無邪気に声を上げる為仁を小遊仁が抱き上げる。

雪哉は思わず長持から飛び出した。

「雪哉さん⁉」

小遊仁の声を無視して、雪哉はそのまま扉に向かって駆け出した。

博文も「雪!?　待て!!」と慌てた声をかける。

謝らなければいけないのに、体が勝手に逃げてしまう。

しかし、限界を迎えていた体が悲鳴を上げた。足が絡み、うつ伏せで倒れてしまう。

それでも這いずって逃げようとする雪哉に、小遊仁の手が伸びた。そのまま存在を確かめるように強く抱きしめられる。雪哉の頭に鼻先を押し付けるような口づけをされて、雪哉は息を呑んだ。

「どうして逃げるんだ……！」

「為仁様を、危険に晒してしまって……」

喘ぐようにそう言うと、「馬鹿な」と言ってさらに強く掻き抱かれる。その腕の力強さに、今まで堪えていた涙がほろほろと雪哉の目から零れ落ちた。

小遊仁の顔など到底見られない。

「離してください」

震えながら雪哉が体を離そうとするが、小遊仁は「絶対に離さない！」と叫んだ。

小遊仁の心臓の音が雪哉の肌から脳に伝わる。雪哉と同じように早鐘を打っている。

それでも雪哉が手を突っ張ろうとすると、小遊仁は唸るような声を上げて、雪哉の首元に顔を擦りつけた。

「私から離れないで。私が嫌になった？」

小遊仁の問いに、雪哉は首を横に振った。

「じゃあ、逃げないで。君に拒まれると私は奈落の底に落ちてしまいそうだ」

「僕のせいで為仁様を危険に晒してしまいました。小遊仁様に合わせる顔がございません……」

声を引きつらせながら雪哉は小遊仁に言った。

「罰はいくらでも受けます。この場で斬り捨ててくださっても構いません。ただ、全て僕の我儘が原因なのです。どうぞ家族には容赦を――」

「何を馬鹿なことを！　罰も斬り捨てることもしない！　君の家族にも、君自身にも咎はない。ただ君が無事で……無事でよかった……！」

その言葉に雪哉はようやく視線を上げた。小遊仁の紅い瞳に雪哉の姿が映っている。その表情に怒りは一切ない。それどころか小遊仁のほうが許しを乞うように雪哉の手を恐る恐る取った。

「君を、失うかと思った――」

その言葉に腕の痛みさえも忘れ、雪哉は震えながら小遊仁の背を抱きしめた。

「小遊仁、様」

「雪哉さん」

名前を耳元で囁くように呼ばれる。とめどなく涙が雪哉の頬を伝い、小遊仁の服を濡らしていく。そんな雪哉の背を優しくなぞって、小遊仁が頭を雪哉の頬に擦りつけた。その温かさにぼろぼろと雪哉の喉から声が漏れる。

「なんでこんなところにまでいらっしゃったのですか……！　僕の代わりはいくらでもいます。貴方の代わりはいないのに」

雪哉の返答に、小遊仁は痛いほどに雪哉を抱きしめ声を震わせる。

「その言葉、そっくりそのまま返す。雪哉さん、君の代わりなんてどこを探してもいない。君という存在は、たとえ生まれ変わったとしても〝今〟しか存在しない。私だって然りだ。輪廻転生したとしても互いの〝今〟は存在しない」

「それは……運命の番だからでしょう？　もしも番ではなかったら、小遊仁様には別の人が現れていました。……僕じゃなくて。身分のある方と番になられて……僕は身分も性別も小遊仁様に釣り合うことは叶わない。身分の壁はどうしたって壊すことはできません」

もはや隠せもしない花の痣を苦々しく思いながら、雪哉は首を横に振った。見ずとも、それが満開になっているだろうとわかる。小遊仁は雪哉の背中の痣に口づけて言った。

「――できる。私が皇帝を辞めればいい」

即答する小遊仁に、雪哉は驚愕した。

「そんなことを軽々しく口にしないでください！　皇帝を辞めるって……じゃあ国民はどうなるんですか？　好きな人ができたので、その人と結婚したいので皇帝辞めますって、そんなの……理由がめちゃくちゃだ。国民を見捨てることになる。貴方は尊き皇帝で、神の化身でもある方ですよ!?」

「皇帝でも人と同じように恋愛してはいけないか？　人を好きになって、その人と永遠にいたいと思うことは許されないか？　愛する運命の番が目の前にいるのに、その愛しい人を見放して他と番えと？　君は酷なことを言う」

「そんなことを言ったって無理なものは無理じゃないか！」

雪哉は痛む手も構うことなく小遊仁の背中をドンドンと叩く。口調も無礼に砕けてしまう。

離れようとしたが、小遊仁の顔が雪哉の顔に近づく。目と鼻の先だ。

「誰が無理だと決める？　君が無理だと決めるな。それは私が決める」

雪哉は視線を外して小遊仁から離れようとするが、力の差は歴然としていて身じろぎ一つできない。

顎を掴まれて、小遊仁と視線がかち合う。

離れたいのに離れられない。

雪哉の目からはこれまでに流したことのないほどの涙が零れ落ちていた。

「小遊仁様が決めたとしても国民は納得しない。僕なんかが側にいたら皇室の名誉に傷が付くんだ。然るべきお相手を見つけてください。僕は、男で孕器（オメガ）で下級華族で――」

言い終える間に、雪哉の口を小遊仁の大きな手が覆った。

「国民は納得してくれると思うが？　まだわかってもいないことを決めつけるのは君の悪い癖だ」

窘（たしな）めるように言われ、雪哉はムッとする。

「言わなくてもわかる。君が言う通り、全員が全員賛成とは限らない。けれど、私の想う雪哉さんの気持ちを国民に知ってもらえれば、賛成してくれる」

「そんな簡単に言わないで」

「君は、私と出会って一緒にいることが苦痛なのか？　私といると楽しくないか？」

突然そんなことを聞かれ、雪哉は戸惑う。

「な、なんで……そんなことを」

「二択だ。苦痛か？　嬉しいか？」

小遊仁の真っすぐな眼光に雪哉は視線を外した。

そんなこと、嬉しいに決まっている。けれど、面と向かって怖くて言えない。

言ってしまえば、取り返しがつかなくなってしまう。

小遊仁の隣にいると嬉しくて、心臓がドキドキして落ち着かない。恋だと知って小遊仁に惹かれていく自分がいる。おおらかな優しさと微笑みがいつも雪哉の心に癒しと喜びを与えてくれる。自分だけを見つめてほしい。

「僕に好きな人がいるかもしれないじゃないですか」

咄嗟（とっさ）にそんなことを言うと、小遊仁が険しい顔つきになる。

「他に好いた者が？」

「小遊仁様に関係ないでしょう。ぼ、僕はその人と結婚するのです」

そんな人はいない。口から出まかせだ。

今度こそ離れようとしたら、小遊仁が雪哉をこれでもかと強く抱きしめた。

苦しい。その苦しさすら嬉しく思ってしまう。

「そんなこと許せない。許さない。君が笑顔を向ける相手が私ではないなんて……嫌だ。考えられない。雪哉さんの愛らしい笑顔は、永遠に私だけのものだ。雪哉さんは私の番（つがい）だ。私は雪哉さんを誰にも渡さない」

執着めいた言葉に、雪哉は首を横に振り続ける。

「番って言葉に囚われてるんですよ。きっと僕がいなくなれば小遊仁さまにも好きな方が現れますよ。皇帝陛下にはきっと新たな番が現れます。今まで好きになった方ぐらいいらっしゃいますよね？　お綺麗な皇族や華族の方と会っておられるんですから」

「いない」

またしても即答が返る。

——いないって……三十歳なのに、いないって絶対嘘じゃん。引きこもりの僕にいないのはわかるけど、皇帝陛下にいないわけないじゃんか。

「私はずっと君を待っていた。絶対に現れてくれると信じて、その者を、雪哉さんを待っていた。私の運命がいるのに、何故他のものに視線を向けねばならない？　好いてもいないのに、何故まったく湧かない好意を向けねばならない？」

「あーもー！　だから！　僕は貴方とは釣り合わないって言ってんの！　運命の番だからって、そんなロマンチックなこと言われたって、現実を見てよ！　僕たちだけで盛り上がっても現実は甘くないんだよ!?　貴方が一番それを知ってるはずです！　貴方は皇帝！　僕は、引きこもりで孕器で、否定される人間なんだから！　僕は小遊仁様の枷にしかなりません！」

息を切らし、雪哉は泣きながら叫んだ。不敬をどれだけしたかなんてもうこの際どうでもいい。

だが、小遊仁はフッと微笑んで雪哉の項に唇を当てた。

「君は面倒臭いな」

「な」

瞠目すると、小遊仁から「君の心臓は、今にも飛び出しそうな勢いだが本当に他に好いた人がいるのか？　それに、そんな顔で言われても説得力はない」と言われる。

雪哉は自分の顔に手を当てて隠す。一体どんな顔をしていたのか。

「私の服を力強く握って離さない子が、私から離れたいと？」

そう言われ、雪哉は無意識に小遊仁の服を掴んでいたことに驚く。

「雪哉さん、何故私の服を掴む？　手のひらで押し返せばいいではないか？　私を拒絶しなさい」

「なんなんだよ！　貴方は！　掴んでいたら駄目なの⁉」

「駄目ではない。雪哉さん、私を好きになってくれているな？」

小遊仁の顔が間近に迫り、「言って、雪哉さん」と甘い声で囁かれる。

雪哉はグッと喉を鳴らす。

「雪哉」

いつもはさん付けなのに、何故こんな時に呼び捨てをするのだ。

雪哉は口を引き結んで顔を逸らした。

「〜〜好きですよ！　小遊仁様が大好きです！　貴方のことを考えると胸がドキドキして落ち着かない！　だからこそ貴方の将来のことを考えて言ってるのに、どうして聞いてくれないんです！　僕が身を引こうと頑張っても、貴方はグイグイ押してくるし！　なんなんだよ！」

ヤケクソ気味に雪哉はまた叫ぶ。思えば、出会った当初から小遊仁に惹かれていたのだ。けれど、色々な思いがぶつかり合って素直になれなかった。

「やっと言った」

小遊仁は嬉しそうな声を出し、雪哉の顔を覗き込む。

「僕は、小遊仁様に恋しているんです」

「私も雪哉さんに恋をしている。大好きだ。心から愛している。私には雪哉さんしかいない。全てのものが反対するのならば、共に駆け落ちをしよう。私が身分もなく無一文でも、君は私といてくれるか？」

「お金も肩書きもどうでもいいです。貴方さえいれば」

泣きながら、雪哉はそっと小遊仁の胸元を指先で摘んだ。

「私もそう思う」

嬉しそうに目を細めて、小遊仁は雪哉の頬にそっと口づけた。

「私を拒まず、側にいると言って？　離れないと誓いなさい」

そう言われ、雪哉は小遊仁の美しい瞳を見つめてゆっくりと口を開いた。

「さ、小遊仁様の隣にいたいです。ずっと」

「うん、私も雪哉さんの隣にいたい」

小遊仁が、涙を滲ませて雪哉の額に口づけを落とした。

胸が甘さで締め付けられ、体温が上昇する。

ふと、視線を感じて雪哉はそちらに向いた。博文が為仁を抱いて気まずそうに立っている。

「兄さん！　為仁様！」

雪哉は小遊仁から離れようとしたが、離してくれない。

「小遊仁様、少し離れてもいいですか？」

雪哉が訊ねると、小遊仁は「駄目。私の腕の中にいなさい」と答える。

「少しだけです」

「本当？　すぐに私の腕に帰ってくるのならいいが」

駄々をこねる子供のような小遊仁に、雪哉は笑んだ。

「すぐに貴方の元に帰ってきます」

小遊仁は、「ん」と頷いて雪哉から名残惜しそうに体を離した。雪哉は博文に向き合って頭を下げる。

「兄さん、心配かけてごめんなさい」

「無事でよかった。——それに」

意味深に小遊仁に視線を向けた博文に雪哉は顔を赤くした。そう言えば雪哉が抱いた感情を恋だと断言したのは博文だった。恥ずかしさに身を縮こませると、為仁を片腕に抱いたまま、博文が雪哉を抱き寄せる。

「お前が幸せになることを祈っているよ」

そう耳元で囁かれて、また涙が雪哉の目から滴り落ちる。するとその涙をぬぐうように為仁が手を伸ばした。

「ゆきちゃん」

「為仁様……、怖い思いをさせて申し訳ありませんでした」

「ううん、ゆきちゃんがたいへんだったのよ」

こんな時でも他人を気遣う為仁に、雪哉はくしゃりと顔を歪める。すると小遊仁が間に入って、為仁の頬を突いた。

「為仁。君は宮に帰ったら説教だ。勝手に馬車に乗り込み、雪哉さんに迷惑をかけたな。そして私や宮の者を心配させた」

「ごめんなさい。ゆきちゃんとおしょといきたかったの」

為仁は項垂れながら反省した表情を見せる。

「一人で勝手に行動してはいけない。君の軽率な行いで多くの人が迷惑を被った」

「さ、小遊仁様、為仁様をあまり叱らないでください。僕も悪いんです」

「庇い立ては無用。君は本当に優しくて謙虚だな。それが危なっかしくもあるが」

小遊仁は雪哉の頬に口づけて苦笑する。

しょんぼりする為仁を抱きしめようと雪哉は手を伸ばす。そして、「う」と小さく呻き声を上げた。異変を聞き逃さなかった小遊仁が、雪哉に「どうした?」と心配そうな声をかける。

「な、なんでもありません」

忘れていた痛みがぶり返す。ズキズキとした強い痛みが腕を中心に体全体にまで襲う。奥歯を噛み締め、痛みを堪える。

痛くないと思えば思うほどに痛いのは何故だ。

「なんでもなくはない。どこか痛むのか？」

護衛が持っていた灯りを博文が持ち、照らす。

「いえ、全然大丈夫です！」

心配させまいと怪我をした腕を回した直後、雪哉の顔が白くなる。

あまりの痛さに、「うあっ！」と悲鳴を上げる。

怪我をしていない腕を回すはずが、無意識に怪我をしたほうの腕を回してしまった。小遊仁が咄嗟に雪哉のシャツを捲り上げ、赤く腫れ上がった腕を見て絶句した。

そして怒りを隠そうともせず、唇を噛む。

「ひどい怪我を――」

小遊仁は近くにあった長方形の小箱の蓋だけを取った。着物を勢いよく破くと、添え木のように蓋を雪哉の腕に当ててぐるぐると布を巻き付ける。

「すぐに宮殿へ向かおう」

「い、いえ僕は大丈夫です。それよりも、為仁様にお食事をさせてあげてください。昼からおむすびしか召し上がっていないんです」

雪哉が隣を歩く博文に抱かれた為仁に「お腹空きましたよね？」と訊ねた。

すると為仁は目を丸くして、こくんと頷く。

「さっちゃん、ため、おにゃかすいたの。しょれにね？　ゆきちゃん、ためにおむしゅびくれて、ゆきちゃんたべてないのよ」

その言葉に小遊仁の視線の温度が下がる。

「為仁、他には？」

「えとね、わるいひとにたたかれて、たおれたの。それからうでもいたただった」

なんとよく見ていることだ。恐るべき三歳児。

「連れ去った者にされたんだな？」

最大に怒りを纏わせた声に、雪哉は身震いする。

「あ、いやー。僕が勝手に転んだだけです。受け身を取らなかったのが悪かったんですよ。寝てたら治りますから」

「君は……」

「ほら、これから調査もあるでしょうから僕に時間など割かずに——」

「すでに犯人は刑司で捕らえている。鹿野園友理子だ。博文に異常な恋心を寄せ、彼が大事にする弟を自分が助けたとなれば博文が自分に振り向くと思った、と供述している」

小遊仁の言葉に、雪哉は瞠目した。

——そ、それって自分で誘拐事件を企(くわだ)てて、自分で解決しようとしたってこと？　道理で一応ご飯とかくれたわけだよ！

そう内心でつっこみを入れると、博文が重い溜息をついた。

「報酬に目が眩んだ召使を使って、雪が一人になった時に拉致したそうだ。為仁殿下のことは予想外だった、だと。この事件に責任があるとしたら、お前じゃなくて、俺のほうだよ」

博文の言葉に雪哉はぶんぶんと首を振った。

そんなはずはない。友理子が異常なまでに博文に執着していたのは雪哉も知っていた。でも、だからってこんなに馬鹿げた事件を起こすとは思わなかった。

「好きな人を諦めきれないのは僕だって共感できる。けど兄さんの心を振り向かせるために人に迷惑をかけるなんて、そんなの間違ってる。そんなことをしたっていい迷惑だし、自分だけしか見えてないっておかしい。兄さんが気にする必要なんてないよ。だって、そんなことをする人がいるなんて、誰も思わないもん」

「雪哉……」

怒りのままに雪哉が矢継ぎ早に言うと、博文が雪哉の頭をわしゃわしゃと撫でた。ただ、そんな怒りを募らせながらも、雪哉の心にはわずかに澱が溜まっている。

——でもそんなバカなことをやれちゃうほど、博兄さんに振り向いてほしかったってことだ。

小遊仁の隣に自分以外の誰かが立つことを想像した時のもやっとした感情を思い出して、雪哉はおずおずと言葉を続けた。

「ただ、人を好きになって辛いのは、わかります。僕も、彼女と同じ立場に立たされたら、嫉妬ぐらいはしてしまいそうですから」

「そうやってまた他の者を気遣う。君のいいところであり、悪いところでもある。君も、博文も気に病む必要はない」

はあっと大きく溜息をついた小遊仁に、コツンと頭を小突かれる。

「恋は時として猛毒になる。雪哉さんと為仁を傷付けたことは一生かけて彼女に償ってもらう。為仁が関係していることもあるから、処分は私に任せてもらってもいいか？」

「も、もちろんです」

「ただ全体の計画は杜撰だが、馬車の乗り換えや妨害は大がかりでいかに公爵家の娘であってもやや不自然だ。他に黒幕がいる可能性があるため、調査は続ける予定だ」

その言葉に雪哉は頷いた。馬車は確かに皇宮から出た。為仁がどうやってそんな馬車に乗り込めたのかわからないし、男がどうして雪哉の痣について知っていたかも気になる。

「僕の家族のことで、小遊仁様のお手を煩わせ、ご迷惑をおかけして申し訳ありません。それに、為仁様を巻き込んでしまったこと、改めてお詫び申し上げます」

「何度も言うが、君ではなく為仁の責任だ。為仁が勝手に雪哉さんを振り回した。宮に帰り次第しっかりと教育し直す」

「そ、それは……」

「幼くともわからせねばなるまい。皇族としてやっていいことと悪いことは常日頃から教え込んでいる。それにもかかわらずあの子は軽率な行動をとった。迷惑をかけて、本当に申し訳ない」

小遊仁に頭を下げられ、雪哉は瞠目する。

「あまり為仁様を叱らないでください！　怖い思いをもうたくさんしたでしょうし、おなかも減っていると思いますから。……ああ、そうです。監禁中はおむすび二つしかもらえなくて！　いや、まあ与えられるだけマシなんですけど、食べ盛りの子供がいておむすびが二つは少なすぎます。しかも、白米ですよ？　海苔なしです！　信じられます？」

思わず先ほどの怒りを思い出してぐちぐち言うと、小遊仁が軽く噴き出した。

「君は、本当に面白いな。怒るところがそこなのか？　危険な目に遭っていたのに、君は自分のことではなく為仁を心配する。為仁におむすびを全て与えて自分は食べていなかったんだろう？」

「あ、いえだって……それは、為仁様を優先しますよ」

「そういうところが心配なんだ。宮殿に帰ったら食事を用意させる。怪我の手当てをして、しばらく私の元にいてくれ」

「いえいえ、家に帰りますよ。もう犯人も捕まったなら、安全ですし」

むしろこれから調査だの後始末で忙しくなるだろうからと雪哉が首を横に振ると、小遊仁が一歩近づいて、雪哉の首筋に口づけを落とした。

「私が君を離したくない」

「そ、れは」

「君が攫（さら）われたと聞いて生きた心地がしなかった。来るのが遅くなりすまない。もう会えないかと恐ろしくてたまらなかった。二度と君を危険に晒さない。私の側にいて、一生守らせてくれ」

小遊仁は、雪哉を優しく抱きしめた。雪哉の心臓は破裂寸前だ。掴むのを躊躇っていた手を、今度こそ雪哉はキュッと掴んだ。温かい小遊仁の温もりが手に伝わる。

「ためをなかまはじゅれにしちゃダメなのよ！」

抱き合っていた二人に、もふんと為仁が抱きついてくる。

小遊仁と雪哉は互いを見つめ、微笑んだ。それから二人で為仁を抱きしめる。

「すみません」

「すまない」

「ぎゅってしてくれたからいいよぉ！　こんなふうにごめんなさいしたら、ためのおせっきょうもとりけしよね？」

可愛らしく為仁が首を傾げて、つぶらな瞳で小遊仁を見つめる。

ちゃっかりした言葉に雪哉が微笑むと、小遊仁は為仁の頬を引っ張った。

「それとこれとは別。お説教は後できっちりするからね」

「がいーん！」

「……小遊仁様」

「甘やかさないように」

小遊仁の名前を呼ぶと視線が飛んできた。まだ何も言っていないのに。

ただ、そんなやりとりにようやく今までの日常が戻ってきたようで、雪哉は思わず微笑んだ。

その後、小遊仁は雪哉を抱いたまま皇宮へ向かった。為仁は博文の馬に乗せられている。

二人が自ら馬を駆ってここまで来たことに雪哉が恐縮すると、小遊仁は快活に笑った。

「揺れて怪我が痛むだろうが、私の胸にもたれていなさい。辛くなったら馬車に乗り換えることもできるからね」

雪哉の怪我を気遣ってか、ゆっくりと馬が歩き始める。

雪哉が振り返ると二人が拉致されていた屋敷がだんだん遠くなっていく。そこは帝都から少し離れた場所にある鹿野園公爵の使われていない別邸だった。年内に取り壊して新たに別荘が建てられる予定だったと聞いて、雪哉は屋敷周辺の人気（ひとけ）のなさに納得した。

やがて、皇宮にたどり着くと侍従や女官が待ち構えていたが、為仁の無事を確認して安堵の表情になった。

小遊仁は博文の腕から為仁を抱き上げて、地面に足をつけさせた。

「為仁、ほら。みんなにごめんなさいは？」

「しんぱいしゃせて、ごめんなさい」

ペコリと頭を下げて、為仁が侍従たちに謝る。本来皇族が使用人に頭を下げることはあってはならないが、この場合は別なのだろう。為仁の謝罪に、侍従たちは慌てていたが、目に涙を浮かべる者もいた。

――素直に謝る為仁様は、本当にお利口だよ。僕が言うのもなんだけど、小遊仁様の愛情の賜物だと思うな。

ほのぼのとした気持ちでその様子を見守っていると、小遊仁に肩を突かれた。

「ご家族に会う前に、先に顔と腕の手当てをして服も着替えよう。構わないか？」

「はい。お願いします」

家族を待たせてしまうが、致し方ない。それに、怪我をした雪哉を見て家族がどういう反応をするのか目に見えているから会うのが怖い。

雪哉が馬から降りようとしたら、小遊仁が雪哉の脇に手を差し込んだ。

「あれ？」

地面に足をつけることなく、小遊仁の腕に収まる。

「小遊仁様？　腕は怪我してますけど、足は大丈夫ですよ？」

「うん」

いや、『うん』じゃなくて。

「雪哉さんは、私が抱くのは不満か？」

「はあ⁉」

何を突然そんなことを言い出すのだ。他に視線があるというのに、こんな時にやめてくれ。

「不満か？」

口づけされそうな顔の距離に、雪哉はたじろぐ。

「ふ、不満じゃないです。で、でも……」

「でも、なんだ？」

優しく甘い声に、雪哉は小さく、「みんなの前では恥ずかしい」と、頬を染めて呟いた。

「君は、本当に可愛いね。可愛くてずっと抱いていたいよ」

「それはやめてください！」

即答すると、小遊仁が残念そうに「そんなに即答されると傷つく」としょんぼりする。威厳があったり、茶目っ気があったり、色々な顔を見せる小遊仁に、雪哉は振り回されて大変だ。

「二人きりの時は構わないのだな？　では、二人の時はずっと抱いていよう」

「ンな⁉」

目を瞠る雪哉に微笑んで、小遊仁は侍医を部屋まで呼ぶようにと近くにいた安藤に指示をした。

そして、為仁の手を引いて歩き出す。到着したのは、いつも小遊仁と為仁と遊んでいる部屋だった。

すでに夜も更け、禁闕(きんけつ)は静まり返り、燭台には柔らかな灯が灯されている。

申し訳ないやら嬉しいやらで困惑するが、戻ってこられたと思うと一気に体の力が抜けた。

そんな雪哉を見て、小遊仁は嬉しそうに鼻を擦り寄せた。

「ここに入れるのは雪哉さんだけだよ。ご家族は別室で待っておられるから」

「ありがとうございます……」

ぐんにゃりと寝台に寄りかかっていると、すぐに侍医が部屋を訪れた。やはり骨折していたようで、木の板と包帯できつく右腕を固定され、痛み止めを飲まされた。素早く手当てをして去っていった侍医の背中を見送りながら、雪哉は固定された腕を見つめる。

利き手なので、しばらくは動くのに支障がありそうだ。とはいえ、一緒に触診をされた為仁にはどこにも異常がなく、本当によかった。

「小遊仁様、何から何までありがとうございます」

「いやこちらが礼を言わねばならない。為仁を守ってくれてありがとう。そして、迷惑をかけてすまない」

雪哉の怪我をしていないほうの手を優しく握って小遊仁は頭を下げた。慌てて雪哉も頭を下げる。

気が付くと為仁は疲れからか、雪哉の隣で目をトロンとさせ舟を漕いでいた。

小遊仁はそんな為仁をまた抱き上げて、扉へ向かう。

「脱走坊やは部屋で休ませるよ。雪哉さんはここで待っていてくれるかな」

「は、い……」

だんだんと眠気が襲ってくるのを堪えつつ頷くと、小遊仁は速足でどこかへ去っていった。

——治療費などは後で請求してもらおう。

そう思いつつ、もう一度後ろ姿に礼を言う。そうして、はしたないけれど寝台に倒れ込んでしまおうか、と雪哉が迷い始めたころだった。

「——まだ起きているかな」

「はい!!」

コンコン、と扉がノックされて、慌てて姿勢を正す。雪哉のひっくり返った声に、状況を察したのかくすくすと笑いながら小遊仁が部屋に入ってきた。

嬉しそうな表情の小遊仁は雪哉のすぐ隣に腰掛けて、手を取った。

「雪哉」

そして、愛おしそうに名前を呼ばれる。それだけで雪哉の心臓が甘く高鳴った。すり、と節くれだった指先が手首をなぞる感触にすら鳥肌が立ちそうになる。

――名前を呼ばれただけなのに、〝さん〟がついていないだけでこんなにもドキドキしてしまうのはどうしてだ。自分の名前なのに、落ち着かないってなんでだ！

「私の番（つがい）になってくれるね？」

手の甲に口づけを落とし、小遊仁の紅玉の双眸が雪哉を甘く捉える。

「本当に、僕でいいんでしょうか？」

「私はずっと雪哉さんを待っていた。雪哉さん以外は誰も望まない」

即座に返ってきた言葉に、雪哉は小遊仁の目を見つめた。そこには確かに雪哉以外の誰も映っていない。

躊躇いはまだある。それでも、もう自分の気持ちに嘘をつくことはできなかった。

雪哉はゆっくりと頷いて、小遊仁の手を握り返す。

「僕も、貴方だけが欲しいです」

その言葉に小遊仁が相好（そうごう）を崩し、着せつけられたシャツ越しに、雪哉が持つ花の痣に触れた。

「雪哉さん、愛している。雪哉さんだけが私の全てだよ。君の存在は私の光だ。君がいるだけで、私の心は太陽のように常に明るくなる」

甘く蕩けるような言葉の雨が降り注ぎ、雪哉の顔は赤らむ。

「愛している」

「そんなに何度も言わなくても聞こえております……！」

「私が言いたいんだ。ほら雪哉、顔を上げて。可愛い顔が見えない」

あまりの恥ずかしさに俯けば、すぐに顎を指で掬われる。指先の力に逆らえず上を向けば、熟しきった柘榴（ざくろ）よりも赤い瞳が雪哉を映していた。

「私の可愛い番（つがい）」

「——っ、ぁ」

頬を擦りつけられ、降り注ぐ嵐のような甘い言葉に溺れてしまいそうだ。

同時に、雪哉の体がどんどんと熱を持ち始める。心なしか息も荒くなる。鎮痛剤を飲んでまだ間もないはずなのに、あれだけ酷かった腕の痛みがいつの間にか麻酔でもしたかのように一気に引いていた。

「さ、ゆひとさま……」

ぽわぽわと脳の一部が酔っているかのようにおぼつかない。下半身が妙に落ち着かず、雪哉は両腿を擦り合わせた。体が何かに少し触れるたびに敏感に感じてしまう。どうしてしまったのだろう。

「ちょ、ちょっと待ってくださ、い」

額やつむじに口づけを降らせる小遊仁の胸を手で突っ張り、雪哉は前屈みになった。

——下半身が熱い。小遊仁様に触れたい。

胎の奥から込み上げるような、なんとも言えない熱が体全体をじわじわと支配していく。

そんなはしたない思いが脳を侵食していく。

——熱い、熱い。なんだこれ？　なんか変だ。

心臓がおかしなくらい早鐘を打つ。熱を押し殺すように雪哉が自分の腕を抱くと、小遊仁が目を皿のようにしてから空気をすんと嗅いだ。

「この香り——まさか、発情したのか」

「はつ、じょう？」

自分には関係がないと思っていた言葉が小遊仁の口から発せられ、雪哉は眉を顰（ひそ）めた。

その間にもどろどろとした熱が身を襲い続けている。小遊仁の低い声による空気の震えにすら、産毛が逆立つようだ。

ふうふうと荒く息を吐く雪哉を見て、小遊仁はごくりと唾を呑んだ。

「そうだ。普通、運命の番（つがい）の蕾が開いてから数ヶ月間は発情しない。だが、兆し発情と呼ばれる軽めの発情を先に孕器（オメガ）は迎えると伝わっている」

「僕、発情しちゃったんですか……？　ど、どうしよう。発情って、日華（アルファ）を誘惑しちゃうんですよね？　僕から離れてください。いや、僕が出ていけば……」

寝台から降りようとすると、小遊仁が慌てて雪哉の肩を掴んだ。

「出ていかなくていい。ここにいなさい。君が発情しても、私だけにしか香りはわからない。君は通常の孕器（オメガ）とは違うんだ。皇帝になる者のためにしか存在しない特別な孕器（オメガ）だ。けれど、本発情でないなら、薬を飲めば落ち着くはずだ」

声音は雪哉を気遣うものだが小遊仁の表情が険しい。雪哉は慌てて小遊仁から体を離した。

「ご、ごめんなさい。ご迷惑を、っ」

「君は何かしらすぐに謝るな？　悪い癖だ」

しかし一瞬目を眇(すが)めた小遊仁は、再び雪哉を抱き寄せる。するとさらに体の熱が高まって、雪哉は息を呑んだ。

――だっ、だって。本当のことだし……。軽めの発情って言っても発情に変わりはない。まさか今この瞬間に発情を迎えるなんて。でも日華(アルファ)である小遊仁様が言うのだから間違いはないのだろう。小遊仁様がそんな嘘を吐くことはしないだろうし。

通常、発情期を迎えた孕器(オメガ)の香りを嗅げば、第二の性を持とうと持つまいと誰でもその香りに魅了され、自我を失う。発情期に入った孕器(オメガ)が相手の精を腹の奥に受ければ確実に妊娠する。

「だめっ、だめです……っ」

今目の前にいるのは、この帝国の皇帝。

そして雪哉はまだ小遊仁と結婚していないどころか、恋人でもない。番(つがい)になる、一緒にいたいとは言ったものの、小遊仁と雪哉の関係は形式上今までと何も変わっていない。

――子を宿しでもしたら、小遊仁の身の振り方が決まってしまう。誘拐未遂で迷惑をかけた挙句に、今度は自分の発情で小遊仁に迷惑をかけるなど絶対にできない。

雪哉は顔面蒼白になりながら、再度寝台から降りようと上掛けを捲(めく)った。

「ひ、ぁっ……――っ！」

しかし先ほどよりも、胸が苦しくなり下半身が猛烈に触ってほしいと訴える。唇を噛むことで甘ったるい声が漏れるのを抑えているが、滑らかな布が肌に擦れるだけでぞくぞくと刺激が脳を駆け抜ける。

一瞬抑えが利かなくなり、雪哉は自身の下衣に手を忍び込ませた。発情したことがないとはいえ、処理の方法は知っている。

「小遊仁さま、み、ないでぇ……っ」

手が勝手に動きそうになるのを堪えながら小遊仁を見上げると、小遊仁は息を呑み、扉に向かって大股で歩き、部屋を出ていった。

視界から小遊仁が消えた瞬間、憑き物が落ちたように冷静さが戻り、雪哉は下衣から手を引き抜いた。途端羞恥に苛まれ、上掛けにくるまる。

小遊仁の前でなんてことをしてしまったのか。呆れて出ていくのもわかる。

——ううっ！　恥ずかしすぎて消えたい！

「雪哉」

しかしすぐに丸まった背中に手の感触がして、雪哉は肩を跳ねさせた。

——小遊仁様⁉　出ていったんじゃなかったの⁉

「さ、小遊仁様！　出ていってください！　ここにいれば、貴方に迷惑がかかります！」

幸い、姿を見ていないせいか先ほどまでの熱は消えている。先ほどのような自制の利かない状態で小遊仁に触れられでもしたら、と思うと恐ろしい。

雪哉は、必死の思いで上掛けの中で叫んだ。

「出ていかない。迷惑になどならない。君を一人になどさせないよ」

しかし、そんな思いとは裏腹に小遊仁は雪哉の背中を撫で上げて、上掛けの上から口づけを落とした。

そうして雪哉が動けなくなったところで上掛けを引き剥がされてしまう。泣きそうな表情になった雪哉に、小遊仁は優しく微笑んだ。

「そんな顔をするな。人払いをした。誰もこの部屋には来ないし、近づくなと命令したから大丈夫だよ」

そう言ってから、小遊仁は寝台の横に備え付けられた水差しから一杯水をグラスに汲んだ。

「雪哉さん、口を開けて」

「――？」

雪哉が口を開けると、何かが口内に流れ込んでくる。

――苦い。まるで漢方薬のようだ。

雪哉が目を瞬(またた)かせると、小遊仁が苦く微笑んだ。

「即効性の抑制薬だ。今用意させたものだが、おそらくきちんと作用する。――まだ交わるのは嫌だろう？」

咄嗟(とっさ)に返答ができずに黙り込んでから、雪哉はこくりと頷いた。

「はい。万が一があっては、孕器(オメガ)に誑(たぶら)かされた、無理矢理僕に番(つがい)にさせられたって噂されて小遊仁様が悪く言われてしまいます」

「いや君が私の番(つがい)だということはすぐに公(おおやけ)にする。だから君が心配することはない。そうではなくて――これはただの私の我儘だ」

優しく微笑まれ、頬に口づけをされる。どういうことかわからずに雪哉が目を白黒させると、小遊仁は甘ったるく微笑んだ。

「君に触れたい。それも、本能に踊らされるのではなく、君を慈しみながら」

そう言うと小遊仁は雪哉の頬に触れてから、ゆっくりと寝台に倒した。

同時に雪哉の下肢に纏う衣を脱がされてしまう。足と、兆し始めた中心が露わにされて雪哉は息を呑んだ。

「な⁉」

――こんな痴態を晒すなんて、小遊仁様は血迷ったのか。それとも、香りに当てられてしまったのか。

「小遊仁様⁉」

「傷に障る。寝ていなさい」

怪我をしたほうの腕には柔らかいクッションが下に敷かれるが、同時にまるで逃がさないというように小遊仁が寝台に上がる。小遊仁の逞しい体が近づくと、一気に雪哉の体温が上がった。

先ほどのように熱に浮かされるわけではないから、抑制薬はおそらく正しく作用しているのだろう。

それでも、まるで吸い寄せられるように小遊仁を見つめて、雪哉はこくりと喉を鳴らしてしまう。

「挿れないから、安心しておいで」

小遊仁は雪哉の足を開かせると、その間に胡座をかいて座った。そして、いつの間にか反り返っていた雪哉の陰茎をそっと握る。

「あっ⁉」

「もうぐちゃぐちゃだな」

耳に注ぎ込まれた低音と、手の感触に雪哉の口からは発したことのない甘い声が飛び出した。

ゆっくりと上下に扱かれると、脳髄がびりびりするような快感が体中に走る。

「ひあっ！　やぁ……っ、ああっ」

強すぎる快感に足を閉じようとしたが、小遊仁はそれを許可しない。身をよじろうとすれば腕が痛まないようにと優しく押さえつけられてしまう。次第にクチュクチュといやらしい音が下半身から聞こえる。小遊仁の掌にまとわりついた雪哉の先走りが淫靡な音を奏でていることに気が付き、雪哉の頬が熱くなった。

「ひっ、ああっ、もうっ……」

もう出てしまう。体の奥のほうからどんどんと押し寄せる快感に襲われて、雪哉は悲鳴のような声を上げた。

「小遊仁さま、も、だめですか、らぁ……！」

しかし、小遊仁は手を離そうとしない。

ゆっくりだった手の動きが、徐々に速くなり、先の部分をぐいっと強く押された。ピリッとした痛みが襲うが、それは一瞬だった。我慢できないほどの強烈な快感が雪哉に迫る。

雪哉は腰を浮かせて、つま先をシーツに食い込ませた。

「～～～!!」

直接太陽を見つめた時のように視界が眩むのと同時に、雪哉の先端から白い蜜が腹に迸った。

出したはずなのに、陰茎が萎えない。

「や、ぁっ、なんでぇ!?」

達して敏感になった先をまたぐりぐりと押されて、雪哉が悲鳴を上げた。

同時に小遊仁が自身の前を寛げると、見たこともないようなモノが下半身で存在を主張している。

寝台脇に置かれた燭台がその異質なモノを卑猥に照らしたのを見て、雪哉は息を呑んだ。

――まさかあれが自分に入るのだろうか。

思わず身を強張らせると、小遊仁が宥めるように雪哉の頭を撫でる。

「大丈夫、今日は挿れないと言っただろう?」

その言葉と共に、小遊仁は雪哉の体をそっと裏返すと隙間がないように足を閉じさせ、自らの滾った雄を挿し込んだ。その際にまだ誰にも触れられたことのない蕾に指を押しあてられて、雪哉は息を呑んだ。

「今日はね」

「ふ、ぁっ!?　あつぃ……」

――硬くて、太くて、熱い。

小遊仁の熱の塊を感じるようで、雪哉はびくびくと背を震わせる。同時に、いつかはその身の奥に小遊仁を受け入れることがあるのだろうか、とあらぬ妄想が脳を焼く。とんとん、とノックするように蕾を押されると自然と身が仰け反った。

「小遊仁、さまぁ……っ」

ねだるような声が雪哉の喉からあふれると小遊仁が目を見開いた。先ほどの手と同じように、小遊仁が腰を動かし始める。行き来する熱が雪哉自身に擦れると、驚くほど気持ちよかった。

小遊仁の先走りが股を滑り、雪哉の陰茎を擦りながら上下する。

まるで挿入されているような感覚に陥って、雪哉は片手を伸ばす。

「んっ、あっ、や、小遊仁様っ！」

「……っ、気持ちよさそうな顔をしている。可愛いね」

パチュパチュと音をさせて、小遊仁自身を雪哉の尻に当てられると、またしても凄まじい快感がせり上がる。ぎゅっと手を握り返されて雪哉は喘いだ。

「あっ、あぁ！　駄目！　小遊仁様、出ますからぁ！」

「私も出そうだ。一緒に出そうか」

そう言って、小遊仁は律動を速くする。自分の陰茎が小遊仁の太いものでゴリゴリと擦られ、気持ちがいい。

「ひ、ぁあ――っ」

ブルリと体が震え、雪哉は達した。同時に小遊仁も達する。

雪哉の腹には二人分のドロリとした蜜が落ちて、水溜まりのようになっていた。

「はあっ！　はっ、ぁあ……」

二回連続で達したことなどなくて、雪哉は荒い息を繰り返した。息をするのが苦しいが、熱を吐き出しきることに成功したのか、はたまた抑制薬が効いたのか少し楽になった気がする。

それと同時に急激な睡魔の波が押し寄せる。重くなった瞼を必死に持ち上げると、小遊仁が嬉しそうな顔で雪哉を見つめていた。

「君が本発情になったら、項(うなじ)を噛んで私の番(つがい)にするからね」

「うなじ？　……小遊仁様……それは……でも、ごめ、なさ。僕、眠たくなってき……」

――話したいのに、言葉を紡げない。聞きたいのに聞けない。

家族にも会いたいのに、小遊仁ともっと話をしたいのに眠気に流されてしまう。

開けていられなくなった瞼を閉じると、小遊仁がその瞼に口づけを落とした。

「本発情を楽しみにしている。愛しているよ」

優しい声音を聞きながら、雪哉は瞼を閉じた。

＊＊＊

「プスン……プゥ……プヒ」

耳元で、何やら吐息のような、声のようなものが聞こえる。

微睡(まどろ)みの中で、雪哉はゆっくりと目を開けた。

――なーんか、すごくぐっすり寝た気分。爆睡っていう感じかな。めちゃくちゃスッキリしてるような。

そう思いながら頭を横に向けると、何かが額から顔の前に落ちた。濡れた手拭いだ。

何故手拭いが額にあるのだろう。不思議に思いながら、また視線を流すと、見知らぬ子供が隣でスヤスヤと眠っていた。誰だろう。雪哉はその子供を見つめる。

透き通った甜白釉（てんぱくゆう）のような白い肌は頬の部分が薄く赤らんでいる。

髪は絹のように滑らかで艶のあるサラリとした黒髪で、手足は、幼児特有のもっちりさが際立つ。

「プフン、プゥ」

可愛い寝息をこぼす可愛い姿に雪哉の目が思わず釘付けになる。それからつい、ツンツンとふくふくの頬を指で突いてみた。

すると子供は口を動かして、むにゃむにゃと言いながら笑みを作る。

「んふふふ」

ここにいるということは皇族か。為仁と同じ年くらいだ。

ここはどこで、この子は誰か。そんな疑問を全てかなぐり捨てて、雪哉はずれていた上掛けを直し、その可愛い寝顔を眺め続けていた。

「目が覚めたか」

その時聞き慣れた声がして、雪哉は視線を向けた。それから首を傾げる。

そこには見たこともない壮麗な若い男性が立っていた。

黒檀(こくたん)のような髪は艶やかに光の輪を纏い、二重の瞼に彩られた瞳は闇のような漆黒だ。凛々しく、太くもなく細くもない、まるで絵に描いたような眉。真っすぐに伸びた高い鼻梁の下では、形の整った薄い唇が笑みを湛えている。

「ど、どちら様でしょう?」

雪哉が恐る恐る問いかけると、男はさらに微笑んだ。

「さて、誰でしょう」

逆に質問されて、雪哉は瞠目した。

――この声を知っている。甘くて優しくて低い声は、あの人の声だ。

「ももも、もしかして?　さ、小遊仁様?」

雪哉が恐る恐る返答すると、男性が嬉しそうに微笑んだ。

「うん、正解」

まさかの人姿。為仁と小遊仁は人に姿を変えられると言っていた。それが今目の前にいる姿か。なんと美しい。それに、獣人姿と人姿では髪の色と瞳の色が異なる。

――人姿の時は、黒髪に黒目だ。

神は二物も三物も与えるのか。神の化身と言われている存在ならば、雪哉が知らないだけでそれ以上の才を授かっているのかもしれない。

「小遊仁様、すっごく綺麗です……」

ほうっと感嘆の息を漏らして、雪哉は小遊仁を見つめる。

まるで絵画の中から現れたような美しさだ、と褒め称えると少々驚いたように小遊仁が目を瞬かせた。

「――君のほうが綺麗だ。姿を変えられることに君が拒否反応を示したらと思って、この姿を見せていなかったが……受け入れてくれたようで安心した」

そうして雪哉の額に手を当てて髪を梳くように撫でてくれる。雪哉は気持ちよさそうに目を細めて、小遊仁に頬を擦り寄せた。

「小遊仁様がどんな姿でも、僕は大好きですよ」

本音が無意識に口から溢れ、雪哉は自分の言ったことに赤面する。

「わ、忘れてください」

「忘れない。眠たいほうが本音が出るのか？　私のことが大好きなんだな？　ちなみに、そこで寝ている子供は為仁だよ」

「へ⁉」

雪哉は子供に顔を向けた。

――為仁様だったのか。なんて可愛いのだろう。きっと小遊仁様が子供の時もこんな感じで可愛かったのかも。

「うわー！　獣人でもメロメロでしたけど、このお姿にもメロメロです！」

「為仁だけではなく、私にメロメロになってくれ」

美顔が接近して、互いの鼻先がつく。

――ひー！　顔が近い！　恐ろしく美しい顔って、時として破壊力があるよね!?　眩しい……

堪らず雪哉は小遊仁の額をゴチンと小突く。

「どうした？」

「美しすぎて照れてるんですよ！　言わせないで！」

頬を膨らませて、雪哉は小遊仁を睨む。

「おや、怒られた。怒りながらも照れている雪哉さんはとても可愛い」

「可愛くない！」

「ハハハ」

楽しそうに笑う小遊仁は、獣人の時よりも表情がよくわかる。まるで陽だまりのような笑みだ、と雪哉は思わず見とれてしまう。

それからゴロンと為仁のほうに体勢を向けようとしたら腕に激痛が走った。

「んが!!」

あまりの痛さに目に涙が滲んでくる。

――そうだった、骨折していたんだ。

「こら、動くな」

焦る声に、大きな骨ばった手のひらが、雪哉の額に当てられる。

「熱は大分下がってくれたな。雪哉さん、腕の痛みは？　腕以外で具合は悪いところはないか？」

小遊仁が心配そうに寝台の端に座り、雪哉の頬を撫でる。

「悪いところはないです……腕は、今動かしたから痛いだけですので」

「まずは鎮痛薬と解熱薬を飲もう。と、その前に食事をしようか。食欲はどうかな？」

問われて、雪哉の腹から虫の音が鳴った。

「うん、元気そうだ」

その音にくつくつと笑い声を上げてから小遊仁が呼び鈴を鳴らすと、安藤が姿を見せた。

「雪哉様、お目覚めになりましたか」

大げさなほどの声に雪哉が目を瞬（またた）かせると、小遊仁がこっそりと囁いた。

「君は高熱で二日ほど眠っていたんだ」

「僕二日も眠っていたんですか⁉」

「骨折の熱と、兆し発情の熱が重なり疲労したんだ。それに精神的にも疲労していたんだろう」

道理で目覚めがスッキリしていたはずだ、と雪哉は唖然とする。

「申し訳ありません。二日間も惰眠を貪っていたなんて」

「惰眠ではない。むしろ思ったより早く目覚めてくれて安心した。安藤、喉を通りやすい食事を頼む」

「かしこまりました」

安藤は雪哉を優しい瞳で見つめると、一礼して部屋を去った。

それを見送ってから小遊仁が雪哉の背中に手を差し込み、ゆっくりと上半身を起こしてくれる。

背中に数個クッションを挟んで、「大丈夫か？」と気遣う姿に雪哉の心臓が高鳴った。

「あ、ありがとうございます」

雪哉が笑うと、小遊仁は額に口づけた。

しばらくして、食事が運ばれる。ホワホワと湯気の出る鼈甲のような色の澄んだスープと粥だ。

小遊仁はスプーンで粥を掬い、息を吹きかけて冷ますとそれを雪哉の口元へ寄せる。

「自分で」

「私がする。ほら、あーん」

「むう」

「雪哉さん、食べないと薬が飲めないよ」

ほらほらと目を細められ、雪哉は頬を膨らませた。けれど空腹が勝ち、口を開ける。

すると嬉しそうな表情で小遊仁が口にスプーンを含ませる。程よく冷まされた粥からは出汁の香りがふわりとして、優しい味が口の中に広がった。

「うん、良い子だ。美味しい？」

「はい、とっても美味しいです」

それから粥もスープも小遊仁が主導権を握り、雪哉は口を開けるだけになった。

——食べさせてもらっちゃったよ。恥ずかしいけど、嬉しいって不思議だ！

しかし起きたばかりだったからか、そんなには食べられず、残りは小遊仁が平らげてくれた。少し落ち着いたら、また雪哉は横になる。それらの間も皿の片づけをしたり雪哉の腕にクッションを挟んだりと、小遊仁は甲斐甲斐しく雪哉の世話を焼く。しかしその間には口づけを落としたり、急に肌に触れたりと悪戯（いたずら）もされる。

そんな小遊仁を、雪哉はジッと見つめた。

「雪哉さん？」

「――僕で遊ばないでください」

雪哉が拗ねたように言うと、小遊仁は少しだけ目を見開いてから楽しそうな顔を作った。

「心外だな。遊んでなどいないよ。私はいつでも雪哉さんが愛しくて可愛くて仕方がないだけだ」

本心なんだろうと思うが、甘い言葉はむず痒い。

「愛しているよ、雪哉さん。雪哉さんは？」

コツンと額を小突かれ、甘い声で訊ねられる。

「え!?」

「君の言葉も聞きたいな」

「あ、あ、あ、あいあいあい～～」

言いかけて、「うわー、恥ずかしい！」と手のひらで顔を覆った。好きな人に面と向かって言うことがこんなにも恥ずかしいだなんて新発見だ。

「はは。可愛いな」

手のひらに唇の感触がして、口づけされたと雪哉は頬を染める。

――話を変えよう。もっと甘い言葉が出てきそうだ。

「あれ？　僕、そういえば」

ハッとして体を眺める。体は清められているようだが一体誰がしてくれたのだろう。恐る恐る見上げると小遊仁が楽しげに雪哉を見つめていた。

「どうした？」

「あの、まさか、体って……」

「私以外の人間に君を触れさせるはずがないだろう？」

「うあああ……」

指の隙間から視線を彷徨わせて、雪哉はあまりの羞恥に体を跳ね上げる。しかしすぐに「起きるな」と止められてしまった。恥ずかしくてのたうち回りたいのに、そうさせてくれない。

恨めしく見上げると、ふむ、と言って小遊仁が口元に笑みを浮かべた。

「驚かせついでにもう一つ君に伝えることがあるよ。雪哉さんは、私の婚約者になった」

「婚約者……？　こ、婚約者!?」

とんでもない言葉に、度肝を抜かれる。

「え!?　なったって、本当ですか？」

「確実だよ。すでに雪哉さんのご家族と議会の承認を得た。晴れて私たちは婚約者同士だ。雪哉さんの目が覚めてから、国民に報告することになっている」

「んがっ！」

この二日間で、なんという仕事の速さだ。

雪哉が今度こそ体を跳ね上げると、小遊仁が柔らかくその体を抱きとめた。

「おや、何故驚く？　共にいてくれると言ってくれたではないか。項はまだ噛んではいないが、番になってくれると言ったよね？」

拗ねたような顔つきをして、小遊仁が雪哉の頬を軽く摘む。頬を伸ばされるのにも構わず、雪哉は小遊仁の肩を掴んだ。

「言いましたけども！　あまりの速さに驚いて、踊ってしまいそうですよ！」

「踊ってみてくれ」

期待を込めた目で見つめられたが、「踊りませんけども!?」と反論する。

「事後報告になったのを怒っているか？　君に相談もなく決めたことを怒っているか？」

「違います。話についていけません！　僕が寝てる間に話が進みすぎてます！」

唖然とする雪哉に、小遊仁が頭を下げた。

「すまない。君を私の婚約者だと周りの者に知らしめておきたかったんだ」

とんでもない美丈夫なのに、いつもの狼耳が垂れているように見えて雪哉はぶんぶんと首を横に振った。

「いや、違う！　違うんです！　……え、というか、僕の両親も兄たちも了承したんですか!?　それに、議会まで!?」

その言葉に小遊仁が顔を上げる。それから幾分自慢げな表情になった。

「君のご家族には最初断られてしまったが、白崎家の屋敷まで行って改めて雪哉さんと結婚したい旨を伝えさせていただいた。ちょうど昨日許可を得たんだ」

雪哉が寝ている間、皇宮に来ていた家族は雪哉の顔を見てから一旦家に戻っていたそうだ。

だからといって結婚の許可をもらうために、皇帝が市井に足を向けるなど言語道断だ。

あまりのことに雪哉が声を失っていると、また小遊仁がしゅんと項垂れる。

「君が起きてからと思ったんだが、申し訳ない。ご家族は屋敷に連れ帰りたがっていたが、私の元には安全で信頼できる医師がいる。何かあればすぐ処置ができるからと説得して、ここで雪哉さんを預からせてもらっていた」

――よく家族が了承したものだ。両親はまだしも、兄さんたちが許可をするなんて信じられない。

「小遊仁様すごいですね」

「君のことならば必死だよ。有次と博文が手ごわかった」

その時のことを思い出したのか、小遊仁が眉根を寄せる。

その表情を見て、顔を手で覆って雪哉は笑いを堪える。普通、親族が見初められて皇帝と結婚するとなれば一族は歓喜するだろう。しかし、白崎家の面々は皇帝から招待状を受けても、雪哉の身を心配してくれた。それに結婚を渋られる皇帝がなんとも普通の人のように見えて、雪哉はおかしくなった。

「ちなみに婚約期間に雪哉さんを一回でも悲しませたらこの話は白紙に戻すと通達された」

さらに追加された一言に、雪哉は口元を引きつらせた。

大事にされているのは嬉しいが、無礼すぎてこちらが心配になる。皇帝相手に、何という強気な通達をかましてくれるんだ。だが、それだけ雪哉を大事にしてくれているという証であり、愛情は嬉しい。

そんなくるくると変わる雪哉の表情を見て、小遊仁はゆったりと微笑んだ。

「君は素晴らしい家族に愛されているね」

その言葉に、雪哉がぱっと顔を上げた。

「両親と博兄さん、有次兄さん、それに暢と家に仕えてくれている皆も大好きなんです！」

「……とおる？」

小遊仁が首を傾げたので、雪哉は「三橋暢と言って、僕の幼馴染兼相談相手なんですよ」と笑った。暢について語る雪哉の表情がふわりと柔らかいものに変わるのを見て、一瞬にして小遊仁がむっとした表情になる。

「まさか私よりもその暢が好きとかではないよね？」

「僕の好きは、小遊仁様だけですよ。暢は大事な家族です」

おもむろに小遊仁が覆いかぶさってくる。慌てて雪哉は怪我をしていないほうの手で小遊仁の広い背中を撫でた。

「どうしたんですか」

「妬ける」

そう呟いた小遊仁に、雪哉は目を瞠ってから笑った。

「だったら僕にも言えますよ？　貴方の近くに来る方に僕も妬いています」

小遊仁が自身の気持ちを伝えた今、雪哉も素直に思っていることを口に出した。

顔を少し雪哉に向けて、小遊仁は「本当?」と子供のように不安げに見つめる。

心臓がキュッと柔らかく何かで掴まれたように甘く痛む。

「小遊仁様、可愛い」

「いいや君が一等可愛い。雪哉さんの全てが可愛い。私は君と目が合うたびにドキドキする。君の視線は私だけに向けて、私以外に向けないでほしい」

ブワッと、雪哉の頬が赤く染まる。

「そ、それは難しいですよ!」

「難しくなんてない。私だけをその可愛い大きな瞳で見つめておいで」

ちゅむっと、雪哉の瞼に小遊仁が優しい口づけを落とす。

甘い言葉の連続に、雪哉の心臓は壊れそうだ。

「恋って、こんなにも素晴らしいんですね」

「これからもっと素晴らしいことが君に降り注ぐよ」

小遊仁の顔が目と鼻の先に近づき、「雪哉さん、口づけてもいい?」と甘く問われる。

雪哉は目を泳がせて、ゆっくり頷いた。

そして、唇が重なろうとした時。

「んー、なによぅ?」

隣で眠っていた為仁が、のそりと起き上がった。ぴょんと髪が跳ねているのが可愛い。雪哉は思い切り顔を逸らした。

「あ！　ゆきちゃん、おきてる！　おはよ！」

起きている雪哉を見て、為仁が花咲く笑顔を向けてくれる。目を開けると、大きなまんまるの黒檀の瞳だ。ぶれない可愛さは最強だ。天から愛された存在は、神から数々の恩恵を受けているらしい。

獣人としても最高に可愛かったが、人姿も同様に可愛い。

「おはようございます、為仁様」

「もうおげんき？　いたくない？　おねつ、さがった？」

両手で頬杖をついて、ルンルンと楽しそうに訊ねる。

「ためね？　さっちゃんがおるすのときには、ゆきちゃんのみまもりたいしてたの。わるものから、ため、まもってたのよ」

「はい、元気です。隊長様、ありがとうございます。ご心配をおかけしました」

モチモチの手の甲をつつくと、「どういたしまして！　うふん！　ためは、たいちょーだからね！　つよいこよ！」と笑ってくれる。

――ピタリと雪哉にひっついて、頭をこすりつける姿は獣人の時と変わらないが、いつもよりも言葉がしっかりと発音されているような……？

はて、と首を傾げるとそれに気が付いた小遊仁が雪哉にこそっと耳打ちした。

「獣人は人よりも舌が長いので、小さい頃は言語の発音が難しいんだ」

「そうだったんですね。僕はどちらの為仁様も大好きです」

すると小遊仁が「大好きなのは為仁だけ？」と顔を覗き込む。

——だからその破壊力のある美しい顔で迫るのは心臓に悪いんだってば！

「さ、小遊仁様も大好きです」

「うん、私も雪哉さんが大好きだよ」

目を細めて、小遊仁は雪哉の頬に口づける。また甘い空気が漂い始めた時だった。

為仁が鼻をひくつかせて「んや!?　んやや!?　なんかいいにおいがするよ!?」とフンフンとする。

「雪哉さんが食事をしていたんだよ」

「がよーん！　なんてこったい！　ためとしたことがぁ！　おこしてよぉ！」

「君が食べるわけではないだろう」

「ためも、ひとくちほしかったのよ！」

憤慨しながら、為仁がぷんぷんと怒る。

「雪哉さんの食事だ」

「ためも、むっ！」

言いかけた為仁の口に、小遊仁は柔らかいパンをもふんと当てた。

「そう言うだろうと思って、ちゃんと用意してあるよ。君のおやつ」

為仁は両手でパンを持つと途端にご機嫌になる。

「さっちゃん、だいすきぃ〜」

「私も大好きだよ」

ほのぼのとしたやりとりに雪哉は癒される。

――なんなの、この伯父と甥は……尊いよ。僕のことはいいから、ずっとやってて。もう可愛い。可愛いが過ぎる。ああ、幸せ。幸せでございます。

二人を見ていると、ツンツンと雪哉の頬を突かれる。

「ゆきちゃん。ためね、おむしゅびがだいすきになったの」

「そうなんですか？」

「為仁は気に入ったものは飽きるまで食べるからね。昼食では、おむすびを出しているんだ。私も食べているよ」

小遊仁が微笑みながら言うので、雪哉は驚く。

「小遊仁様もおむすびを？」

「うん、形を変えるだけで何個でも食べられるね。不思議だよ」

まさか誘拐された時のおむすびが皇室に浸透しているなんて。

「じゃあ、今度僕握りましょうか？」

雪哉がそう提案してみれば、小遊仁は嬉しそうに「本当？」と目を見開いた。

「はい」

「それは楽しみだ」

そう言ってから、小遊仁はパンを食べ終えた為仁を連れて部屋を出ていった。雪哉も身なりを整えてついていこうとしたが、小遊仁に目で制される。

寝台の上でじっとしていると、小遊仁が再び部屋を訪れた。

「すまない。待たせたね」

「いえ……どうしたのですか？」

寝台の隣の椅子に腰かけた小遊仁を見上げると、小遊仁が腕組みをした。

「まだ事件の顛末を伝えていなかったからね」

そう言って小遊仁は雪哉が意識を失った後の話をしてくれた。

友理子は現在無期限の謹慎を言い渡され、鹿野園家も連帯責任として爵位の三位降格を言い渡されたそうだ。その後帝都から遠い離島に流刑(るけい)になるかもしれないという。

高位華族に与えられる罰としてはかなり厳しい内容に雪哉は目を瞠った。

「流刑、ですか……」

「ああ、議会でも同じ意見だった。慈悲深い君には辛い話かもしれないが、議会の承認が下りた今、君はすでに準皇族だ。それに為仁も関わっている。これでも甘いくらいだと私は思うよ」

「――罪は罪です。お伝えいただき、ありがとうございます」

はじまりはほんの嫉妬心だったとしても、それによって他の人間に危害を加えたという事実は覆らない。

――とはいえ、何か引っかかる。あの時、男は為仁様の存在に気が付いていたし、花の痣にも感づいたようだった。ああ。でも鹿野園嬢は慶仁様の従妹(じゅうまい)と言っていたから、それでなのかな？

わずかな疑問が脳裏によぎったが、安堵したように小遊仁が両手を伸ばして雪哉を抱きしめるとその疑念はどこかへ消えてしまった。

「もう一安心だ。ゆっくり体を治してくれ」

雪哉も返事の代わりに片方の腕を小遊仁の背中に回して、頷いた。

「さて、横になろうか」

小遊仁は、雪哉を寝かせてその隣に横になる。

それどころか雪哉が瞬(まばた)きを一つしたら、小遊仁が獣人に変わっていた。

「わ、いつもの小遊仁様！」

「人姿のほうがよかった？」

「小遊仁様がしんどくない御姿が僕は一番です」

「君はいつも気遣うね。そこが愛おしいよ」

雪哉の頭を撫でて、「眠って」と微笑んだ。

「小遊仁様も眠ってください」

「うん？」

雪哉が小遊仁の目に手をそっと当てると、「君が眠らないと」と苦笑しながら言われてしまう。

だが、雪哉のことが心配で眠れていなかったのか、すぐに寝息が聞こえ始める。

雪哉はその手を外して小遊仁を見つめた。

シャツから覗くモフっとしたふわふわの胸毛が興味をそそる。

雪哉は、小遊仁を起こさないように胸元にそっと指を沈めた。

――ふはっ！　モッフリ～！

胸に頬を擦り付けて、もふもふを堪能する。小遊仁の毛並みは、上質な綿毛のようだ。それが肌に滑らかに当たり、うっとりするような感触を与える。人の姿は見たこともないような美丈夫だったけれど、この感触もたまらない。

起こさないようにもふもふを堪能していると、クスッと笑う声がした。

「くすぐったい」

雪哉が視線を上げると、小遊仁が目を細めて雪哉を見つめていた。そして、雪哉の額、頬、唇に順に口づけを落とす。

「起こして申し訳ありません」

大きな声を出してしまい、慌てて口を噤んだ。

「実は眠るのが勿体なくて、狸寝入りしていた。そしたら、君が可愛いことを始めたから薄ら目を開けて見ていたんだ」

雪哉の胸を撫でながら、小遊仁は人姿に変わり愛おしそうに雪哉に口づけをする。

「うわっ！　初めから起きてたんですか!?」

あの寝息は嘘だったのか。寝ているものだと思って好き勝手していたのに。

「私が寝ている時ではなく、起きている時にもしてくれ」

「それは……恥ずかしいですから」

頬を桃色に染めて、雪哉は顔を反対側に逸らした。

「小遊仁様の意地悪」

雪哉は、ついそんな悪態をついてしまう。それを聞いた小遊仁は、楽しそうに笑い声を上げて雪哉の髪に口づけた。

「雪哉さん、悪かった。こっちを向いて」

雪哉は少しだけ顔を向けて「狸寝入り反対」と頬を膨らませた。

「すまない」

雪哉の顎に小遊仁の手がかけられて顔を元に戻される。

小遊仁が体を少し起こして、雪哉に覆い被さるように口づけを始めた。

「あふ、ぁ」

雪哉の口からは甘い声が漏れ、無意識に小遊仁の服の胸元を掴んでしまう。

「ん、ぁ、ふ……」

しばらくして小遊仁が唇を離すと、二人の唇を銀の糸が繋いだ。

「まだ怒ってる？」

「怒ってません」

小遊仁の鼻を、カプッと甘噛みすると、小遊仁が愛おしそうに雪哉を見つめる。

雪哉の耳元に顔を近づけた。

「もう少し口づけをしたいな」

甘い、甘い声音が耳の中に溶け込み、雪哉は頬を紅く染める。

そう言って、小遊仁の啄むような口づけをされながら、雪哉は「小遊仁様はなんか狡いです」と口を尖らせた。

「可愛い君が狡いよ」

首を傾げながらの返答に、雪哉は小遊仁の口に手を当てた。

手をペロリと舐められて雪哉は「ひえ！」と咄嗟に離した。

「もう少しだけ。君が目覚めてくれた温もりを感じていたい」

それを言われてしまうと、雪哉は何も言えない。

「心配かけてごめんなさい」

「もう心配させないで」

小遊仁の悲しさを混じらせた瞳を見つめ、雪哉は頷いて口づけに応えた。

「ああ、渡すものがあったんだ」

小遊仁がそう言って、互いの唇が離れた。雪哉が名残惜しそうな目をしていたのか、「あとでまたするから」と微笑まれる。

頬をうっすらと赤くしながら雪哉は首を傾げる。小遊仁がスーツの胸ポケットに手を伸ばしたので、そちらに視線が向く。そこから、小遊仁があるものを取り出した。

「雪哉さん、これを君に」

小遊仁の手には白のスカーフが持たれていた。しかし、普通のスカーフとは違うと、雪哉はそれを見て感じ取った。

「これ……もしかして孕器用の首輪ですか？　僕にくださるんですか？」

「よくわかったね。うん、着けていてくれる？　項を噛んだらこの首輪も要らないんだけど、私が噛むまで万が一ってこともあるから着けていてくれたら嬉しい」

小遊仁の番として公にされた今、雪哉が孕器だという事実が知れ渡っていた。皇帝の番に何かするとなると死罪に値するので何もないとは思うが、小遊仁は心配なのだろう。

雪哉も自分で首輪をしようかと思っていたところで小遊仁から贈られたのでそれを手に取って微笑んだ。首の部分だけは噛まれないようにしっかりと硬い素材が使われている。それを鍵付きの金具で固定する形になっていた。だが実際には孕器用の首輪はこんなものではないはずだ。

確か、ベルトのようにしっかりとしていた。

「ありがとうございます。すごくおしゃれですね。白なのでどんな服にも合わせられます。早速着けても良いですか？」

雪哉が自分の首に着けようとすると、小遊仁が着けてくれる。

「このスカーフ型でも十分君を守れる。一時的なものなのだが、すまない。君の番は私だけだからね。他の者には雪哉さんは渡さない。項を噛んだらそれは外してくれて良いからね」

「いいえ。僕は嬉しいですよ。だって、小遊仁様からの贈り物ですから。項を噛んでくださったあとも宝物として大事にします」

肌に馴染む滑らかなシルクの生地を撫でて、雪哉は微笑んだ。

「私の我儘を聞いてくれてありがとう。職人に首輪型と同じように防護できるような物を作ってもらった。それがこれなんだ。前で留める金具には鍵が付けられているから鍵を持っている者しか外せない仕組みになっている。あとで鍵を渡すね」

　小遊仁の両手を握って、雪哉は彼を見上げて笑った。

「僕と小遊仁様だけの特別な鍵ですね」

「私は首から下げているよ」

　そう言って、小遊仁はシャツの釦（ボタン）を外して胸元を見せる。そこには、細かな丸い輪が連なった頸（けい）飾（しょく）があり、その中央に小さな鍵が付いていた。

「僕も同じようにしてもいいですか？」

「勿論」

　小遊仁は嬉しそうに目を細めて雪哉の額に甘い口づけを降らせる。

　自分のことを想って作ってくれた首輪。

　外す時が来ても、これは一生の宝物になるだろう。

　雪哉の唇に小遊仁の唇が重なり、とびきり甘い口づけが始まる。雪哉はゆっくりと目を瞑って、小遊仁の広い背中に手を回した。

＊＊＊

「ゆきちゃ〜〜〜ん」

宮殿の玄関に着いた早々、車寄せで待ってくれていた為仁が雪哉の足に抱きつく。

事件から一週間ほど経った午前の時間。雪哉は皇宮を訪れていた。もう裏玄関ではなく、表玄関から堂々と迎えられる。

この頃は小遊仁と為仁が家に来てくれることもあり、交互に白崎家と皇宮を行き来していた。

「ごきげんよう」

「ごきげんよお！」

為仁はフッサフッサと尻尾を振って大歓迎だ。雪哉が為仁に笑顔を向けていると、ふと頭上が翳る。

頬に唇の感触がして、顔を上げると三揃のスーツを着用した小遊仁が、雪哉の頬に口づけていた。

「おはよう、雪哉さん」

「おはようございます、小遊仁様」

笑顔を返すと、小遊仁は侍従がいる前でもお構いなしに雪哉を抱きしめる。

「むがっ」

逞しい胸に体を押し付けられて、雪哉は顔を横向きにする。

安藤をはじめ、他の侍従や女官がニコニコと視線を向けている。雪哉の兆し発情があったことを踏まえ、小遊仁の運命の番(つがい)が雪哉であることは皇宮内に周知された。安藤は元から知っていたというような表情だが、男爵位すら持たない雪哉が皇宮内を闊歩(かっぽ)することにまだ慣れていないものも多い。

――みんなから見られていて居た堪れないけど、抱きしめ返さねば小遊仁様が拗ねてしまう。覚悟を決めてぎゅむうと手を回すと、さらに抱きしめる力が強くなった。

「えー、ためもぉ！　ためもぉ！」

ぴょこんぴょこんと跳ねて、為仁が手を伸ばす。それを微笑ましく抱き留めて、雪哉はポンと手を叩いた。

「そういえば、小遊仁様と為仁様にお土産があったんです。馬車に載せてるんですよ」

「おみやげ⁉　なあに⁉」

「そんな大したものではないんですが、僕が作った焼き菓子です」

「きゃあ〜〜〜！」

踊り出した為仁に、雪哉は笑う。皇族が手作りの菓子を喜んでくれるのはいいのだろうか。小遊仁の好きな胡桃と、為仁の好きなチョコレートをたっぷりと入れている。

最近、雪哉のこともあって白崎家の面々は仕事に大いに取り組んでいる。有次と博文の二人が絶好調で各地を飛び回っていて、業績は好調だと父がニコニコ笑っていた。

それもあって高価なチョコレートが手に入ったのだ。普段白崎家ではそこまでお目にかかれない代物だが、為仁たちにふるまうのを惜しむはずもない。

「雪哉さんは器用だな」

「いやいや、母のレシピ通りに作ってるだけですよ。色々作っては家族でムシャムシャ食べてます」

笑って言うと、「御母堂も菓子を作るのが上手いのだな」と小遊仁が目を細めた。

「いっぱい作ったので、いっぱい食べてください」

「もちろんいただく」

安藤に馬車の中に置いていたカゴを取ってもらうと、「あんどーしゃん！　ためもつよ！」と為仁が率先して持ってくれる。

「んっちょ！　んっちょ！」

可愛い掛け声を出しながら為仁が歩く。

――癒される〜。もー、可愛いなぁ〜。

雪哉はそんな為仁の後ろ姿を見ながら小遊仁と手を繋ぎゆっくりと部屋へ向かう。近いうちに、此処が雪哉の家になる。

――不思議なもんだな。最初に来た時は一回きりだと思ってたのに、まさかこんなことになるなんて。

隣の小遊仁を見ると、雪哉の視線に気付いて微笑みを向けてくれる。

ドキドキするが一緒にいると安心する。穏やかだが、時折心臓が跳ねるこの感情が恋だとようやく雪哉は受け入れ始めていた。

部屋に着くと、「ゆきちゃん、なにしてあしょぶ？」と為仁が訊ねる。

しかし、その前に小遊仁が雪哉を抱き上げて大股で歩き出す。為仁だけを残して部屋から出ると扉を閉めた。

「小遊仁様？　どうされたんですか？」

「まだだったお仕置き」

「お仕置き？」

「馬車に忍び込んだお仕置きだよ」

「え⁉　今⁉」

雪哉は今頃かと驚愕する。

「もういいのでは？」

「少し時間を置いてからと思っていたんだ」

つんとそっぽを向いた小遊仁の向こうで、とんとんと為仁が扉を叩く音がする。

「さっちゃん？　ゆきちゃん？　ため、まだおへやからでてないのよ？　ためもでるのよ？　なんでしめちゃうわけ？　あけて？」

「君は出なくていいよ」

「なんで⁉　ためもおしょといくよ⁉」

「今日、君はそこから出てはいけない。今日一日そこで過ごしなさい」

「なんでよ⁉　ためをひとりにするなんて、だめよ！」

「君は、この間勝手に雪哉さんたちの馬車に乗り込んだよね？　してはいけないことをしたからね。きちんと反省しなさい」

「ごめんなさいしたよ⁉　あけてぇ！」

ぎえーっと叫びながら、ドンドンと扉を叩いて為仁が叫ぶ。

「開けない」

またしても容赦のない言葉に、扉を叩く音が大きくなった。

「ひとりはいやぁ！　いにわるしないで！　さっちゃん！　さっちゃあん！」

とうとう為仁が泣き出してしまう。見ていられなくなった雪哉が扉の取っ手に手をかけようとしたが、小遊仁に止められた。

「これは為仁のためだ」

「でも、為仁様も悪気があってやったわけではないですし、きちんと謝りました」

「それでも、悪いことは悪い」

そのきっぱりとした返事に雪哉は頬をひきつらせた。基本的に小遊仁は為仁と雪哉にひどく甘い。しかし、同時に彼は冷徹な皇帝である。今回の行動は「皇帝の甥」である為仁には相応しくなかったということなのだろう。

「雪哉さん、行こう」

手を握られて、その場から一歩動くと為仁の泣く声が大きくなった。分厚い扉だが、獣人である為仁には二人がその場から去ることが感じられたようだ。がちゃがちゃとドアノブが音を立てるが、外から鍵がかかってしまっているため、扉は開かない。

近くにいた侍従たちが狼狽（うろた）えているのを見て小遊仁は衛士（えいし）を連れてくるように命令した。絶対に部屋から出すなと忠告する。侍従は絆（ほだ）される可能性があるが、衛士（えいし）は命令には忠実だ。

「小遊仁様」

「情けは無用」

扉の向こうからは、為仁の泣き声が漏れ聞こえる。先ほどまでどんどんとうるさかったが、だんだん力が弱くなって、為仁の声にも嗚咽が混じっている。

「さっちゃん、ため、はんせいするから、おいてかないでぇ！」

歩き出した小遊仁の手を引き、雪哉が引き止める。

元はといえば、雪哉が勝手に為仁に己を重ねたせいであんなことになってしまったのだ。

そのせいで為仁ばかりが罰を受けるのは違う、と雪哉は必死で首を横に振る。

「小遊仁様、お願いです。為仁様を許してあげてください。もし許さないのだとしたら僕にも罰を」

「だして！　だしてぇよぉ！　……ひとり、やだあ！」

小遊仁は、溜息を一つついた。

「反省させねば調子に乗る。己のしでかした事の重大さを理解することも大切だ」

「ごもっともですよ。ごもっともなんですがどうか、お願いします」

再び溜息をついて、小遊仁は雪哉を見下ろす。雪哉は瞬きせずに小遊仁を見つめ返した。

しばらく二人の視線が絡み合い、それでも雪哉が引き下がらないのを見ると小遊仁は頷いた。

「そんな目を向けないで。私の言うことを聞いてくれるならば、為仁の謹慎を取りやめよう」

「本当ですか！　僕にできることならなんでもします！」

張り切ってそう言うと、小遊仁は意味ありげに微笑んだ。

その瞬間、雪哉の背筋に冷ややかに悪寒が走る。軽々しく返事などしなければよかったと後悔してしまいそうになる。

「では、雪哉さんに免じて罰は免除しよう」

小遊仁はニッコリと微笑んで扉を開けた。扉の前には、涙と鼻水がごちゃ混ぜになった酷い顔の為仁が立っていた。服が涙と鼻水で濡れている。耳と尻尾は垂れ下がり、見ていて胸が締め付けられそうだ。

「あぶぁぶぁ〜！　ぶえっ、ぶえっ、ぶえっ」

短い嗚咽を繰り返し、大きな瞳からは、大粒の涙が止めどなく溢れる。

雪哉の足に、為仁がドシンと抱きついた。

小さな手で、雪哉に力強く抱きついて「ごめんちゃい〜！」と謝る。

「僕も悪かったのです。これからは、きちんと小遊仁様に伝えてからにしましょうね？」

雪哉は為仁を抱き上げて微笑んだ。

「ひぅ、ひ。わかったの」

泣きすぎて喉を詰まらせながらも為仁は頷く。

「さっちゃん……ごめんなさい」

「うん、いい子だ」

雪哉の腕から為仁を抱き上げた小遊仁が、涙で濡れて赤らんだ頬に口づけをした。

「反省はきちんとしなさい。駄目なものは駄目だとわかりなさい。雪哉さんだけではなく、私や他の者にも迷惑がかかる。それを、忘れずにきちんと覚えておきなさい」

手巾で為仁の涙を拭いながら、小遊仁はもう一度片側の頬に口づけた。

飴と鞭だな、小遊仁様。

「おぼえる。もうしまちぇん。こんどは、さっちゃんに、ちゃんというのよ。ごめんなさい」

「うん、よくできました。私は為仁が大好きだから厳しいことを言うんだ。わかってくれるか?」

優しい声音で、為仁の旋毛に口づけをした。

「……ためも、さっちゃんだいしゅきなの」

「愛しているよ」

愛おしそうに為仁の額に口づけて、小遊仁は優しく微笑む。その様子を見て、雪哉はそっと二人の前に進み出た。

「為仁様、ちゃんとごめんなさいできて、ご立派です。お菓子を食べましょうか?」

雪哉が褒めると、為仁は泣きながらも笑ってくれる。まだ涙の痕が顔に残って毛がしおれているのを雪哉はハンカチでふき取った。

「たべるの。ゆきちゃんもたべよおね」

「はい、喜んで」

三人で手を繋いで、いつもの部屋へと向かう。そこには馬車に積んでいた焼き菓子がすでに綺麗に並べられていた。

小遊仁は雪哉を椅子に促して、その隣に座った。

雪哉は菓子を取り出して、為仁の口に入れてやる。

「おいしい！」

まだ目は赤いが、尻尾は嬉しそうに振れている。小遊仁の口にも菓子を入れようとした時、ノックの音と共に安藤が姿を見せた。

「陛下、申し訳ございません。使者が参っておりますが、いかがいたしましょうか」

その言葉に小遊仁は一瞬顔を曇らせたが、雪哉が目で促すと喉奥で一度低く唸って立ち上がった。

「すまない。すぐに戻る」

「いってらっしゃいませ」

名残惜しそうに小遊仁は雪哉の額に口づけて別の侍従と行ってしまった。それを見送って、雪哉は一度手にした焼き菓子を口に運ぶ。

——うん、我ながら上手にできたんじゃないかな。小遊仁様も食べられるといいけど……

そう思いつつ、お茶を口に運ぶ。そこで、今こそ気になっていたことを聞くべきではないか、と雪哉は為仁に向き直った。

「そういえば、為仁様」

「なあに？」

「馬車に乗り込んだ時に誰かに乗せてもらいましたか？」

「んむむ？　んっとね、あの……あ、ちがうのよ。ため、ひとりでのったのよ」

口に人差し指を当てて、為仁がそう言う。一人でと言うが、何かを隠していることは明らかだ。さっきまでふわふわと揺れていた尻尾が垂れ下がっている。

もしも口止めをされているなら、むしろ確定的だ。

雪哉はずいっと体を乗り出して、為仁の手を握った。

「お一人で乗ったなんてすごいですね。馬車の車輪は高いところにあったでしょう」

「んーん、ぎょしゃのひとがたすけてくりぇたの。ちくちくにみえたけどすっごくやさしかったのよ」

「御者の人？」

「みゃっ」

言ってはいけないことを言ってしまったようで、為仁の尻尾がぶわっと膨らむ。視線がちらちらとお皿を這って、為仁はすっかり俯いてしまった。雪哉は怒っていないと伝えるために、ゆっくりと為仁に話しかけた。

「僕には秘密なんですか？」

「そうよ。ひみちゅなの。だれにもいっちゃだめよっていわれたのよ」

「僕にも？　寂しいですね。でも秘密ならしょうがないですよね」

雪哉が溜息をこぼしながら言うと、為仁が途端に慌て出した。

「……ゆきちゃん、しりたいの？」

「教えてほしいですが、誰にも言ってはいけないんですよね？」

「そうなの、そうらけど……」

為仁は、少し考えてから「あのね」と雪哉の耳元に顔を近づけた。

「ゆきちゃんのばしゃに、おじかんになったらかくれていなしゃいっておてがみをもらったの。だからね、ため、おねんねのふりしておへやもどったのよ」

――手紙？　その手紙によって、為仁様は馬車に忍び込めたのか。

「そえでね、そのおてがみからへんなにおいがしたの。ちくちくのにおい。でもね、どうしてもため、おしょといきたくてね。ばしゃのひともちくちくだったから、ほんとは……」

それから為仁は「悪い人の言うことを聞いてしまったかもしれない」と言って、丸い瞳に涙を溜めてしまった。いつも人を警戒していた為仁が、それでも協力されたら素直に言うことを聞いてしまうぐらい、外に行けることは嬉しかったのだろう。

「ごめんなしゃい……」

もしもそのことを小遊仁が聞けばさらに怒られると思って言うことができなかったのだ、と為仁は泣きながら雪哉に頭を下げた。

――一体誰が為仁様を誘導したんだ？

そう思うと同時に、雪哉の頭の中にはすでに一人の人物が浮かんでいた。

慶仁だ。そもそも皇族以外がこの皇宮に入ってくることは考えづらい。その中で、悪意を持って為仁に接し、馬車の手配ができるような人間となると雪哉の知っている範囲では彼しかいなかった。会話中もどこか小遊仁に突っかかるような、敵視しているような感覚が付きまとっていた。

本来ならば皇族を疑うことは罪に値するが、胸騒ぎがする。

「それで馬車に乗ってしまったんですね」

「ためね、とってもワクワクしたの！　でもそれがだめだったのよね？」

口を突き出して、為仁は悲しそうに言う。

「ちなみにお手紙はどこに……？」

「ためのおへやにあるの」

「――！　なるほど。皆様がびっくりしてしまいますからお手紙のことは秘密にいたします。ただ、よろしければそのお手紙を見せていただけますか」

雪哉は為仁の頭を撫でて微笑んだ。

「ひみちゅね！」

「はい」

そう為仁に返事をしながらも、雪哉はどこか上の空だった。

――小遊仁様には、慶仁殿下についてまだお伝えしないほうがいいだろう。そもそも不敬だし、可能性の域を出ない。だったら……

その後、小遊仁はしばらく戻ってこなかった。その間に雪哉は為仁に手紙を見せてもらう。変哲もない白紙に直線だけを用いた文字で内容が書かれている。筆跡から誰が書いたかを判断することは難しそうだ。

雪哉は紙に鼻を近づけたが、さすがに匂いは残っていない。口をへの字にすると、為仁が首を傾げた。

「におい、まだするよ？」

「えっ⁉」

「ちくちくのにおい。ためは、ゆきちゃんとさっちゃんのにおいのほうがすき！」

もう一度さらに鼻を触れさせるように匂いを嗅いだが、雪哉の鼻では感じ取れない。獣人である為仁だからこそ紙に残されたわずかな匂いを嗅ぎ取れるのだろう。

「僕ではわからないようです。——為仁様、どうかこのお手紙をしっかり持っていてくれませんか？　そうすると僕も小遊仁様もとっても助かるかもしれないのです」

「ふぇ⁉　そうにゃの？　ため、しっかりもっとくわぁ！」

雪哉の言葉に為仁が俄然張り切った表情を見せる。それを見て、雪哉は為仁に微笑みかけた。


「——ってことなんだけど暢、どう思う？」

帰宅した雪哉は、自室に暢を呼び出して慶仁について相談していた。暢はなんでそんなことに……と言いながら頭をぐしゃぐしゃとかきむしる。

「椈宮家っていったら、直系に一番近い位の皇族だ。皇宮への出入りも普通にできるだろうし、お前が疑うのもわかる。ただ、皇族が皇族を攫（さら）わせてどうする？」

「あの方は、小遊仁様を疎んでいらっしゃった。為仁様を僕の馬車に乗せたら、いくらでも小遊仁様を叱責する理由はできるでしょ？　もしかしたらそれ以上のことを考えていらっしゃったのかもしれない」

真珠の間で慶仁と話していた時、口元は笑っていたが、目は笑っていなかった。

慶仁の口ぶりは、獣人である小遊仁自体を憎むようだったと雪哉は思う。

「野心家の皇族かよ。しかも雪にそのことを打ち明けるのは軽率すぎるんじゃないか？」

「うん、僕もそう思う。ただあの口ぶりは……」

小遊仁の秘密を知らないか、と直接訊ねてきたのは自分と同じく小遊仁を嫌う者だと雪哉を認識したのからなのかもしれない。

時計の針の音が部屋の中に響く。暢が淹れてくれた紅茶はすっかり冷めてしまっていた。

「……考え込んでも、証拠がない。だからちょっとカマをかけてみたいんだけど」

「カマ？」

「うん。それで引っかかってくれれば証拠になる」

「おい、まさか一人で行動する気か？」

眉間に皺を寄せた暢が、雪哉に訊ねた。雪哉は難しい顔で頷いた。

「小遊仁様には証拠を掴んでからでないとお話しできない。慶仁殿下に直接ご連絡ができればいいんだけど……」

一つだけ、可能性があるとすれば慶仁の皇族らしさからやってくる高慢さだ。彼は庶民や下位華族を人だと思っていない。それどころか道具か何かだと思っている。

雪哉の存在は皇宮内に知れ渡っている。皇帝陛下の運命の番であり、下位華族の雪哉は慶仁にとってもっとも都合が悪く——それでいて利用しがいのある存在だろう。

「手紙を書く準備をお願いできる？」

「……おいおい、肝が据わりすぎだろ」

雪哉が言うと、暢は苦笑しながら洋墨（インク）とペンを用意してくれた。いつも小遊仁たちの返事を書くための花が漉き込まれた和紙ではなく、慶仁の好みそうな豪奢な便箋を選ぶ。

それから至急小遊仁について話したいことがあるとだけしたためた。それだけで小遊仁を敵視しているような慶仁にはわかるだろう。

「どうやって届ける？」

「白崎雪哉からと言えば早馬を受け入れてくれるはず。小遊仁様の情報を少しでも知りたいご様子だったから」

「……悪い顔しやがって」

「お互い様でしょ？」

洋墨（インク）を乾かして、封筒の口を封蝋で留める。それを暢に手渡して、雪哉は無邪気に笑った。

「半刻はかからないと思う」

そう言って出ていく暢を見送って、雪哉は自室の椅子の背に凭れかかった。暢には言えなかったけれど、小遊仁が関わらないうちにこの事件を終わらせたい理由がもう一つある。

姿は違っても、慶仁と小遊仁は血がつながった家族だ。その二人が直接争う様は見たくなかった。

しかし、帝位の簒奪（さんだつ）を万が一慶仁が狙っているのならば、今ここで芽を摘み取っておかなくては小遊仁と為仁に危険が及ぶ。

それならば、と思ったのだ。


しばらくして暢が帰ってくる。その手には一枚の紙きれが握られていた。まだ洋墨も乾ききっていないほどの走り書きだ。

——瑠璃宮に今からおいで。

瑠璃宮は椣宮家が持つ離宮だ。帝都からは少しだけ離れているが、今から行って帰ってこられない距離ではない。しかし馬車で出かけては帰ってきた兄たちに気が付かれてしまう。

さっそく厩舎に向かおうとした雪哉の腕を暢が掴んだ。

「待て。一人で行く気か？」

雪哉が頷くと、暢は「ばかたれ！　お前危機感がなさすぎる！」と眦を吊り上げた。

「そんなところに一人で行くな！　この間拐かされたばっかりだろうが！」

「でも、どうせ一人でしか通してくれないかもしれない」

「それはそれ、これはこれだ。何かあった時に皇宮に状況を知らせられる人間が必要だろう。なんでこう考えなしなんだお前は」

そう言って、背を叩いた暢が一緒に足を踏み出したのを見て、雪哉は目を瞬かせた。

「……ついてきてくれるの？」

「俺の馬に乗って行けば博文様たちも不審に思わないだろ」

「ありがとう」

礼を言う雪哉の背をもう一度軽く叩いて、暢が厩舎に向かう。愛馬を引き出して、先に雪哉を乗せ、その後ろに自分も跨った。

裏口は正面よりも門番が少ない。それでも皇宮から派遣された衛士が目を光らせている。そのうちの一人が、馬に跨った二人を見て首を傾げた。

「雪哉様、お出かけですか？」

「はい。暢の家に行ってきます。兄さんたちが帰ってくるまでには戻りますので」

そう言って行こうとしたら、皇宮の衛士が「陛下にお伝えは……」と声を掛ける。

「陛下もご存知ですから、大丈夫ですよ」

「かしこまりました」

裏口から雪哉が暢と出かけることはないわけではなかったので、それを知っている白崎家の門番たちからはすぐに「行ってらっしゃいませ」と返ってくる。暢の自宅はすぐ近くなので家族も数年前から認めていた。本当は小遊仁にこのことは知らせていなかったが、今は許してほしい。

帝都の裏道を二人は駆ける。

「さて、着いてからはどうする気だ？」

「とりあえずは直接聞いてみる。僕のことなんて木っ端ほどにしか思っていないお方だから、口が軽いかもしれない」

「……ほぼ無策じゃないか」

「ごめんね？　いつでも帰っていいから！」

秋が深まって、肌に当たる空気はきりりと冷たい。手は乗馬用の革手袋に包まれていても体温を奪われる。わずかに白い息を吐き出しながら、雪哉は微笑んだ。

椣宮家まで来ると、話が伝わっていたのかあっさりと中に通してくれる。

皇宮よりは小さく落ち着きのある建物だが、引けを取らないほどの存在感だ。

「こちらで殿下がお待ちでございます」

侍従に案内されて、雪哉と暢は入室する。

あっさりしすぎて罠を疑いたくなるほどの展開だ。

「よく来たね」

そこは応接間のような部屋で、中央に長椅子とテーブルが置かれている。

その長椅子に慶仁が座り、雪哉に微笑んだ。後方には屈強な衛士（えいし）が三名控えている。

「拝謁いたします、殿下。急な手紙にもかかわらず――」

「挨拶はいいよ。で？　陛下について話したいって何かな？」

雪哉は立ったまま、慶仁に訊ねられた。

真珠の間でも立ったまま話をすることになったが、ここでもその対応は健在だ。

べらべらとしゃべり続ける慶仁に、雪哉は凛と声を張った。

「単刀直入に申し上げます。為仁殿下にお手紙を渡されたのは、殿下でしょうか？」

「手紙？　なんのことかな」

「先日、我が家へ向かう馬車に、為仁殿下が乗っておられました」

「そういえば、君と為仁殿下が誘拐されたんだってね。大変な騒ぎになっていたよ。無事でよかったけれど……それで？」

雪哉の言葉に反応するが、声音は興味がないと言わんばかりに乾いている。

「それが私と何か関係が？」

「実は、為仁殿下から拝見させていただいたお手紙から、殿下の香水の香りがいたしました」

その言葉に一瞬暢が目を瞠った。

――ハッタリだ。まだ確定できていないことだけれど、ここでは証拠があるように見せたほうがいいだろう。

しかし慶仁の表情はまだ変わらない。

「殿下のつけておられる香水は、現在椥宮家にしか献上されていないと聞いております」

その言葉に、ようやく慶仁の口元が微かに動く。

「ふうん？　家が貿易商をしていたら、その情報は入ってくるのか」

慶仁は立ち上がって、ゆっくりと雪哉の側に近づく。

暢が一歩前に出ると、慶仁は目を眇めた。

「身分を弁えろ」

慶仁の冷たい声と同時に衛士が動こうとするのを感じ、雪哉は「下がっていて」と暢に慌てて言った。暢は頭を深く下げて数歩下がり控える。

「失礼いたしました。――ただ、いかがでしょうか。浅学な身の愚かな思い付きですが」

雪哉がそう言って慶仁を見つめると、慶仁はうっすらと笑みを浮かべた。

「よくわかったね。褒めてあげたほうがいいのかな？　そうだ。為仁に手紙を渡したのは私だよ」

にっこりと笑って、慶仁は言う。あっさりと認められたことに雪哉は瞠目する。

「君が言い出したことなのに驚かないでほしいな。もう一つ言えば、友理子に君を攫うように助言をしたのも私だよ。あの子は頭が少し悪いからね、他人の言葉を鵜呑みにする癖がある」

それはずいぶんうまくいったようだ、と慶仁はくつくつと笑った。

「しかし為仁の警護の不備は当代皇帝の失態だろう。いやいや、当代の皇帝が自分の地位を脅かすかもと、いとけない為仁殿下をわざと殺めようとしたんだろう」

淡々と、慶仁が他人事のように話す。

「何をおっしゃって――」

「おや？　こういう話をしに来たのではないのかい？」

慶仁の顔が悪辣に歪む。すでに衛士たちは慶仁に抱き込まれているのか、慶仁の言葉に動揺の一つも見せる様子がない。暢がぎりっと奥歯を噛むのが見えた。

「どうだろう。君が陛下を告発するというのは？　今、小遊仁は事件を揉み消そうとしているが、皇室に隠し事なんてあってはならない。この辺りで事実を明らかにするべきじゃないか？」

君のことも悪いようにはしない、とぎらぎらとした瞳で語られて、雪哉は息を呑んだ。

「あなたがすべて計画したことでしょう!?」

「そうだ。しかし君と為仁――あの仔犬が黙れば事実など容易に変えられる」

　雪哉の激昂など意にも介さないようで、慶仁は目を不気味に光らせた。

「孕器（オメガ）は日華（アルファ）の玩具に過ぎないし人でもないと思うけれど、価値はある。しかし獣人にはそんな価値すらないと思わないか？」

　肩をすくめて、慶仁が興味なさげに言う。

「陛下がお嫌いなんですか？」

　不躾だが、雪哉は訊ねていた。

「嫌い？　うーん、どうだろう。皇帝の位が陛下には合わないと思っていたんだ。狼獣人だからといって皇位を継承するのも馬鹿げている。何が尊い？　たかが狼で犬と似たようなものだろう。それに、陛下は庶民の目線に合わせすぎる。私たちは皇族だ。華族や庶民とは違う。皇族は民を見下ろしていないといけない」

　散々な物言いに、雪哉は思わず拳を固めた。

「陛下はよりよい国を作ろうとお考えです。国民がいてこそ国が成り立っています。私たちの目線に屈（かが）んでくださるからこそ、その御心は広く伝わるのです」

「私に意見するな。孕器（オメガ）の分際で」

　冷たい声が降ってくる。

「君は結構賢いと思っていたのだが、見込み違いだった。ここで死ぬか？　いや、そうだ。いい考えがある」

慶仁は立ち上がると、一歩、一歩と雪哉に歩み寄ってくる。

「汚らしい孕器（オメガ）だが、日華（アルファ）を孕むのだろう？　陛下の子と言って私の子を孕むのはどうだ？」

背筋が凍るような笑みを浮かべてそう言ったかと思えば、慶仁が雪哉の首に手を回した。

雪哉の足が少し浮き、首が絞められる。

「――っ、ぐっ」

足を動かしても地面につかないため、体に力が上手く入らない。

それを見た暢が「雪！」と駆け出す。しかし、慶仁の衛士（えいし）がすぐに暢を床に引き倒して捕縛してしまった。

とおる、と声なき声で呼ぶと、慶仁が愉快そうに眼を見開いた。

「生まれた仔が狼ではなくて人の子だったら、小遊仁はどんな顔をするのかな？」

楽しそうに言いながら、慶仁が手の力を強めていく。喉が絞まるごとに雪哉の視界がだんだんと赤く染まる。

「う、ぐ」

雪哉は慶仁の手を外そうとするが、力が強く外せない。

――苦しい。視界が歪む。息ができない。

思わず涙が雪哉の目にあふれた時、戯れのように慶仁が手を離した。体が床に打ち付けられて、雪哉は体を丸めて咳込む。慶仁はそれを見て表情を緩めた。

「ああ、ようやく孕器（オメガ）らしい姿勢になったね。ほら、許しを乞え。小遊仁ではなく私を求めろ。

日華(アルファ)なしでは碌な人生を歩めない君にこれほどの慈悲が下ることはないぞ」

立ち上がっていた慶仁がまた長椅子に腰掛ける。未だ酸素不足でくらくらとする頭を押さえながら、雪哉は上を向いて叫んだ。

「貴方は、間違っている！」

体中の力を絞り出すようにして雪哉は、慶仁を睨んだ。

「間違っているのは、皇室を変えようとする小遊仁だよ」

「貴方は自分勝手なことしか考えていない！」

慶仁は冷たい怒りを纏わせて微笑んだ。

「五月蝿(うるさ)い。皇族に平伏すべき下級華族が吠えるな」

「小遊仁様は常に国民が過ごしやすい環境を考えていらっしゃいます」

「国民は口応えせずに従順になっていればいいんだよ」

「そんな――」

「もういい。これ以上は耳障りだ」

慶仁が雪哉の頬に蹴りを入れる。さらに体を踏み付けられて、雪哉の喉からうめき声が漏れる。

「てめえ!!」

思わずと言った様子で暢が叫ぶ。それに視線を走らせ、慶仁が溜息をついた。

「連れていけ。私にそんなことを言って日の目は見られると思うな。君も、私の手を煩(わずら)わせないでほしいんだけど」

「ぐ、ぅ……っ」

背骨が軋む。頭を上げようとすると革靴で蹴りを入れられて、雪哉はまた地面に伏せた。

小遊仁の笑った顔が雪哉の脳内に映る。

――ここで僕の命は尽きるのか。嫌だ。そんなこと嫌だ！

「はな、せ！」

雪哉は必死に力を振り絞って立ち上がると、慶仁の手を引っ掻き、顔を殴りつけた。一瞬何が起きたのかわからないといった顔になってから、慶仁の顔が赤く染め上がった。

「私の尊い体に傷をつけたな……」

怒りを纏った声で慶仁が、「早く死ね」と言わんばかりに雪哉の首を絞める。先ほどまでのいたぶるような強さではなく、頸動脈をちぎらんばかりの強さに雪哉の顔が見る見る赤くなる。小柄な体が持ち上げられて、雪哉の足が宙を蹴った。

「おい、やめろ！　雪！　雪！」

部屋から連れ出されようとする暢の悲痛な叫び声と慶仁のけたたましい笑い声が部屋の中に響く。

「そうだ。項（うなじ）を噛んでやろうか？　あいつはどんな顔をするだろうね？」

「さゆ、ひ」

気を失いかけたその瞬間、何故か新鮮な空気が一気に口の中に流れ込んだ。

腰を太い腕で抱かれ、急に体が重力を感じる。

「――ゲホッ！」

それと同時にものすごい音がして、慶仁が壁にぶつかりながら倒れた。

雪哉が視線を上げると、獣人姿の小遊仁が雪哉を抱いて立っていた。

「私の雪哉に何をしている」

どうしてここに、と呆然とする雪哉の頬を撫でると、小遊仁はまるで鬼が憑依したかのような憤怒の表情で、倒れた慶仁を足蹴にして問うた。

「鹿野園友理子を唆したのも、為仁を雪哉の馬車に忍び込ませたのもお前だったと聞いた。幼少から私を敵視していたが、それほどまでに皇帝の座が欲しいか？」

口から血を流した慶仁が、小遊仁に笑う。

「お前は皇帝に向いていないよ。私こそが真の皇帝だ。皇帝の血を受け継いでいるのに、何故私はなれない？」

「お前こそ、皇帝に向いていない。人に手をかけて殺そうとしている者に国を治められると思うか？　邪な思考を持つ者が国を治めようとしてもすぐに滅びる」

「五月蠅い！」

慶仁がよろけながら立ち上がって、小遊仁に手を伸ばす。しかし、小遊仁は片足を動かすだけで慶仁を床に倒した。

「お前は皇帝に相応しくない！　私こそが皇帝になるべき人間だ！」

腹を押さえながらも、慶仁は叫ぶ。

「自分のことしか考えられない者に命を預けられるか？　民は替えの利く玩具ではないぞ。民あってこそ我々は国を治められる」

「民なんて壊れたら増やせばいい！　我が国で足りなければ他の国から駆り立てればいいだろう！」

おぞましい言葉を次々に発する慶仁に、小遊仁は全身の毛を逆立てる。

恐ろしいほどの殺気が部屋を支配して、雪哉の背筋が凍る。衛士たちも皇帝の訪れにどうしたらいいかわからないようで、凍てついたように立ち竦んでいる。

「殺してやろう」

雪哉を床に座らせた小遊仁が、慶仁に手を伸ばす。白銀の毛並みを逆立てて、紅い瞳をぎらぎらと輝かせる姿は恐ろしくもどこか神々しい。総毛立つほどの迫力と殺気に慶仁さえ身じろぎもできなかった。

――本気だ。

しかし雪哉は眩暈を起こしながらも、必死で小遊仁の腰に抱きついた。

「貴方の綺麗な手をこの人のせいで汚さないでください！　貴方の手は国民を幸せにするためのものです！」

「私の雪哉を殺そうとした」

怒の炎を瞳に燃えたぎらせながら、小遊仁が雪哉に振り向かずに言う。

「僕は生きています！」

「結果論だ。私が遅れたら、君はもう笑顔を向けてくれなかった」

小遊仁がさらに一歩足を踏み出したので、雪哉は「小遊仁様！　僕を見て！」と大声を出した。

小遊仁が雪哉にゆっくりと視線を向ける。雪哉は今にも慶仁の首を絞めそうな小遊仁の手にそっと触れた。

「貴方の手は民のためにある手です。そして、僕を抱きしめてくれる優しい手。お願いですから、この人のせいで汚さないで」

そもそも雪哉が勝手をしたせいでこのような事態に陥っているのだ。小遊仁が手を汚す必要など少しもない。それに殺したとしても気分が晴れるのはその時だけだ。

雪哉に触れられて、苛立ったような唸り声を喉から絞り出し、小遊仁は首を横に振った。

「君は甘い」

「甘いかもしれませんが、彼を殺しても何の価値もありません。後に残るのは負の感情だけです。この方は小遊仁様が為仁様を殺めようとしたというデマを流そうとしていました。しかしもし小遊仁様がこの方を手にかければそれは半ば真実となってしまいます」

小遊仁は民に畏れられているという自覚を持ちながらも、民衆と視線を合わせて生きてきた。その努力が、慶仁を殺すことで失われてはならない。

そう言い募ると、小遊仁は雪哉を見つめてから、慶仁に向き直った。

「慶仁、この時を以てお前の皇族としての身分を剥奪する。此度の罪については大審院にて裁きを受けよ」

「私は皇帝の血を継いでいる！　大審院だと？　何故平民が受ける裁きを私が受けねばならない！」

「私が皇帝だ。それにお前はもはや皇族ではない」

小遊仁はそう言い捨てると、驚くほど冷たい視線で慶仁を射貫いた。殺気を当てられたのだろう、騒ぎ立てていた慶仁が顔を青くして口を噤む。それを見た衛士(えいし)たちが慌てて暢から手を離す。暢は転びかけた足を踏ん張って体勢を立て直すと、小遊仁に頭を下げた。

小遊仁の目がわずかに温度を宿す。

「連絡してきたのは君だな」

「はい。突然のご連絡失礼いたしました」

「いい。助かった」

そう言って小遊仁が手を叩くと、部屋の外から別の衛士(えいし)が複数現れた。ひとまず刑司で捕らえておけと命令すると慶仁と室内の衛士(えいし)たちが捕縛される。

それらを見ることもなく、小遊仁は雪哉を抱いたまま歩き出した。

「君の願いは聞き入れた。だが、君を傷つけた慶仁を私は許さない」

「さゆ……」

「無茶をしないでくれ」

雪哉が言いかけた言葉を吸い込むように、小遊仁は雪哉に口づけた。

＊＊＊

パチン。

静かな室内に、頬を打たれる音が響く。

「危険なことをするな」

禁闕（きんけつ）に戻り、小遊仁の執務室に入ってすぐに、雪哉は長椅子に横たえられ、頬を軽くではあるが叩かれた。じんとした痛みが頬から広がって、雪哉は深々と頭を下げる。

「申し訳ありません」

今まで小遊仁が雪哉に手を上げたことはない。慶仁に与えられた痛みに比べれば、なんてことのないものだったが、その痛みは遥かに雪哉の胸を締め付けた。

「あと少し遅ければ君は死んでいたかもしれない」

「小遊仁様がお怒りになられるのは当たり前のことです。……僕のせいで、またしてもご迷惑をお掛けして申し訳ございませんでした」

雪哉は起き上がろうとしたが、小遊仁に「寝ていなさい」と優しく肩を押さえられた。

「どうして無茶をした？　何故私に相談しない？」

声音はいつになく厳しいものだ。雪哉は悄然としながら答えた。

「慶仁様が怪しいのではないかと考えたのですが、証拠がなかったので、その証拠を掴んでから小遊仁様にご報告しようと……」

「まずは私に相談をしなさい」

小遊仁は「まったく心臓が止まった」と呟いた。

「元々慶仁は皇帝の椅子を欲しがっていた。秘密裏に見張らせてはいたが、ただ私を敵視しているだけで行動に移すことはなかったので放置していた。けれど、最近になって勝手に皇宮内で公務をするようになっていたから目に余っていたんだ」

皇族でもその身分は最上にほど近いのに、さらに皇帝の座を欲しがるなど雪哉には理解できない。

こくりと頷くと、小遊仁は眉間の皺を揉み込むようにして雪哉の隣に腰かけた。

「君は以前に、慶仁に真珠の間に連れ込まれただろう。何もなかったからよかったものの……」

雪哉は目を見開いた。安藤には黙っていてくれと言ったが、やはり伝わってしまっていたか。

「私を心配させないようにと思ってのことだが、何も知らずに君に秘密にされたら私は君に信頼されていないのだと悲しくなる」

「信頼しています！　だって、小遊仁様に迷惑をかけたくなかったんです！　けほっ、げほっ！」

叫んだら咳が出てしまい、小遊仁が痛ましそうに雪哉の胸を撫でた。

「わかっている。けれど、今回のことは軽率すぎる。暢が私に知らせなければ、どうなっていたと思う？」

「暢が？」

雪哉が視線を上げると、すぐ側の椅子に座っていた暢が気まずそうに頬を掻いた。

「手紙を持っていくのと同時に、雪哉が今から椣宮家に行くことを陛下に早馬でお教えしたんだ。お前は一人で証拠を掴もうとしていたが、あまりに危険だと判断した。勝手に悪い」

そう言う暢に、雪哉は首を横に振った。

「僕こそごめんね。暢は心配して小遊仁様にも早馬で知らせてくれてたんだ。ありがとう」

手を伸ばすと、暢が立ち上がって雪哉の手を握った。

そして、一粒涙を目から零した。

「お前が死ぬんじゃないかって怖かった。助けられなくてごめん」

顔を伏せて暢は声を震わせた。

「ごめん、ごめん暢。暢を危険な目に遭わせてごめん」

「俺はいいんだよ。むしろお前を守るのが俺の役目なのに、それすらできなかった。護衛として失格だよ」

「ううん、暢は僕を守ろうとしてくれた。でも、僕の勝手で怪我をさせてごめん」

暢はあれだけ屈強な男たちと争ったが、かすり傷と軽い打撲だけで済んでいた。

「暢、悪いが雪哉と二人きりにしてもらってもいいかな。別室で待っておいで」

小遊仁が暢の肩を撫でて言うと、暢は「はい、陛下」と立ち上がって退室していく。雪哉はその間に起き上がった。

「寝ていなさいと言ったのに」

「もう大丈夫です」

確かにあの時は生死を彷徨(さまよ)っていたが、体はすでに落ち着いていた。

雪哉が「小遊仁様、ご迷惑をおかけして申し訳ありませんでした」と頭を下げると、抱きしめられる。

「もう謝らなくていい。ここに私を見つめてくれる君がいる。それだけで私は十分だ」

声を震わせて小遊仁は雪哉の首筋に顔を埋めた。

雪哉は止まっていた涙を溢れさせて、小遊仁の背中に手を回した。

「ごめんなさい、ごめんなさい」

「もう絶対に危険な真似はするな。暢と一緒に慶仁の宮へ行ったと手紙で知った時心臓が止まりそうになった。そんな私を見た為仁が泣きながら手紙を私に渡したんだ。これのせいかもしれないと言って」

小遊仁はそう言って、封筒を机の中から出した。それは確かに為仁が見せてくれたものだ。

――あんなに怒られることを怖がっていたのに、小遊仁様に伝えてくれたのか。

「だから慶仁への容疑もすぐに固まり、衛士も動かせた。慶仁の香りだと私ならすぐに判別できた。そんなにも私は頼りなかったかい」

「も、申し訳――」

雪哉の唇に指を当てて、小遊仁は「もう謝るのは駄目。聞き飽きたよ」と優しく怒る。

ではどうすればいいのか。土下座でもするか。

そう雪哉が身構えた時だった。

「違う。すまない、君を咎めたいわけではなかったんだ。君を二度と危険に晒さないと言ったのにこのようなことになったのが恥ずかしい。こんなことになるなら、君を私の側に置いて離さなかった。結婚をしてすぐに私を一人にしないで」

雪哉は顔を離して、小遊仁を見つめる。美しい紅玉の瞳から大粒の涙が宝石のように落ちていく。

雪哉はその涙を指で拭って小遊仁の額に自分の額を当てた。

「危険なことはもう絶対にしません。小遊仁様を一人にしません」

そうだ、危うく小遊仁を男やもめにするところだったのだ。

一緒にいたいと言ったのに、その約束を破ってしまうところだった。今更ながらに雪哉は顔を青くさせる。

「その時に何もなくてよかったが、今度から私以外の誰かと二人きりになったら部屋から出さないよ。いいね？」

「か、家族は？　暢はいいですよね？」

「君の大事なご家族と友人は構わない。それでも暢には嫉妬しそうだけど」

拗ねたように言う小遊仁に、雪哉は噴き出した。

「僕は小遊仁様しか目に映っていません。それに、暢には許嫁（いいなずけ）がいますよ。毎回惚気（のろけ）を聞かされています」

小遊仁はそれを聞いて、雪哉の肩に頭をつけた。恥ずかしそうに雪哉の顔をチラリと見る。

「大人気（おとなげ）なかった。嫌いにならないで」

「可愛い、小遊仁様。貴方を嫌いになることなど永久にありません」

サラサラとした白銀の毛並みを撫でて、雪哉は口づけた。

「君のことになると、全ての者と視線に嫉妬する」

「大丈夫です。僕はずっと小遊仁様が大好きです」

二人の影が重なって一つになる。こうして、事件は解決を見たのだった。ただし、そのあとえぐえぐと泣きじゃくる為仁に手こずったのは言うまでもない。

第四章　天然礫のまぐれ当たり

――〝皇帝陛下、白崎男爵家の御子息と御婚約〟

そんな言葉が新聞に大々的に掲載されたのは、雪哉が自宅へと戻ってから数日後のことだった。

あっという間に時の人となった雪哉は新聞の見出しを見つめる。

「おおお……自分の名前が載ってる」

いつの間に撮影されたのか、雪哉と小遊仁の写真が紙面を飾っている。

それを見た兄二人が雪哉の両隣で舌打ちをした。

「不本意だけどな」

「俺の可愛い雪が、魔の巣窟に嫁ぐなんて。陰湿ないじめが絶対起きる。なんたって、そこらへんの女性よりも可愛いんだぞ」

不満そうな兄たちに苦笑しながら、雪哉は二人の手をポンポンと撫でた。

断固たる雪哉の味方である二人は、仮に相手が小遊仁でなくてもイチャモンをつけるだろう。

それでも、こうして雪哉を心配してくれているのはありがたい。

「兄さんたち、ありがとう」

「ありがとうはまだ早い。まだ嫁に行ってない」

「可愛い雪をしがらみがありすぎる皇室……ましてや皇帝陛下の元へ行かせるなんて、やっぱり今から辞退しよう」

性格は正反対の兄たちだが、雪哉に関しては意見が合う。雪哉の頭に、有次と博文はこめかみを当てて抱きしめる。すっかり怪我が治った雪哉は、自分の家に帰ることを許された。けれど、毎日のように宮殿の小遊仁と為仁の元へ足繁く通っている。

これは、小遊仁の命令だ。本当は、婚約者であろうと、恋人であろうと皇宮に住まわせたがったのだが、雪哉がさすがにおこがましいと丁重に辞退したのだ。

ただし、毎日会うことを条件に出され、雪哉は宮殿や外で逢瀬を重ねている。

外の場合は、小遊仁と為仁は人姿である。一度三人で街歩きをしたが、周囲の視線があまりに美しい二人の姿に釘付けになり雪哉が拗ねたほどだ。

「しかし、毎日参内しなくてもいいんじゃないか？」

「陛下は、意外と独占欲が強いよな。まぁ、雪を大事にしてくれるというのは見ててわかるが。それでも気に食わないけどな。この首輪も気に食わない」

ぐちぐちと言う兄たち。そうなのだ。今から雪哉は宮殿に行く。

婚約はしていたが、実は小遊仁と雪哉はすでに二人だけで結婚式を挙げていた。慶仁の事件がよほどこたえたようで、早く夫婦の契りを結びたいと小遊仁が言い始めたのだ。

儀式は簡易的なもので、立会人は安藤だ。

『ねぇ、雪哉さん。先に秘密の式を挙げない？』

掟に反しないかと思ったが、小遊仁は『先に式を挙げて、夫婦になろう』と言ってくれた。小遊仁も、正式な婚姻まで待ちきれなかったらしい。

雪哉も小遊仁の言葉が嬉しくてたまらなかったので頷いた。

非公式ではあるが、雪哉と小遊仁はすでに夫婦だ。

それを家族が聞いたら卒倒するだろうが、これは小遊仁、雪哉、安藤の三人だけの秘密である。

「ほらほら、兄さんたち。仕事に遅れるよ」

「やだ。行きたくない」

「休む」

兄たちは不機嫌そうに駄々を捏（こ）ねるが、比較的冷静だったのは母だった。

『雪哉さんが嫌だと思えば、すぐに白紙にすればいいのよ～。いくら陛下といえど、私の可愛い息子を悲しませたら地獄を見るわよ』

そんな容赦のない言葉が口からするりと出ていたので、内心では面白くないのかもしれない。母は普段おっとりしているが、怒ると我が家で最強な人である。

半年後、皇室内で婚姻の儀を執り行えば、雪哉は正式に皇后になる。雪哉はすでに準皇族の身分だ。未だに夢を見ているようで実感があまりない。新聞を凝視しながら、雪哉はそんなことを思ってしまう。すると、扉が数回ノックされて三橋が姿を見せた。

「雪哉様、そろそろお時間でございます」

「うん」

立ち上がろうとしても、兄たちが離してくれない。

「陛下と俺たちどっちが大事？」

「私たちだよな？」

いい大人が駄々を捏ね始める。父と一緒だ。常日頃から、雪哉大好き同盟会の永久会員と銘打っている。ちなみに会長は祖父母だ。

有次と博文の頭を撫でて、雪哉は苦笑した。

「遅刻するって」

ひっつき虫のように離れない二人を引き剥がして、雪哉は立ち上がろうとした。けれど、一瞬心臓を鷲掴みにされたような感覚に襲われ、よろめいてしまう。それに、風邪を引いたわけではないのに体が火照ってくる。

「「雪！」」

兄たちが同時に大きな声を出す。

「どうした!?」

「ごめん。なんでもないよ。ちょっとよろけただけ。元気元気」

ふらつきは一瞬で、もうなんともない。

「今日はやめておけ。疲れてるんだよ」

有次が「ちょっと熱いぞ」と雪哉の額に手を当てた。

「そうだぞ。一日くらい行かないでもいいだろう」

博文も不安げに雪哉に言う。しかし、雪哉は笑った。

「僕が楽しみだから行きたいんだ。それに、待っててくださっているから」

心配してくれる兄たちに笑って、雪哉は自分で焼いた菓子を持って馬車まで行こうとしたが、動悸がする。

「今日は許可しない！　博、皇宮に早馬をやってくれ」

「了解」

有次が雪哉を抱いて、大股で寝室へと連れていく。

「有兄さん！　大丈夫だって！」

「気持ちは大丈夫かもしれないが、体は大丈夫じゃない」

手際よく寝巻きに着替えさせられて、雪哉は寝台に強制的に横にされてしまった。

「も、もう仕事の時間でしょ！　皇宮には行かずにここにいるから、はやく……！」

必死に手足をばたつかせると、二人は顔を見合わせた。

「……一日ちゃんと寝てられるか？」

その言葉に雪哉はこくこくと頷く。確かに予想したほど国民からの非難が飛び交っている様子はないが、それでも雪哉を悪く言う人間はいるようだった。そんな状況で自分のせいで兄が遅刻するのはあまりに気が咎める。

「大丈夫、ちゃんとじっとしてるよ。暢も来るし……」

くらくらし始めた頭でそう言うと、有次が深く溜息をついた。

「すまない。俺たちもじゃれすぎた。ただ、次に俺たちが来た時に体を起こしてたら怒るぞ。暢に食事は頼んでおく」

有次に視線を送られた博文も雪哉の額に口づけた。

「きちんと元気にならないと、陛下も気になさるだろう？」

それを言われたら、雪哉も反論できない。こくりと頷くと、二人はそろって雪哉の頭をくしゃくしゃにかき混ぜた。

「「じゃあ行ってくる」」

声の揃った二人に手を振って、誰もいなくなった寝室に一人になった雪哉は溜息をついた。

小遊仁と為仁に申し訳ない。

きっと、今日も玄関で二人して待ってくれていただろう。

「ごめんなさい」

——明日には元気な姿を見せて、一日会えなかった寂しさを満たそう。

そう思いつつ、雪哉は布団の中で転がる。するとざわっと何かが背筋を走った。

動悸が治まらず、息が荒くなる。

——なんだこれ？　なんか変な感じがするんだけど。とりあえず、寝たら治るかな？

しかし目を閉じてみても眠れないし、妙に体が熱く、落ち着かない。

それはこの間なった兆し発情によく似ていた。

「あ、あれ？　また来た？　でも」

――兆しの次は本発情なのでは。

そこまで考えが行きついて、雪哉は目を見開いた。

これは、本発情の兆候ではないか。

「ど、どうしよ……このまま外って出てもいいの？」

腕を突っ張って体を無理やり起こすと、高熱がある時のように視界が眩んだ。

「ふ、んぅ……」

自然とはしたない声が唇から漏れるのが恥ずかしい。声を堪えようとシーツを掴むが、自分が動いた時のわずかな空気の揺らぎにすら体が反応する。小遊仁に状況を知らせたいが、この姿を見せたくない。

気が付くとすでに、雪哉の陰茎は寝巻きの下衣を突き上げるように頭をもたげていた。

寝台の隅で蹲り、雪哉は下着に手を入れる。

「ふっ」

濡れた感触が指先に触れると同時に、雪哉は背筋を仰け反らせた。先走りがすでに溢れ、下着が濡れている。両手で上下に擦るとすぐに下着の中で蜜が弾けてしまう。

「ンンッ！」

しかし一度熱を解放しても、またすぐに達したい欲に駆られる。つんと漂う青臭い匂いにすら背筋に熱が走った。それどころか体の奥が物足りないと言うように疼いて仕方ない。

何度達しても、楽にならない。雪哉は、知らず知らず自分の後ろに手を伸ばしていた。

「ふ、う」

――物足りない。この奥に熱く、硬い何かが欲しい。

おかしくなってしまいそうな熱情に雪哉の瞳から涙があふれる。

「……会いたい」

そう呟いた時だった。

「ここにいる」

蹴破るような勢いで扉が開いた。

「さゆひとさま？」

見ると、いるはずのない小遊仁が雪哉の側で膝をついていた。人姿だ。髪は乱れ、息も荒い。

「君が発熱したと知らせを聞いて、すぐに来たんだが……本発情を迎えたのか」

すっと視線を走らせる小遊仁に、雪哉は慌てて下衣をかき集めた。隠すことなどできないほど、寝衣はぐちゃぐちゃになっている。

雪哉は両足を擦り合わせて「すみません、我慢できなくて」と泣きべそをかいた。

「泣かないで。一人で不安だったろう」

雪哉の目尻に溜まった涙を口で吸い取って、小遊仁は寝台に上がると雪哉に覆いかぶさった。

逞しい体に抱きしめられて、雪哉はほろほろと涙をこぼした。

「は、はしたなくてごめんなさい」

「私に発情してくれているんだ。こんなに嬉しいことはない」

ちゅっ、と音を立てて口づけを落とされると、どこにも解放できなかった熱が少しずつほどけていく。雪哉は荒くなっていた息を整えながらぼんやりと小遊仁を見上げた。

本発情した状態の孕器（オメガ）が日華（アルファ）の精を胎で受け止めれば、確実に妊娠してしまう。しかしそんな懸念すら笑い飛ばすように、小遊仁が雪哉の耳元に声を流し込んだ。

「今はただ私に全て委ねて。君は何も考えずに私だけを見ていなさい」

蜂蜜のように甘い声に、雪哉の体の力が抜ける。

それを褒めるように頬を優しく撫でられて、口づけを何度も落とされた。小遊仁の手が雪哉の服をゆっくりと脱がしていく。水分を吸って重くなった衣服を脱ぐと、雪哉はほっと息を吐いた。

「綺麗だ」

小遊仁の吐息に、ぴくりと身を震わせる。すると尻から何かトロッとしたものが垂れるのを感じて雪哉は身を強張らせた。垂れたものが穴から溢れてくるような感覚さえ覚える。

――これはなんだろう？

雪哉の心臓がドクドクと高鳴り、全身が小刻みに震える。

――小遊仁様と交わりたい。硬く反った肉棒で、秘めた場所をぐちゃぐちゃにしてほしい。早く、早く気持ちよくしてほしい。快楽の渦に沈めてほしい――

そこまで考えて雪哉は瞠目した。

自分は今一瞬でも何を考えていた？　不埒で淫らなことを考えていた。

このままでは、自分はとんでもないことをしてしまう。やはり駄目だ。けれど、挿し込んでほしい。

「それが、私たちの本能だ」

まるで心を読み取ったような言葉に、雪哉が小遊仁を見上げると美しい黒檀の双眸には鋭い光が宿っていた。咄嗟に目を逸らしたくなるほど獰猛だが、体が思うように動かない。

これは、獣が獲物を狩る眼光だ、と雪哉は直感した。

瞳の奥底から垣間見える光はいつもの小遊仁の優しい光ではない。

小遊仁に向かって腕を伸ばすと、小遊仁も自身の服を緩めた。

途端に小遊仁からは何か甘く一度嗅いだら忘れないような魅惑的な香りが発せられるのを感じて、雪哉は目を瞠った。先ほどまではこんな香りはしなかったはずだ。

「ひ、ぁっ？」

思わず肺の奥までその匂いを吸い込むとさらに体の熱が上がる。

――もしかして、これが小遊仁様の香り？

「雪哉さん」

小遊仁の手が雪哉の首元をなぞり、胸の飾りをひっかく。

それだけで雪哉の体はびくびくと震えた。ぷしゃ、と蜜が弾けるがそれすらもいとおしむように小遊仁は雪哉の体を撫で続ける。

「あっ、や、そこじゃ、なぁ……！」

もはや理性のひとかけらもなく、ただ体の奥にぽっかりと開いた虚を埋めてほしくて小遊仁に縋る。

すると小遊仁は微笑んで、雪哉の窄まりに触れた。

「ここ？」

その問いに、恥じらいすら忘れて雪哉はこくこくと頷いた。雪哉の白い肌は上気して、大きな黒い瞳も蕩けている。その表情を見て小遊仁はゆっくりと指を窄まりに進めた。

「――っ、熱いね。それにこんなに締め付けて……」

「や、ぁっ、ああっ」

くっと中で指を曲げられるだけで、たまらない心地になる。ぐるりと壁を押すようにかき混ぜられると、雪哉の視界がパチパチと弾けた。

「も、いいから、ほしい……っ」

まるで本当に獣のようだ。くちくちと指が後孔のふちをなぞり、抜き差しされるだけで雪哉の背筋が甘く震える。必死にねだると小遊仁は雪哉のつむじに口づけを落とした。

「力を抜いていなさい」

優しく頬を撫でられて、雪哉の窄まりに小遊仁の滾(たぎ)る代物が当てられる。

「あ」

その一言だけが口から零れ落ちたと同時に、凶器のように熱く硬い塊が一気に差し込まれる。

あまりの衝撃に、雪哉の息が一瞬止まった。

「は、あっ、ぅああっ――」

小さな窄まりだったのに、なんなく受け入れてしまっている。

圧迫感があるものの、痛みはない。蜜壺から甘い蜜が滴るのを感じて、雪哉は体を震わせた。

――入ってしまった。

無意識に、目尻から涙が一粒零れ落ちた。

「つふ、これは――」

小遊仁が驚いたように目を瞠る。

入れられただけなのに、雪哉の先端から蜜が飛び出し、腹を汚す。小遊仁も入れただけで、爆ぜたようだ。凄まじい量の白濁が雪哉の奥に流し込まれる。その熱にまた感じ入って、雪哉は小遊仁にしがみついた。

――もっと、もっと注いでほしい。腹が膨れるほどに満たしてほしい。

小遊仁が律動を始めるとゾクゾクとする快楽が腰から体全体に広がり、雪哉の口からは甘い嬌声が溢れて止まらない。それでも、理性と欲望がせめぎ合い、駄目だという理性が時折欲望を抑え込もうとする。

けれど、腰を穿たれるごとに雪哉の理性は薄れていく。

「小遊、仁様……気持ちい……」

雪哉が喘ぎながらなんとか口にすると、小遊仁が雪哉の耳元に顔を近づけ温かい息を吹きかける。

それすらも敏感に感じる。

「ん」

「私も気持ちいい」

耳を舐められて、ユサユサと腰を揺すられる。

「つよ……ンンッ」

小遊仁は甘く微笑み雪哉の唇を塞いだ。小遊仁の舌が雪哉の口の中に滑り込み、かき回すと、互いの唾液が溢れて雪哉の口の端から滴った。

「はふ、ふ、ぅ」

口の中を責められるのと同時に、蜜壺を抉られ責められ、あられもない痴態を無様に晒す。どれほどみっともない姿をしているかと一瞬身を竦めそうになったところで、小遊仁が胸の飾りを指で押しつぶした。

「ひぁっ」

先ほど戯れのように引っかかれただけの胸の飾りを弾かれて、雪哉が悲鳴のような嬌声を上げる。

「余計なことは考えなくていい。今はただ私に溺れて――」

そう囁かれて、雪哉は潤んだ瞳を小遊仁に向ける。黒檀(こくたん)の瞳は雪哉を映すと、妖しく微笑んだ。

小遊仁は一度腰を離し、雪哉の秘所から自身を引き抜いた。胎の中をみっしりと埋めていたものが抜けていく感触に、雪哉が縋りつく。それすら喜ぶように、小遊仁が雪哉の唇に啄(ついば)むように接吻を落とした。

「雪哉、愛している」

「んっ。さ、ゆひとさまぁ、ぁあっ⁉」

どちゅん、と音を立てて押し込まれると、駄目だった。何度目かの絶頂が雪哉を襲う。酸素が足りなくなったのか、目の前が真っ白になってくったりと小遊仁に体を預けると、耳を甘く食まれた。

「蕩けた雪哉もなんて美しいのだろうな」

「きもち、い。小遊仁様、は？」

「ああ、気持ちがよすぎるよ。二人一緒に、まだ気持ちよくなろうか？」

「……ん」

「いい子だ」

腰をさらに引き寄せられて、結合された箇所からはジュプチュプと蜜の音がいやらしく聞こえる。

「雪哉、私のモノを美味しそうに咥えているよ。美味いか？」

下腹部を愛おしそうに大きな手のひらで撫でられて、雪哉は潤む瞳を小遊仁に向ける。

「美味しい……まだ、まだお腹いっぱいじゃないんです……もっとちょうだい……」

その言葉に小遊仁は、目の光をさらに鋭くさせ口角を少し上げた。

ゾッとする笑みだというのに、それを見るだけで雪哉の先端からは少量の蜜が飛び出る。

「ああ、可愛い雪哉の願いだ。腹いっぱいにしてあげよう。――途中、嫌だと言ってもやめないからね」

甘く微笑むと、小遊仁は未だ萎えぬ陰茎を引き抜いた。雪哉の上半身を起こし、胡座(あぐら)をかいた膝の上に後ろ向きで座らせる。

「美しい花が咲いている。私の為に咲き誇る牡丹だ」

そう言うと、小遊仁は嬉しそうに雪哉の背中に口づけを落とし、長い舌で舐め上げる。

「雪哉、項を噛んでも構わない？　番の証を刻んでもいいか？」

「ぁ、っ前に……言ってた、こと、ですか？」

「うん。噛めば命が繋がり、私たちは、まさに運命共同体となる。もしも雪哉が躊躇うと言うのならば、私は君の答えが出るまで待つ」

兆し発情の時に言われていた番の証だ。本発情になったら歯型を付けると小遊仁は言っていた。

それを付けたら、雪哉は小遊仁だけの番になる。小遊仁と心から繋がれることになる。

それほどに幸せなことはない。

「きざ、んで。小遊仁様の番にしてくだ、さい。小遊仁様と繋がりたい。これを外してください」

雪哉は首に巻かれていたスカーフ型の首輪に触れて、小遊仁に微笑んだ。こんな時にでも雪哉を優先して確認する小遊仁が愛おしくてたまらない。

小遊仁は嬉しそうに微笑み、「ありがとう。私の唯一の愛おしい番」と自身の首に掛けられていた鍵で首輪の鍵をカチャリと開けた。素肌が露わになった項に何度も口づけを落とす。

そして、小遊仁は口を開けると、雪哉の項に歯を立てた。人間にはないはずの犬歯が雪哉の白い皮膚をぷつぷつと突き破る。

その瞬間、雪哉の体全体を包み込んだのは痛みではなく幸福な感情だった。

無意識に涙が溢れ、頬を伝う。同時に本当の番になったのだと理解した体がひくひくと痙攣した。

「あ、あ、あ」

「雪哉、雪哉、愛している。絶対に離さない。君は私だけの雪哉だ」

幸せそうに噛んだ項を舌で舐め、小遊仁は雪哉を抱きしめた。それから雪哉の脇に手を入れ、少し持ち上げるとひくつく蕾にタラタラと蜜を垂らす凶器を充てがった。

ゆっくりと挿し込まれると、小遊仁の存在が強く感じられる。ぐり、と押し付けるようにかき回されると凄まじい快感が腰を直撃した。

「――っ!? ゃ、あっ、小遊仁様、動かない、で、ああっ!?」

目の前が揺らぎ、無意識に先端から蜜が迸った。あまりにも凄まじい快楽に逃げ腰になる。

「こら、どこに行く」

しかし小遊仁は雪哉の腰に手を回し、引き寄せてしまった。抵抗をしても体の内に小遊仁が入っているせいで、動くたびに感じ入ってしまう。

「やだ、やだ。そこ、もうだめだからっ、ん、ぁっ」

「ここが気持ちいいんだね？　それは僥倖」

見たことのない笑みを浮かべて、小遊仁はそこを責め始める。

ゴリゴリと抉られ、雪哉の口からは唾液が滴り、甘い嬌声が止めどなく溢れる。

「いあっ！　やめ」

「やめないと言ったな？」

首筋を舌で舐められ、快感が迫り上がる。

「っあ、一緒に、小遊仁、さまぁ……！」

「そうだな……っ」

律動が早くなっていくのをギュッと抱きしめる。項につけた傷口にもう一度小遊仁が唇を寄せ、強く吸い付く。その甘美な痛みを感じながら雪哉は達した。同時に小遊仁も欲を吐き出したようで、雪哉の胎の中がまたじんわりと熱くなる。

「小遊仁様の番になれてよかった」

雪哉が小さく呟くと、小遊仁は微笑む。

「私も雪哉さんが番で幸せだよ」

ゆっくりと腰を動かしながら、「可愛い雪哉」と甘い声で名前を呼ばれる。

雪哉は淡く微笑むと、握られた手に唇に寄せて、その小遊仁の指一本一本にちゅっと口づけた。

「――あれ？」

しかし、その時雪哉は違和感を覚えた。中に入っている小遊仁自身が萎える兆しがない。一体これは……と小遊仁を見上げると、にっこりと微笑まれた。

「確実に子を残すため、狼の獣人の射精はしばらく続く。それに抜けないように根元がこうして膨らむんだ」

そっと手で導かれると、確かに小遊仁自身はまだ熱く猛っている。さあっと雪哉の顔が青ざめた。

——朝の光で明るかった室内はいつの間にか夕暮れに差し掛かり、室内には斜めの光線が射し込んでいる。

しかし室内には未だ甘い嬌声と寝台が軋む音が響いていた。

「っ、あぁ、も、ぬいてぇ……」

時折戯れのように胸の飾りに吸い付いたり、腰を揺らしたりし続ける小遊仁に、雪哉は嘆願する。真っ白な肌には小遊仁によって付けられた痕がいくつも散っている。また時が経つごとに小遊仁から漂う香りはどんどん強くなっている。そのせいか雪哉の甘い悲鳴が途切れることはなかった。

「抜かない。まだ終わっていない」

「僕は、も、でな、いれす……」

「嘘。まだ出るだろう？　ほら」

小遊仁は獰猛な笑みを浮かべると雪哉の陰茎を優しく擦る。快楽の沼に溺れる雪哉の先端からは、すでに白濁の蜜は出なくなっていた。

しかし、小遊仁のほうは未だ蜜を雪哉の腹に迸らせる。

雪哉の腹は少し膨らみ、小遊仁の甘い蜜を蓄える。

もう出ないと言っているのに、小遊仁は雪哉の前と後ろを責め立てる。

ギシギシと寝台がいやらしく音を立てて、結合された部分からは小遊仁の蜜がトロリと滴る。雪哉の体中、特に太もも、陰茎の際どい辺りには赤い小さな花が無数に咲く。小遊仁が吸い付いてつけた跡だ。

「～～～!!」

声にならない声を上げて足のつま先を敷布に食い込ませると、雪哉は何度目かの絶頂を味わった。

「君の蜜は甘くて美味しい」

小遊仁は、雪哉の先端からほんの少しだけ飛び出した透明の蜜を口にして笑う。

「美味しくない……もぅ、もぅ駄目……」

「まだ終わっていない」

緩まった窄まりに、硬い肉棒が出し入れされる。

「ひあっ、あっ、んぁん」

しばらくして、小遊仁が達する。雪哉もまた敏感に達して、体を弛緩させる。

小遊仁が気持ちよさそうに息を零したのを耳に拾いながら雪哉は少しだけ目を閉じた。


「雪哉さん」

目を開けたら、小遊仁と雪哉の体勢は入れ替わっていた。

小遊仁が下になり、雪哉は小遊仁の体の上に乗っていた。しかし、蕾には小遊仁の雄が根元まで挿れられている。散々出したというのにまだ硬い。それでも、最初よりは柔らかくなっただろうか。

「あれ？　僕寝てました？」

「少しだけね」

小遊仁の胸に頬を擦り付けて、雪哉は少し発情が収まったのを感じた。

「抜こうかと思ったんだけど、挿れているだけで気持ちがよくて」

小遊仁が雪哉の尻を掴んで、腰を浮かせた。

「ンァ」

「蕩けた雪哉さんは私だけが見られる特権だ」

「あ！　そういえば！　ここ僕の部屋！」

すでに家族は帰ってきているだろう。部屋に入ってこなかったのが幸いだが、まさか何時間も淫らな行為をしていたとは思ってもいないだろう。

どんな顔をして会えばいいんだ。

「君の執事に人払いをお願いしておいたんだが、さすがに心配されているかもね」

そう言って、小遊仁は陰茎を引き抜いた。

「ンっ」

それすら快感になり、雪哉の口から甘い声が漏れ出る。腹を摩ると、若干膨らんでいる。大量の蜜が注がれた証だ。

「お腹いっぱい」

小遊仁が上半身を腹筋で起き上がらせ、雪哉を抱き締める。

「煽らないで。また寝台に縫い付けるよ」

「え!?　あ、煽っていません！　もう駄目ですよ！」

雪哉は慌てながら離れようとしたが、小遊仁は雪哉の項に唇を当てて口づけた。

「素敵だったよ。次の本発情は半年後だが、待たずにまた素敵な姿を見せてね」

雪哉は目を瞠り、小遊仁の肩をペチンと叩いた。

「あんなにすごいことをしていたのに照れているなんて愛らしい」

ふふふと楽しそうな小遊仁の声に、雪哉はもう一度ペチンと肩を叩いた。

エピローグ　山の芋鰻になる

「未来の皇后様だ！」

街を歩いていると、そんな声をかけられることが増えた。雪哉としてはこれ以上目立ちたくない思いでいっぱいだが、この頃小遊仁は開き直ったのか雪哉を見せびらかそうとする。

「君が私のものだと周知したほうが危険がないと思ったんだよ」

それどころか平和な日々が続くと記事にする内容がないのか、新聞は時折小遊仁と雪哉がお忍びで街を歩く姿を載せるようになった。このところ小遊仁はそれをスクラップするのが趣味になっている。

また、帝都の人間にもそれは好評なようで、また小遊仁の支持率が上がったという。

恥ずかしさはあるが、それならばいいか、と思ってしまう雪哉も大分小遊仁に毒されてしまっているのだろう。

事件からはもう三月ほどが経ち、いよいよ式の日が迫っている。着物の仕立てや、皇室規範に則った準備は非常に多く、雪哉は忙しい日々を送っていた。時折、我慢できないと言いながら小遊仁に愛される日々も続いている。

——だからだろうか、このところ眩暈（めまい）がする。

新聞を見て笑い合っていたら、突然目が眩んで雪哉は小遊仁の肩に頭を凭れてしまった。

「雪哉さん？」

「あ、すみません」

慌てて体勢を直そうとしたが、顔を覗き込んだ小遊仁が「安藤！」と叫んだ。外に控えていた安藤が慌てて扉を開けて入室する。

「ここに。いかがなさいましたか」

「侍医をすぐに呼んでくれ」

雪哉は、驚いて小遊仁を見上げる。

「え!?　いいですよ！　僕、なんともないですから！」

「君の体調は、私の体調も同然だ」

握っていた手の甲に小遊仁の唇が落ち、「ね？」と言われる。その声の甘さに雪哉は苦笑してしまう。

「心配症ですね」

「反対の立場だったら、君もそうだろう？」

「はい、おっしゃる通りです」

「うん。だから、診察を受けて私を安心させてくれ」

わざわざ侍医を呼んでもらうのは気が引けるが、小遊仁を安心させるためだ。

あるとすれば、この頃忙しすぎて少し寝不足なことくらいだろうか。食欲もあるし至って元気だ。

小さい頃から雪哉は健康優良児で、風邪は引いたことはあるが大きな病気はしたことがない。

とはいえ心配してくれることはありがたい、と思いながら部屋で待っていると、侍医が来る前に為仁が籠を持って駆け込んできた。

「ゆきちゃん！　どうしてためをよんでくれないの！」

怒りながら雪哉の腰にもふんと抱きついた。

「申し訳ありません」

「もうもう！　ためだけをのけものにして！　ちゃみちかったんだから！」

雪哉は為仁を抱きしめて微笑んだ。

「為仁、雪哉さんは忙しいんだよ」

「そうなの？　それでも、ためあいたいのよ！」

「気持ちはわかるが……」

為仁にあまり会えていないのは、実際のところ雪哉を独占しようとする小遊仁が原因だ。雪哉が苦笑して為仁を抱き上げると、雪哉の首に指を触れた為仁が大きく目を見開いた。

「ゆきちゃん、おくびどしたの？」

「へ？」

「あかいの。いたい？」

「あー……虫に刺されて思い切り掻いてしまったのです」

思い当たることは小遊仁との夜しかない。ぱっと手で首元を覆って小遊仁を見つめるが、小遊仁は素知らぬ振りで遠くを見ている。

「むし？　おくしゅりもってくる？」

「為仁、侍医が来るから」

そう小遊仁が言いかけると、タイミングよく侍医が三名も部屋に駆けつけた。慶仁の事件の時にも大騒ぎした小遊仁が呼んだり、ちょっとしたことでも医者に見せようとするせいで、すっかり彼らとは顔なじみになっている。

大したことではないのに申し訳ない、と雪哉が頭を下げると、中でも雪哉とよく話す侍医が笑って首を振った。

「本日はどうなさいましたか」

「ちょっと眩暈(めまい)がしただけなんですけど……」

ほう、と言いながら三人が雪哉の脈を確認し、触診する。いつもならば「愛されていますなあ」などと軽く言われて終わるのだが、今日は様子が違う。

三人の侍医は雪哉を診終わると視線を合わせ、おずおずと小遊仁に向き直った。

さらに「間違いないかと」と、最後に脈を診た壮年の侍医が言う。

——間違いない？　何が？　ただの眩暈にってこと？

忙しいところに、たかが眩暈の診断をさせてしまって本当に申し訳ない。眩暈ももう起こらないし、首も痛くないし苦しくないのだけれど——と雪哉が口を挟もうとした時だった。

「お慶び申し上げます」

三人は、絨毯に膝をつき恭しく頭を下げた。その表情は、とてもにこやかなもので、雪哉と小遊仁が目を瞠る。

「雪哉様は御懐妊なさっています。体温とご様子、脈の状態から、ほぼ間違いございません」

「む？　ごきゃいにんってなあに？」

静かな室内で、為仁が可愛い声で訊ねてくる。雪哉は口元を引きつらせた。

「ご？　ごかいにんっていうのは……えーと」

たすけてほしい、と思いながら「小遊仁様」と隣の袖を引いたが、小遊仁は小遊仁でいっぱいいっぱいのようで「懐妊？　雪哉さんの腹に子がいるのか？」と呟いている。

三人の視線が自然と侍医たちに向く。再び三人が重々しく頷いた。

「雪哉さん！」

小遊仁に弾む声で抱きしめられ、雪哉は呆然とする。無意識に手が震えてくる。

思い当たる節はありすぎる。三ヶ月前に本発情を迎えた。雪哉の部屋で交わった時に、小遊仁は雪哉の腹にたんまりと蜜を注ぎ込んでいた。それはもう腹が膨れるほどに。後ほど聞いた話では、その日は満月だったため小遊仁も普段よりも発情していたそうだ。

小遊仁の発情に、雪哉の発情。

だが、雪哉は理性を持っていても、小遊仁のそれを受け入れた。結婚して、すでに夫婦だからと小遊仁に身を任せた。

「雪哉様、最近何かお体に異変などはございませんでしたか？」

侍医に問われ、雪哉はハタと思い当たる。

「えっと……眩暈があったんですが、昨日夜更かしをしてしまったので、それが原因かと思っていたんですが。あ、でも、ここ最近立ちくらみはしていたかもしれません」

それは理由にはならないだろうなと思っていたら、侍医たちが頷く。

「眩暈は妊娠された方によくある症状です。雪哉様も妊娠されているので眩暈が起こっているのかと存じます。吐き気などはございませんか？」

質問され、雪哉は首を横に振る。

「いえ眩暈だけです」

——これって寝不足じゃなかったの!?

無意識に腹に視線を向けて、雪哉はそっと自分の腹を撫でた。その手の上に小遊仁の手が重なる。

そして、為仁の小さなモチっとした手も重なった。

「なあに？　なあに？　おなかどしたの？」

「為仁、お兄さんになるぞ」

「おにいしゃん？」

首を傾げて、為仁はわからないといった表情をする。

「家族が増えるんだ」

「およん？　さっちゃんとゆきちゃんとためがかじょくだよね？　だれがかじょくになるの？」

小遊仁は雪哉の腹に微笑んで「赤ちゃんが雪哉さんの腹の中にいる」と言った。

「えー！　ゆきちゃんのおなかに!?」

「まだ小さいが、雪哉さんの腹の中でゆっくり育っているんだ」

「ふしぎふしぎねぇ！　おなかにあかちゃん！　ためだよぉ！　よおしくね！」

目を爛々と輝かせて、撫で摩る。ふわふわの尻尾が高速回転している。

あれに顔をもふらせてもらいたい。

「ため、おにいしゃんになるのね！　あらあらちゃいへん！　ごじゅんびしなきゃだわ！」

遊び道具を指折り数え出し、食べていた菓子を「これもおいしーから、あかちゃんにおいとくね！」と言い出す。

ご準備って、赤ちゃんのために玩具を用意してくれるってこと？　えー、めちゃくちゃ可愛い！

「まだ生まれないから、その菓子は為仁がこの子の分も食べてやりなさい。仲良くできるか？」

「しょんなの、ぐもんよぉ！　ため、むちゃむちゃにかわいかわいするよ！　たのしみねぇ！」

愚問という難しい言葉をよく知っている。時々、為仁は大人びた発言をするから面白い。

今わかったばかりの妊娠のことで、こんなにも喜んでくれるのは嬉しい。

けれど議会と雪哉の家族がまた大荒れしそうだ。

それでなくても、兄たちが未だ納得していないのに。

「小遊仁様、どうしよう」

まるで他人事のように、雪哉は言ってしまう。

「どうしようとは？　私は嬉しくて震えが止まらない。君と出逢った時のような嬉しさで、今幸福が体を包んでいる。予定が早まっただけのことだ。何か問題あるか？」

「いや、ありすぎでしょう。何もかもが早まりすぎですって」

「何も問題ないが？」

きっぱりと言い切る。

気遣う素振りを見せながらも、雪哉を愛おしそうに抱きしめて顔の至るところに小遊仁の唇が落ちる。皇族が、ましてや皇帝が婚約中に相手を妊娠させたとなると醜聞にはならないだろうか。今まで浮いた話などなかった小遊仁なのに、どれだけ手が早いんだと噂になりそうだ。

不安になる雪哉をよそに、小遊仁は見るからにご機嫌だ。

「小遊仁様、嬉しいですか？」

「それこそ愚問だ。嬉しいに決まっている。私と雪哉さんの子だぞ。厳しくもするが、とことんまで甘やかすと、もう断言しておこう」

そんなことを宣言されて、雪哉は笑う。

「気が早いです。まだ三ケ月ですよ」

しかし、嬉しそうな顔から一転、小遊仁は顔を曇らせた。

「だが、無茶をしたことは反省しなさい」

「それは妊娠するよりずっと前の話じゃないですか⁉」

そう言うと、小遊仁は真剣な表情で雪哉を見つめる。

「もう二度と私に相談なく無茶と危険なことはしないこと。約束しなさい」

「はい。お約束します」

頷いて、雪哉は頭を下げた。

「必ず小遊仁様にご相談いたします」

「いい子だ」

雪哉の小指に小遊仁は自分の小指を絡めて、それに口づけた。

耳元に顔を寄せられて、「雪哉さん」と名前を呼ばれドキリとする。

「子供ばかり構ってくれるな？　君の一番は私だけだからね？　忘れないでね？」

雪哉は目を瞠ってから、笑みを溢れさせた。

「僕の一番は永遠に小遊仁様だけです」

「よろしい」

満足そうに微笑んで、小遊仁は雪哉の頬に唇を落とす。

「陛下、雪哉様。安定期に入るまでは、十分注意が必要です。もちろん安定期に入ってからも注意することはあります。とにかく今は睡眠と食事に気をつけて、適度な運動もなさってください」

また後ほど他の者と参りますと言って、侍医たちは退がっていく。

閉じた扉を見て、雪哉は小遊仁に振り向いた。

「でも、今まで通りでいいってことですよね?」

ふーんと楽観しながら雪哉が言うと、小遊仁が思案する表情をする。自分で考えたところで、医師の言う通りにしていれば問題ない。家に帰ってから家族の反応が恐ろしい。兄たちは確実に憤慨するだろう。『やっぱりあの時の発情期か!』と言われそうだ。それでなくても、発情が終わって部屋から出たら、家族の機嫌は悪かった。だが、妊娠したら喜んでくれると雪哉は知っている。それは、家族がすでにこっそりと子供用品を用意しているからだ。何故知っているかというと、暢と三橋情報だ。

微笑んでいると、為仁が「ゆきちゃん、たのしみね」と満面の笑みで笑う。

雪哉が妊娠したことで、話が大分変わってくる。

雪哉的には、婚姻の儀まで通いでもいいと思っていたが、小遊仁的にはそうは問屋が卸さないだろう。

顎に手を当てて、眉間に皺を寄せている。

あれ? 何考えてるんだろ? 黙っていられるとすごい怖いんですけど? なになに?

雪哉が小遊仁を凝視していると、小遊仁が少し体を離して雪哉の両手を握った。

「今すぐに、ここに住まいを移しなさい」

そう言われ、雪哉は「え?」と呆けた声を出す。

「まさか、今まで通りにする気か? もう君を通い婚にさせない。そのせいで危険な目にも遭った」

「僕的には今まで通りでいいのかなぁって思ってたんですけど、やっぱりそうなりますよねぇ」

「何を人ごとのように……。今まで通りになどさせないぞ。元々婚約期間であっても住まわせる気であった。だが、雪哉さんはそれが嫌だったのだろう？　不安か？　けれど、事が変わったのだ。もうこれ以上君を一人にさせておくと何をするかわからない」

　不安そうな小遊仁が、雪哉の顔を覗く。一国の皇帝が、雪哉に対して気遣いをしてくれるこの幸せ。贅沢な幸せである。

「いえいえ、不安……うーん、まあ正直あります。小遊仁様は皇帝陛下だから、直接言われないと思いますけど、陰でコソコソ言われませんか？　孕器（オメガ）に誘惑されて子供まで作らされたとか？」

　不安を吐露すると、小遊仁は、「言わせておきなさい。私たちが運命の番（つがい）ということは帝国内で知らぬ者はいない。誘惑されて何が悪い？　可愛い番（つがい）である雪哉の誘惑を見過ごすなど、私はしないぞ。発情期でなくとも、毎日君の可愛さに誘惑されているが？　別に、孕器（オメガ）でなくとも、愛する者同士ならば誘惑して発情するだろう」と至極真面目に言う。

「もったいないお言葉です」

「永遠に愛している」

　雪哉の唇に、小遊仁の唇が重なる。

　瞠目する雪哉は、すぐに顔を離した。為仁がいるではないか。

　為仁は、両手で顔を覆ってはいるが指の隙間から大きな瞳が覗いている。

目隠しの意味がない仕草だ。

「あらいやん。ため、みてないのよ？　チュウしてるところなんてみてないんだから。おちゅちゅけになって？」

そう言いながらも、凝視している為仁に雪哉は恥ずかしさで居た堪れない。

「見ていてもいいぞ？　私と雪哉さんは相思相愛だからな」

止める本人が、いけしゃあしゃあと恥ずかしげもなく言いのける。

雪哉は静かに体を離そうとするが、小遊仁が目敏く抱き寄せる。

「何故離れる？」

雪哉は、頬を膨らませて拗ねる素振りを見せた。

「もぅ、二人きりの時だけにしてください。油断も隙もない」

「二人きりの時以外でもいいだろう。怒ってしまったか？」

「怒ってますよ。もうメラメラと燃えるほどに怒ってます」

「それは大変だ。接吻の雨を降らせて鎮火しよう」

顔中に唇が当てられ、あまつさえ、耳たぶまで齧られる。雪哉の顔は林檎のように赤くなる。

「小遊仁様！」

「無理だ。可愛い君が悪い」

しれっと反論され、雪哉は呆れつつ苦笑する。小遊仁の観点は本当にわからない。

「しかし雪哉さん、私が口を酸っぱくして言うのは、君一人の体ではないということだ。わかるな？」

そう言われて、雪哉は「はい」と頷く。身ごもっているのは皇帝の子供なのだ。

嬉しいことなのだが、無事に産まねばなるまいと思うと、どこか心配にもなる。

だが、色々考えていてもなるようにしかならない。いつもの調子で、気をつけながらいけばいい。

「あ、そういえば。でも……」

雪哉はふと思う。

「ん？」

「男の孕器が産んだ子は、歓迎されるでしょうか。下級華族の子は受け入れてもらえますか？」

「雪哉さん……」

優しい声から一転、悲しげな声音に変わる。

困らせるつもりはまったくないのに、口から滑り出してしまう。

ふと疑問に思ってしまったのだ。

皇帝の子だから公にはきちんと対応されるだろうが、陰では蔑まれないか。雪哉は小遊仁と結婚するにあたって、議会で第二席を戴く東雲公爵家の養子になっていた。東雲公爵家の当主である季嵩は小遊仁が最も信頼を寄せる臣下だ。いくら公爵家の養子になったとして、雪哉は元は男爵家の出身である。それに、今まで通りに白崎家で生活をしていた。

「そんなことを思わないでくれ。婚約の時の国民の反応を見ただろう？　歓迎してくれていた。数日祭り状態だったと聞く。さらに子ができたとなると、さらに歓迎される。何も心配しなくてもいい。余計なことを考えるな。私のことだけを考えていなさい。わかったな？　余計なことを考えたら仕置きをするぞ」

　鼻を摘まれ、雪哉は泣きそうになる。

「わかりました……小遊仁様、ありがとうございます」

「礼を言うのはこちらだ。順序が色々と逆になってしまってすまないが、孕ってくれてありがとう」

「でも……」

　ふと雪哉は顔を曇らせる。その表情を見た小遊仁が、「まだ何かあるのか？」と不安げに雪哉に顔を近づけた。

　雪哉は小遊仁を真剣な眼差しで見つめる。

「妊娠中は発情期が来ないって聞きましたけど、もしも子供を産んで発情期が来るたびに交わってたら、子供がたくさんできてしまいませんか⁉　国庫が育児で赤字になります！　これから発情期の時は一人で過ごしますね！」

　意気込んで言うと、小遊仁がすぐに笑い出した。

「ちょ、なんで笑うんですか⁉」

　変なことは言っていない。心外だ。

「何を言うかと思えば。君は本当に可愛いな。ああ、君と出逢えて私は幸せだよ」

　軽々と抱き上げられ、瞼に唇が優しく当たる。

「はぐらかさない！　真面目な話ですよ！」

「私だって真面目な話だ。そんなに産むと君の体に負担がかかる。子供は一人か二人でいい」

小遊仁の額が雪哉の額に小突き合わされ、甘く優しい微笑みが浮かぶ。

「それに一人になどさせるわけがない。永遠に離さないと言ったぞ」

しかし、雪哉は目を泳がせて口を開けたり閉じたりする。

「雪哉さん？」

小遊仁が首を傾げた。

「僕……その……我慢できないかもしれません」

顔を赤らめて、雪哉は小さく呟いた。小遊仁は破顔して雪哉の額に口づける。

「我慢しなくてもいいよ。私も君の甘い香りに我慢が効かない。外国には避妊具があると聞くから
これから愛し合う時にはそれを取り寄せよう」

目から鱗なことを聞かされ、雪哉は拍子抜けした。

陰茎に薄い膜のような被せ物をするのだそうだ。外国からの輸入品で、帝国にはまだ浸透してい
ないらしい。そもそも皇族には不要と判断されて現物を置いていなかったと聞いて、雪哉は頷いた。

——そりゃそうか。皇族はお世継ぎ問題とかあるから避妊はしないよな。そりゃいらないわけだ。

発情していた時に、もしもそれがあったらよかったのだが、今更考えても遅い。

「さて、雪哉さん」

ちゅっと唇に軽く接吻され、名前を呼ばれる。

「約束をしてくれるかな？」

「約束？」

なんのことだと首を傾げる。

「君は大事な体だ。妊娠中は木に登ったり、池や小川に入ったり絶対にしないと約束しなさい」

雪哉はぎくりと顔を引きつらせる。何故それを知っている。

「何故知っているといった顔をしているな？　私とお兄さんたちは、雪哉さんに関する情報を共有しているのだ。この間、池に入って風邪を引いていたよね？　用事があるからと来ない日が三日あったが、私はまんまと嘘をつかれていたらしい」

大袈裟に溜息を吐きながら、小遊仁が雪哉に微笑む。ただし目はちっとも笑っていない。むしろ恐怖を感じる。

「いや、あれは。そう！　心配させたくなくて！」

「お兄さんたちから話を聞いた時、心臓が止まるかと思った。用事があると思っていたのに、実際には風邪を引いて寝込んでいたと聞いたからね。ああ、残念だ。雪哉さんが苦しんでいる時に、私は何もできなかった。用事だと思っていたのになぁ。残念だ。ああ、残念だ」

大袈裟に言いながら、小遊仁が溜息をつく。

「ですから」

慌てて言い訳をしようとしていた雪哉だが、小遊仁に再び遮られる。

「この間の寒い日も、為仁と庭を走り回っていたな？　それから」

言いかけた小遊仁が、不意に視線を下に向けた。雪哉もつられて下を向く。

為仁が、小遊仁の下衣を握って笑顔を向けていた。

「さっちゃん、こんどねぇ？　ゆきちゃんと、みじゅあしょびするんだよぉ！　うややましいでしょ？」

むふふんと小遊仁を見上げながら、為仁が得意満面に言う。

微笑みを浮かべたまま、小遊仁は雪哉に視線を戻した。雪哉は為仁に「しー！　しー！」と言う。

「はっ！　ひみちゅ!?」

雪哉が忙しなく首を縦に動かすと、「あら！　どーちまちょ！　さっちゃん、いまのわしゅれて！」と口に手を当てて為仁が慌てる。

それを見た小遊仁はぽんと為仁の頭に手を乗せてから、雪哉に向き直った。

「時に雪哉」

「ひゃ、ひゃい」

呼び捨てが怖い。

「確認のため聞くが、本当に水遊びをするのかな？　そんな大事な体で？　ん？」

恐ろしい笑みを湛えて、小遊仁は低い声を出す。目が据わっている。

「――小遊仁様も仲間入りします？」

にへら、と笑う雪哉の頬を、小遊仁は片方抓(つね)る。

「するわけなかろう。部屋から出さない」

「えー！　せっかく楽しみにしてたのに！」

「駄目」

「為仁様も楽しみにしているんですよ？　僕は足を浸けるくらいにしますから！」

「駄目だ」

「小遊仁様……」

小遊仁は、雪哉を抱き上げて、長椅子に横にさせた。

その上に小遊仁が覆い被さる。

「雪哉さん、君はちっともわかっていないらしいね？」

「な、何がですか？」

「足を水に浸けるだけだというが、果たしてそれだけかな？」

「や、やだなぁ！　僕のこと信じられないんですか？」

目を泳がせて、雪哉は笑う。

「信じてはいるがな。けれど、不安が拭いきれないのは何故だろう？」

「さ、さあ～？」

小遊仁は雪哉の頬をつねって、「教えてあげようか？」と、微笑む。

「あ～、いや～、教えていただかなくてもいいかな～。な～んて」

小遊仁は、雪哉の唇に口づけて、「せっかくだ。教えてあげよう」と言う。

「雪哉さんはかなり行動派だと聞くから、自分で大丈夫と言いながらも必ず無茶をするんだよ」

ギクっと雪哉は肩を揺らす。素知らぬ顔で口笛を吹くと、小遊仁が雪哉の頬を手で挟んで「私がいない時は護衛を張り付かせるぞ」と凄まれる。

「ねーねー、さっちゃん？　なにがだめなの？」

可愛く為仁が小遊仁に首を傾げた。

「雪哉さんと水遊びや外で遊ぶことは当面禁止。走り回ることもしてはならない」

小遊仁が為仁に言うと、為仁がこの世の終わりのような顔を作る。

「がいーん！　なんちぇこった！」

恐ろしく落ち込みながら、「ため、めちょめちょたのしみにしてたのに」とチラリチラリと小遊仁を窺う。

「ほらほら為仁様もこう言ってますから。少しくらい」

つねった頬に軽く唇を当てて、小遊仁は雪哉を長椅子に座らせた。

その前に、小遊仁は膝をつく。

為仁は、小遊仁の背中にヨジヨジと登って「さっちゃ～ん」と甘えた声で「いいでしょ～？」とねだる。そんな為仁の尻を撫でて、小遊仁は「可愛くねだっても駄目だ」ときっぱり言う。

為仁は「さっちゃん～」と頭をぐりぐりと擦り付けて駄々を捏ねる。

——わー、容赦なーい。ちょっとくらいいいのに。ケチ～。

「君、今ケチだと思っただろう？」

「んげ!?　なんで!?」

「思ったんだな？」

しまった。カマをかけられた。

「思ってません」

「もう遅い。当面の間、外での遊びは禁止。屋内でも体を使った遊びは全面禁止。散歩は辛うじて許可するが、護衛は付ける。それに、必ず何か羽織って出かけること」

雪哉の両手を握って、その手の甲に唇を当てる。

「……えー……」

「えー、ではない。雪哉さん、君はかなりヤンチャだと知った。それに一人で無茶をすることも。そのヤンチャは見ていて微笑ましいが、時として人をハラハラさせることを知りなさい。現に心臓が止まりかけたよ。君を失いかけたことを忘れないでほしい」

「はい。反省しております。もう二度といたしません。でも、少しだけたまに外で遊ぶのはかまいませんか？」

引きこもりであっても、体はすこぶる健康。家では色々と運動したりしていたし、木に登ったりしていた。割と活発であった。宮殿の庭はとても広く、雪哉にとっては絶好の遊び場だ。

それに、今まで一人で遊んでいた分、今は為仁がいるのでさらに楽しい。

体を使わずとも十分遊べるが、いくらなんでも心配しすぎだ。

しかしその言葉を聞いた小遊仁は、目を糸のように細くして両手を組み合わせた。

「私の話を聞いていたかな？」

「……はい、わかりました」

小遊仁が雪哉の頬を両手で挟んだ。

「むぃ」

「返事が重いが？　雪哉さんは、私を心配で殺す気か？」

「しょんなことしましぇん」

「ならば、約束は守れるな？」

うんうんと頷くと、小遊仁は「無茶をしそうでいまいち信用できんな。君は前科持ちだからね」と不満そうに言いながらも手を離す。

失礼な！　約束は守れるもん！　もう二度と危険な真似はしません！

そう胸を張ると、為仁も真似をして胸を張る。ぴんと背筋を伸ばしてみせた二人を見て、ふっと小遊仁が表情を緩めた。

「無理はしないこと。それから雪哉さん」

片手を握られて、親指で摩られる。

「──妊娠がわかったんだ。改めて、これからは宮殿に来てくれるな？」

「本当にいいんでしょうか？」

「忘れていないか？　私は皇帝だぞ？」

小遊仁の得意満面な顔に、プッと雪哉は噴き出して微笑む。

「忘れていません。なんだか色々と順番が逆になっちゃってすみません」

「雪哉さんが謝ることは何一つない。それは私に言える言葉だ。それと、私の我儘だ。最初から住まわせればよかった」

「いや〜、まさか子供ができてるとは思わなかったですし……。僕も色々準備が整うまで通いでいいかな〜と思っていたんです。でも、とりあえず一旦家に帰ってもいいですか？　家族に事情を説明しないといけませんし」

雪哉が言うと、小遊仁はゆっくりと首を横に振る。

「ご家族は招致する。今日中には君が皇宮で暮らす準備をするから覚悟しておきなさい」

その言葉に雪哉が声を発する前に、小遊仁は早馬を白崎家に向かわせる指示を出した。

そして、議会の召集も命じる。仮に国民は歓迎しても、家族は大荒れになりそうだ。

一悶着ありそうな気配に、雪哉はふるりと身震いする。

「寒いのか？」

「あ、いえ。別の意味で寒気が」

小遊仁は不思議そうにして、雪哉の額に口づけを落とす。

「やっと雪哉さんと離れることがなくなりそうだ」

感極まったように、うっとりしながら小遊仁が口にする。

「暢も待たせていますし、持ってきたい物もありますから家に帰ってもいいでしょうか？」

雪哉が訊ねると、小遊仁は「駄目。侍従に命じる」と雪哉を離そうとしない。

「ええ!?」

雪哉が口を尖らせると、小遊仁は首を傾げる。

「なんだ？」

「心配しすぎですって！　気をつけていれば問題ないですから！　大体妊娠がわかる前は普通に遊んだりしてたでしょ？」

「心配するのは夫ならば当たり前だろう？　子供も大事だが、私が一番大事なのは雪哉さんだ。雪哉さんがさらに無茶をしないか気が気でない」

「いやいや、僕どれだけおっちょこちょい認定されてるんですか？」

「おっちょこちょいよりも、危険認定はしているな」

「返す言葉もありません」

素直に言うと、小遊仁は「わかっていればよろしい。忘れないでね」と雪哉の頬を片方摘んだ。

だがすぐに小遊仁は、雪哉の額に自らの額をコツンとつけて真剣な顔をする。

こういうドキッとする仕草と視線を向けられると、雪哉の心臓は忙しない。

「子供扱いなどしない。君は私の子供ではないだろう？」

囁くように言われ、雪哉は「そうですけど～」と口を尖らせてそっぽを向く。

「雪哉」

甘い砂糖菓子のような声音で名前を呼ばれ、「はい」と呟くように返事をする。

「君は私のなんだ？」

その質問に、口をへの字にして口籠る。

「雪哉」

耳朶を柔らかい唇で甘噛みされて、雪哉はくすぐったさに肩をすくめる。

「私は君の夫だ。君は私の？」

黙っていると、耳元で「雪哉さん、言って」と甘い声で催促される。

「……妻です」

雪哉が頬を薄桃色に染めて言うと、小遊仁は「よくできました」と満足げに目を細めた。

唇に軽く口づけをされ、「そういうところが子供扱い」と雪哉は拗ねてしまう。

――それに、やはり家に帰りたいのだけど……宮殿に住むとなったら部屋を綺麗に片付けておきたい。後でまた説得してみよう。それに兄さんたちまさか泣くんじゃないよね!? ……お母さんは大丈夫そうだけど、お父さんは一見強面で大柄で恐そうな割に情に厚くて涙脆いしなぁ。小遊仁様には何も言えないけど、内心腸煮えくり返って怒りそう。うー、こわっ。

家族たちの反応を想像していると、下からぺちぺちと叩かれてしまった。

「ちょっと～」

拗ねた声に下を向くと、為仁が雪哉の膝と小遊仁の腕をペチンペチンと叩いている。

「さっちゃんとゆきちゃんばっかかち、じゅるい。ためもしてほしいのに。ためもいるのよ？ ちってる？ みじゅあしょびは、ゆきちゃんのおかやだがちんぱいなのよね？ じゃあ、ため、きばってがまんするわ」

ぶうっと言いながら、頬が盛大に膨らんでいる。ご機嫌斜めなのだが、とても可愛らしい。水遊びの件は一旦諦めてくれたようだ。

　二人で顔を見合わせて、苦笑する。小遊仁が為仁を片腕で抱き上げてむっちりした頬に口づけた。雪哉も空いている頬に口づけた。

「きゃふ」

　嬉しそうに笑う為仁に、二人は微笑む。

　小遊仁は、雪哉の頬にも口づけてにっこり微笑んだ。

「雪哉さん、愛している。私と出逢ってくれてありがとう。永遠の愛を君に捧げる」

　赤面する言葉を次々と口から溢れ出す小遊仁に、雪哉は嬉しくて堪らない。

　夜会で小遊仁と為仁に出逢ってから、雪哉の蕾（じんせい）は大輪の花が咲いたようだ。

　不安はあるが、小遊仁が一緒ならばどんなことでも乗り切ろう。

「小遊仁様！　大船に乗ったつもりで……いや、小舟かもしれませんが……。僕はずっと一緒にいますし、どんな時でも小遊仁様の味方ですからね！」

　フンスッと意気込んで宣言すると、小遊仁は楽しそうにしながら、雪哉を抱きしめた。

「雪哉さんの船ならば喜んで乗ろう。だが、私も雪哉さんを大船に乗せたい。互いの船に乗り合おう」

　そんな提案に、雪哉は笑う。

「ためもおふねのるぅ！」

「よし！　最強の船に二人をご招待します！」

「私の雪哉さんは頼もしい。だが、無茶と無理は絶対にするな。苦難は私と共に考えて解決しよう。そして、時々息抜きに出かけよう」

どこまでも優しい小遊仁に、雪哉はじんわりと心が暖まる。

「小遊仁様、大好きです。僕の運命の番が小遊仁様で本当に嬉しいです」

「私も同じだ。ずっと君の側を離れない。雪哉さんも離れるな。愛している。私の側にいてくれてありがとう」

雪哉は、目尻に涙を薄らと浮かべて、にっこりと笑った。

「ゆきちゃん、ゆきちゃん」

可愛く手招きする為仁に、雪哉は「はい」と顔を近づける。

「ゆきちゃん、だいしゅき〜」

そう言いながら、為仁は口を突き出しながら雪哉の唇にむちゅうっと口づけた。

すぐに顔を離して、為仁はご満悦に「どっふ」と満足そうに鼻を鳴らして笑う。

雪哉は、その微笑ましい行動に感極まる。為仁とも、これから毎日一緒に過ごせるのだ。まだ知らない一面が見られるのが楽しみで仕方がない。

「僕も、為仁様大好きです」

「うふん！　ちってる！　ゆきちゃんも、あかちゃんもだいすきよぉ！」

雪哉が為仁を抱きしめようと手を伸ばしたら、その手は小遊仁の手で阻まれた。

なんだと思いながら、小遊仁を見ると凍てつきそうな笑みを浮かべて目が据わっていた。

「さ、小遊仁様？」

雪哉が口元を引きつらせて恐る恐る名前を呼ぶと、小遊仁が雪哉に微笑んだ。

ぞわりとする笑みに、雪哉は身震いする。

小遊仁は、雪哉の耳元に顔を近づけて、何やら為仁には聞こえないように囁く。

その数秒後、雪哉の顔は熟れた林檎のようになった。とんでもないことを言われてしまう。そんなこと、本当にするのか？

「それは恥ずかしすぎます！」

「私以外の男と口づけをした罰」

声も心なしか冷たい。

「血の繋がった伯父と甥同士でしょうよ！」

「血が繋がっていても、そんなことは知らない。為仁や他の者を長時間見つめたら許さないからね。特に唇は私以外となんて以ての外。為仁であっても強烈に嫉妬する。君の視線と唇は私専用。いや、雪哉さんの可愛い全てが私専属だからね」

耳にフッと息を吹きかけられ、雪哉の体が甘く敏感に感じてしまう。

為仁のいる前でよくも恥ずかしい言葉をつらつらと言えるものだ。

それに、独占欲が強すぎる。

だが、小遊仁以外他の者など目に入らない。為仁は弟のような存在だ。

雪哉のただ一人は、小遊仁だけ。小遊仁以外考えられない。

けれど、雪哉だけ言われるのはずるい。それだったら、小遊仁にも同じことが言える。

「小遊仁様にも同じことをそっくりそのまま返しますよ！」

「私は雪哉さんしか目に入っていないから大丈夫だ。為仁が小さいといっても、過度の触れ合いは嫉妬するから控えてくれ」

子供のように理不尽なことを言われると、呆れを通り越して面白くなってきてしまった。

――なんなのだ、この可愛い生き物は。

たいそう不敬な考えだが、今更だ。小遊仁が自分自身にそこまでの愛情と独占欲を持ってくれることが嬉しくないわけではないが、甥である為仁にまで嫉妬するのはどうかと思う。

「だから、甥っ子ぉ！」

「雪哉さん、愛しているよ」

「人の話を聞いて！」

噛み合わない会話に、雪哉は地団駄を踏む。

――これからどんなことが起こるのか。楽しみ半分不安半分だ。

突っ込みつつ、思わず笑みをこぼすと、小遊仁は嬉しそうに雪哉の頬に口づける。

「可愛い私の雪哉さん。愛している」

「僕のほうが愛してますよ」

張り合うように言うと、小遊仁が声に出して笑う。

「相思相愛だな」

「小遊仁様」

雪哉はちょいちょいと手招きする。小遊仁は雪哉に顔を近づけて「ん？」と優しい声を掛ける。

「愛してます。ずっと一緒にいてくださいね」

誰にも聞こえないように、片手で小遊仁の耳元を覆って雪哉は囁いた。

小遊仁は、雪哉の言葉に幸せそうな笑みを浮かべ同じように誰にも聞こえないように雪哉の耳に、

「愛している。ずっと一緒だ。離さないよ」と甘く言ってくれる。

そして、小遊仁は近くの花瓶から一本花を引き抜いた。

薄紅色の筏葛（ブーゲンビリア）だ。

それを小遊仁は一房、雪哉の左の薬指に枝ごと巻きつけた。

「指輪の代わりにこれを」

「わあ～……御伽噺みたい」

雪哉も花瓶から筏葛（ブーゲンビリア）を一房手折（たお）った。

手を伸ばす小遊仁に、雪哉はその手を握る。

膝の上に座らされて、雪哉は小遊仁の左の薬指に同じように花を巻きつけた。

「おそろい」

目を細めて、雪哉がふふっと笑うと小遊仁は愛おしそうに微笑む。

小遊仁の顔が近づいて、雪哉は頬を朱に染めながら自らも顔を近づけようとした。

「ためもぉ！」

互いの鼻がくっつきそうな距離まで近づいたところで、為仁が雪哉の膝に顎をちょこんと乗せて頬を膨らませた。

「ためをにゃかまはずれにしちゃだめなのよ？　ちってる？」

ぷんぷんと為仁は御立腹だ。

雪哉が小遊仁に視線を移すと、小遊仁も同じく雪哉を見つめて二人はすぐに微笑んだ。暖かな陽が差し込む部屋の中、雪哉は小遊仁と為仁の頬に口づける。

そして、満面の笑みを二人に向けた。

「僕、とっても幸せです！」

この作品に対する皆様のご意見・ご感想をお待ちしております。

おハガキ・お手紙は以下の宛先にお送りください。

【宛先】

〒150-6008 東京都渋谷区恵比寿4-20-3 恵比寿ガーデンプレイスタワー8F
（株）アルファポリス　書籍感想係

メールフォームでのご意見・ご感想は右のＱＲコードから、
あるいは以下のワードで検索をかけてください。

ご感想はこちらから

本書は、「アルファポリス」（https://www.alphapolis.co.jp/）に掲載されていたものを、加筆・改稿のうえ、書籍化したものです。

引（ひ）きこもりオメガは、狼帝（ろうてい）アルファに溺愛（できあい）されることになりました。

藤羽丹子（ふじう にこ）

2023年 2月 20日初版発行

編集－古屋日菜子・森 順子
編集長－倉持真理
発行者－梶本雄介
発行所－株式会社アルファポリス
〒150-6008 東京都渋谷区恵比寿4-20-3 恵比寿ガーデンプレイスタワー8F
TEL 03-6277-1601（営業） 03-6277-1602（編集）
URL https://www.alphapolis.co.jp/
発売元－株式会社星雲社（共同出版社・流通責任出版社）
〒112-0005 東京都文京区水道1-3-30
TEL 03-3868-3275
装丁・本文イラスト－北沢きょう
装丁デザイン－kawanote（河野直子）
（レーベルフォーマットデザイン―円と球）
印刷－図書印刷株式会社

価格はカバーに表示されてあります。

落丁乱丁の場合はアルファポリスまでご連絡ください。

送料は小社負担でお取り替えします。


ISBN978-4-434-31626-5 C0093